中国少数民族文学发展工程
出版扶持专项丛书

棒槌谣

（满族）夏鲁平 / 著

作家出版社

夏鲁平 满族，中国作家协会会员。曾在《人民日报》《光明日报》《人民文学》《花城》《作家》等报刊发表小说、散文百余万字，曾获吉林省委、省政府“长白山文艺奖”，吉林文学奖一等奖；散文《雪魂》获《人民文学》第六届“观音山杯·美丽中国”海内外征文二等奖；小说《三颗心》获中国作家出版集团“沙家浜精神”纪念抗战胜利七十周年全国征文二等奖，并译成韩文，收入《跳舞的时装——中韩作家小说精品集》。出版作品集《往日重现》《去铁岭》《风在吹》《海天片羽》。

作者近照

目 录

吃喜儿

一

“你啥时回来？我快挺不住了！”

张明礼刚把强力胶抹在泡沫板上，春兰的电话就来了。泡沫板一米见方，两寸厚，拿在手里轻飘飘，要是不小心，随时会被风扯跑。贴到七楼那会儿，张明礼眼前出现了一家窗口，他无意看向屋里，可还是看了。他看见那张大床，床上躺着一个睡懒觉的女人。女人突然醒了，猛地背过身去，扯了被子，蒙在头上。被子有些轻，有些短，一双白脚从下面不知羞耻地暴露出来。张明礼看见那白脚很像春兰的脚，只是脚趾涂了红色，比春兰的脚多了些耐看的内容。女人知道张明礼还在看着她，掀开被子，翻转过身来，张明礼想躲已经来不及了，他看到了女人的脸和一头恣肆的乱发。女人的脸也像春兰，不是一般地像，若不是张明礼脑中有片刻清醒，他很可能喊一声：“春兰！”

他把眼前的女人与春兰重叠在了一起，春兰那边就有了感应，电话猛地来了。他站在几十米高的脚手架上，一只手拽住安全绳，另一只手伸到了屁股兜，手机被掏出来，声音大了，犹如春兰整个人被空降过来。

春兰问："你啥时回来呀？"

张明礼说："快了快了！"

春兰说："你再不回来，我就挺不住了！"

张明礼来省城长春已经五个月，从五月到九月，市政府开展暖房子工程，给全城每幢楼房加一层泡沫板，泡沫板外面挂上铁丝网、塑料网，抹上水泥，涂上漆，那楼就成了新楼。东北这边冬天，每年老百姓都吵吵冷，吵吵屋里的暖气片热与不热。如今政府有了钱，给全市所有楼房做保暖层，每家房里要比往年暖和多了。不愧是给政府干活儿，包工队对工人的工资不拖不欠，足月发放，那一沓沓的钞票攥在手里，张明礼心里就是一个乐！

脚手架绿色安全网上挂着红布黄字标语，"加强安全意识，提升城市神韵"，一鼓一荡漫不经心随风飘动着。张明礼接听着电话，手没忘了拽着安全绳，安全绳早就系在腰上，手拽在上面纯属多余，可他还是死死拽住那安全绳。这几年，父亲卧病在炕，张明礼没出过远门，一直坚持在家种地，种的是苞米，这东西每年都会给他带来好收成——那油绿粗壮的苞米秆，能结出两个苞米棒子，粒大饱满。好收成未必是好事，张明礼辛辛苦苦忙活了一年，到了秋后，每斤苞米才卖个三毛五毛。也就是说，卖一吨苞米的钱，买不回一吨煤。头年冬天，春兰真拿苞米粒当煤烧，眼看着那金黄的苞米粒一锹锹扔进灶坑，翻卷起旺盛的火苗，从灶坑口舔出长长的火舌，燎到半空，春兰的心痛着，眼泪流出来，却一句话也不肯说。张明礼看在眼里，记在心上，知道春兰肚子里憋着一堆话要说呢。也就是从那时起，他铁了心想要出去做事，可他在村子里两眼漆黑，怎么做？春兰说："找王光胜。"王光胜是村里唯一出去干事的人，秋天回来时，还张罗吃喜儿，说他在城里买了房子。那房子在哪儿买的，多大面积，新房还是旧房，花了多少钱，大伙儿都没好意思问，只管跟过去吃喜儿了。那天，春兰把炕柜掀个底朝天，从箱子底拿出五百块钱，包上红纸，写上钱数，再写上张明礼的名字，就给王光胜送去了。那次吃喜儿，王光胜在自家院子里摆了二十桌，吃的是流水席，来人随时上桌随时吃，酒足饭饱，想离开就离开，还想吃，再来。有屁股沉的，从中午一直吃到晚上，也不觉得撑得慌，好像不把那礼钱吃回来，对不起自个儿。那次吃喜儿，春兰受到不小的震动："看看人家王光胜，越有钱就越有钱，先不说他在外面挣了多少，光这顿请吃喜儿，红包少说也得收个几万。"吃喜儿过后，张明礼便找王光胜，三番五次设计酒局，终于有一天把他喝软乎了，两人摇摇晃晃脚底没根地走出饭店，王光胜说出一句掏心窝子的话："你的心思我明白，有机会我一定带你出去。"

张明礼来到省城长春，最初他跟王光胜说："想参观参观你在城里买的房子。"王光胜嘴里答应着，始终没领着他去。王光胜已是半个省城里的人，城里人讲究的是隐私，他不想让张明礼看他的房子，自有他的道理。张明礼也不必强求，强求了，好像人家前些日子买房子吃喜儿是骗取钱财。张明礼不再提王光胜房子的事，为了表示友好和感激，他还特意给王光胜买了两条烟。俩人相安无事地在一起干了两个月，他以为往后他们会在一起热热乎乎守候一个夏天，可没过几天，王光胜忽然跑到另一个包工队去了，那个包工队比这边大，各方面条件也比这边优越，搞的暖房子是一个花园小区。那花园小区离他这边有三四里，晚上吃完饭，张明礼总要给王光胜打电话，俩人凑到一起，走在灯火通明的街道上，看街景，看大热天戴着口罩、围着纱巾脚步匆匆疾走的路人，那些路人很像是他们出家门时追赶长途汽车的样子，他就想到了他们的村子，这时村子夜晚的街上肯定是黑灯瞎火，没什么意思……不久，王光胜干的那个花园小区暖房子工程完工，他跟着包工队去更远的地方，俩人很难再见面，只是晚上通通电话，算是有个相互照应。后来，连通电话的时候也少了，见面的机会更是没有。也许王光胜跟张明礼在一起腻歪了，有意与他失去了联系。

张明礼现在干活的地点是旧式楼房，脏乱差，早年各家安装固定电话时留下一团团黑乎乎的电话线，扭结着裸露在楼外墙壁外面，很让人头疼。施工时，工人们尽量给那一堆电话线空出位置，又要贴好每一块泡沫板，工程进度要比王光胜那边的花园小区慢不少。尽管慢，他也一定要保质保量，上面检查很严格，糊弄不了。张明礼在工地上干了一夏天，现在进入了工程尾声。离家五个月，时间说长也不长，说短也不短。在离地面几十米空中接听着春兰的电话，他对溜号时贴上去的泡沫板很不放心，又不自觉地伸手扶了一把泡沫板，扶不动的，强力胶早已把泡沫板和墙皮牢牢粘在了一起，很是端正。头顶的天蓝得像水洗一般透彻，还飘起几朵白云，闲来无事地慢慢游走。

春兰说："我有点儿挺不住了！"

张明礼说："我回去，怎么的也得十来天。"

春兰说："我真有点儿挺不住了。"

张明礼说："我们现在是一个萝卜一个坑，你让我怎么回？"

张明礼想多问几句父亲的情况，春兰说："爹这几天有点感冒，还是等你回来再说吧！"

二

张明礼坚持干完最后十天活儿回到家里。他家的房子跟村里的所有人家没什么两样，分东西两屋，东屋住着他和春兰，西屋由父亲独占一间。两屋中间隔着的外屋，是烧火做饭的地方，平时放酸菜缸、堆积烧灶坑的苞米棒子和苞米秆。张明礼进了家门，直奔西屋，屋里特有的气味，让他想起了久违的亲切与温暖。躺在炕上的父亲，比以前还瘦了，瘦成了干瘪。他出门这五个月，父亲知道吗？现在他好像什么都不知道了。在工地最后十天里，春兰每天晚上都打来电话，她满脑子装的全是吃喜儿、吃喜儿。“家里有什么喜儿可吃？”张明礼有些不耐烦了，“我说过，这里只能再干十来天！”春兰问：“十来天是几天，是十天，还是八天、九天？”春兰让他到包工头那问问，他们工期最后一天究竟是多少号。张明礼几次碰见包工头，也想问问工期结束的准确日期。可话到了嘴边，他又收住了，这话没法问，一问，包工头以为他不安心工作，不安心工作的工人，来年开春暖房子工程开工时，还能用他吗？张明礼很想给包工头一个好印象，为以后进城干活儿打个好基础。

张明礼说：“想办吃喜儿，你办呗，总催我干啥！”

春兰说：“我快要挺不住了！”

等张明礼他们包工队将一幢旧楼贴完最后一块泡沫板，包上铁丝网，刷上水泥浆，再上一层涂料，天刮起了风，他看见那个睡懒觉的女人走出了家门，走在街上，把披在背后的长发撩到前襟，挽成一缕，横捂住半个脸，歪头躲避着风……心里就怅怅地想，这个城市有那么多窗口，住着那么多人家，真是舒服呢！这么想着，他的情绪又很快地过去了。几场小雨过后，黄色的杨树叶子拍打一地，包工头脚踩着一层湿乎乎的树叶说：“今年就这样了！”

张明礼听出包工头想收工的意思，再干活，得等来年春天。他把手里的工具相互摩擦着，擦掉粘在上面板结的水泥，咔咔响亮地磕碰几下，麻利地拾掇起来，跑回工棚，走到自己的铺位，没有片刻停留揭起褥子，卷起了行李，捆上绳子，就等着包工头一声令下，他背着行李走人，回家见他的春兰。从外面磨磨蹭蹭进来好几个工友，看见张明礼捆好的行李，咧开嘴笑了，说："再急今天也得住一晚上，明天拿了工资才能走。"张明礼想想也是，工资还没拿呢，怎么急都没用！他失望地解开捆绑好的绳子，重新慢悠悠铺上褥子，走出工棚。这回，他主动给春兰打了电话，说："工期结束，明天拿了工资可以回家。"说话的时候，张明礼感觉春兰在默默地抹眼泪，有什么事值得抹眼泪呢？张明礼不想多问，放下电话，走回工棚。

早年他们村子里有个奇怪的现象，像他这个岁数的男人，都娶了外村女人，村子里的姑娘，也都嫁到外地，嫁得离城里越近越好。出嫁似乎也有一定的规律，村里的愿意嫁到城郊，城郊的直接跑到了城里。在村子里，唯独张明礼和春兰看对眼儿了，看对眼的原因，两个人都优秀，谁都比不了，优秀的理应比别人过得好，可几年来，他们的日子总是赖赖巴巴半死不活。更重要的，就是村子里几十户人家，在一起住久了，也都有那么一点儿血脉相连，什么七大姑八大姨，绕一个弯，顶多绕两弯三弯，都能把表面毫不相关的两户人家藤藤蔓蔓理清了。不仅是本村，与外村也是一样，方圆十几里地之内，亲戚套着亲戚，关系连着关系，人情往来，不可缺少，很是拖累人的。

这回春兰要办吃喜儿，也是跟亲戚有关。春兰说："以前咱家穷，谁家有个大事小情，还掂量着是不是告诉咱们，今年你出外干活儿，他们知道你挣大钱了，屁大点的事，都来找我，找我，我就得去，去了，总不能空手，要带上三百五百的礼钱。你出外挣的这五个月的工资，已被我送出去两个月，一万七八千块。我真的挺不住了。怎么花的？前院老毕家，也就是孩子他二表姨儿子升学，我给拿了五百，后院老葛头过生日，我给人家拿了二百，还有村东村西，村南村北，很多人家有事，平时低头不见抬头见，我能装聋作哑不露面吗？”

张明礼闷头不语。

春兰说：“这样下去，我真挺不住了。”

春兰还讲了他表舅，村子里那个杀牲口的屠夫。大概七月份的时候，他表舅孙子生病，春兰拿去一百块钱，他表舅当场吧嗒一下把脸拉下来，不高兴了，说：“你为这点事还值得跑一趟？”他表舅让春兰加他手机微信，“以后有什么事，那点钱用微信红包支付就行了”！你说气人不气人？最气人的是，他当着春兰的面，拿手机叫了一辆滴滴车，要带孙子进县城看病，还说：“这一百块钱要是用微信支付就好了，正够去县城的车费，到了地点，用手机往滴滴车司机手机里一划拉，就完事了，省去了多少麻烦。”春兰回到家，气还消不下去，生什么气呢？她花一百块钱去看他表舅的孙子，已经给足了面子，怎么花钱还用他告诉吗？这时的春兰就想到，他表舅不高兴可能事出有因，两年前张明礼父亲倒在炕上，村里村外很多人都来看望，送来了不少礼金，他表舅是不是也送过呢？这样一想，春兰赶紧打开炕柜，翻出当年记下的礼单，眼睛在那密密麻麻小字上扫来扫去，终于把他表舅的名字扫出来了，名字后面标注的是二百块钱。春兰的确把这个茬忘得一干二净，赶紧拿出手机，用微信红包往他表舅手机里发出二百块。这样，不但还了人情，又多出一百表示了心意。他表舅这回高兴了，马上在微信里发出了一个龇牙笑脸。这几个月，哪家婚丧嫁娶，孩子出生，老人寿宴，盖房子上大梁，春兰都得出面到场，礼金都是他送我二百，我还他三百，他送我三百，我再送回去五百，越送，钱越翻倍地疯涨，各种名堂不断涌现，花样翻新，有的人家搞一次两次还算说得过去，可有的人家要搞三次四次！人活一张脸皮，明知道是怎么回事，谁都不愿意挑破了，只能硬着头皮去，拿了钱，有点打掉牙自己往肚子里咽的意思。

八月份，村主任进省城长春办事，顺便买了一张彩票，也不知手气咋那么好，一下子就中了两万块！回来时，说现在有八项规定，这喜儿不吃了。可不知怎么，他又偷偷摸摸吃上了！春兰想，人家是村主任，说不定什么时候用得着，不能像对待普通人家那样拿个三头五百就了事。这样一盘算，春兰随礼的价位一下子蹿到了一千。不用问，村里所有人家至少拿一千，都拿一千，肯定不能给村主任留下什么印象，再说，村里所有的人都知道张明礼出外挣大钱了，挣了大钱，手再抠门儿，惹人恨的。春兰掂量来掂量去，一咬牙一跺脚，干脆拿出红纸包了两千块，给村主任送去了。送就送了，春兰心甘情愿，哪承想，不到一个月，她还没容空儿跟村主任说句热乎话呢，村主任竟调走了，走得突然，让人一时脑子转不过弯来。没多长时间，村里来了新主任，有人张罗接风，春兰又毅然送去两千块钱。想一想，这钱送得多少有点冤枉，新主任接了钱还没过几分钟呢，就不知道春兰是谁了，有两次，竟把她当成了孩子他二表姨。这前前后后一折腾，春兰拿出去四千块，这四千就这么轻易打了水漂儿没影了。说来也是，谁让人家是村主任了，谁逼着你往出掏钱了？还不是自己放不下那张脸皮，这事怪不得村主任。

春兰说："咱得想办法儿整点事，不然那些钱收不回来了。"说着话，春兰从炕柜里扯出去年张明礼穿过的棉裤，翻开裤裆，准备添些棉花，找块布补上。张明礼盯着春兰插针挑线不停摆动的手腕，怎么也想不明白自己为什么烂裤裆。裤裆处的棉花一疙瘩一块儿，滚成几团，不由得想起冬天冷风灌钻的滋味……这样的人，怎么能算有大钱了呢？

张明礼说："咱能整啥事？没事可整！"

春兰说："我们总不能瞪着眼睛看人家整！"

张明礼没话了。

春兰说：“你说这事，在电话里一句两句能跟你说明白吗？我盼你早点儿回家，就是想跟你在一块儿好好合计合计商量商量。”

张明礼说：“可我们实在整不出什么事。”

“不会开动脑筋好好想一想！”春兰抬起头，伸起长脖子仰脸朝天地说，“我要问你，这次进城，你看见王光胜新买的房子没有？”

张明礼抽动了一下鼻孔，弯曲起食指揉搓着，默默摇头。

春兰说：“我就猜你没看见，上次去他家吃喜儿，我们拿了五百块，到现在连他的房子影儿都不知道在哪儿，你说这事，是不是有点那个……”

“哪个？”

“你自己寻思去！”裤裆补完了，牙齿咯嘣一声咬断线头儿，春兰把棉裤扔到了他脸上。

三

春兰也要办一次吃喜儿，理由是，有了钱的张明礼在省城买了一个喜庆的房子。买房子是好事，值得庆贺庆贺！

风声放出去，春兰满面春风见人便打招呼，让全村人知道得越多越好。

躲在屋里的张明礼脸上臊得青一块红一块，乘人不备，扯住春兰衣袖，撕撕巴巴往家里拽，进了屋，关上门说：“你这是骗人！”

春兰狠甩了一下胳膊说：“一边儿待着去，我怎么骗人了？王光胜能在城里买房子，就不兴咱买？”

张明礼说：“可咱真没买！”

春兰说："我怎么张罗，你别跟着瞎胡搅！"

张明礼说："咱爹刚得病时，大伙都拿了钱，这回你再让人家拿，总不是那么回事。"

春兰说："那是两年前的事，礼钱早还回去了，要是咱家现在还不张罗，可要亏大了！"

春兰转身去了外屋，开始熬猪食，大白菜帮子加苞米面，外加豆饼。苞米面是自家磨的，有些粗糙，喂猪正好。豆饼是从外村一家小榨油作坊买来的，这两样东西能使猪长得肥，长得壮，长得快。猪食熬完了，舀进水桶，拎到猪圈，隔着栅栏哗啦一下倒进猪槽里。张明礼闷声看着正在晒太阳的懒东西一跃而起，奔向猪槽，吃得卖力，知道春兰一定要杀这口猪了！这猪本来准备年底杀的，春兰为了办吃喜儿办得敞敞亮亮，等不及了，非杀不可，只有杀了猪，请了人家，人家才觉得这礼钱没白拿。即便有人怀疑他没买房子，也说不出什么，杀了这猪，等于把人家的嘴堵上了。

春兰还给猪增加了喂食次数，由每天三顿，改成了四顿，猪食也由以前的汤汤水水变成稍微黏糊的大餐。张明礼从屋窗口看着春兰里里外外地忙活，总是缩头缩脑羞于出门了。

孩子他二表姨从他家院门口路过，问春兰："怎么，这是要杀猪呀？"

春兰仰起脸，伸长着脖子，笑眼眯成了一条细缝说："这不，大伙儿要过来吃喜儿，我得给猪加强加强营养，杀了，肉也好吃！"

孩子他二表姨说："你也真够破费的了！"

春兰故意扯着嗓门儿喊："这有什么，都是乡里乡亲！"

春兰能干，远近有名，眼见着圈里的猪，稀松的皮肉圆滚滚撑起来，肥了一圈，浑身的黑毛也油光锃亮，根根直立，长势喜人啊！闲下来，春兰盘腿坐在炕头，找出日历，往手指肚喷了唾沫，一遍遍翻弄，很快将吃喜儿的日子定下来——十月三十日，阳历阴历都是双。这日子好，既把吃喜儿的事办了，又免了年底杀猪。每年春天，张明礼进县城都要抓一只猪羔子回来，养上一年，到了年底宰杀时，家里摆两张大桌子，招呼村子里每家主事的男人过来吃一顿。那个时候，灶坑里的火一天烧个不停，大锅里不断煮着猪下水——猪腰子、猪肝、血肠，还有五花肉酸菜。酸菜缸里的酸菜吃下去半截，到了半夜人走茶凉，清点一番，一百多斤的大猪剩不了几斤，赶紧收起来，跟猪头猪蹄收拾在一起，埋进院子雪地里，外面扣上一口废弃的大铁锅，锅底压上一块大石头，这点儿肉只能春节时拿出来，而猪头呢，往往要存到二月二龙抬头……春节的日子就这么过去了，每家都一样，你请我，我请你，兴高采烈的。

春兰准备提前把猪杀了，少了春节时的折腾，张明礼没什么话可说。

可事情到了这个节骨眼儿上，张明礼还在问："人家要是问我房子的事，我咋回答？"

春兰说："不会回答，你闭嘴，到时候我跟他们说！"

张明礼问："你怎么说？"

春兰说："王光胜怎么说，我怎么说，学话还不会？笨蛋！"

张明礼问："那万一说露馅了咋办？"

还没来得及回答，屋外院子响起了动静，后院老葛头推开屋门进来了。

"你小子可以呀，听说出外干活儿挣大钱了，还买了房子，多大面积？"脚跟还没在外屋落利索，话匣子就打开了。

"不大，不大，也就五十多平，二手房，没啥显摆！"春兰推开里屋门，咋咋呼呼迎了出去。

"花了多少钱？"

“没几个子儿，明礼刚进城才几个月，能有几个子儿？贷款买的。”春兰敞开门，把老葛头请进了屋里。

“祝贺祝贺！”老葛头抹了一把上嘴唇滞留的清鼻涕，手摸进了怀里，扯出一个红纸包，撂在炕沿上。

春兰说：“你这是干啥呢！不用这个，到时候，你人过来就行了！”说着，拾起红纸包往老葛头怀里塞。

老葛头躲闪着说：“多少是这个意思，你收下！”退出屋，人走到外面，又说：“到吃喜儿那天，我再过来！”

春兰已追到门外，手里捏着红纸包说：“那就谢谢了，到日子一定过来！”

越临近吃喜儿的日子，张明礼越是紧张，紧张什么？心虚！春兰倒是脸不红不白，自然得很，张明礼真是佩服她了，佩服得一个劲儿摇头叹气。几天来，他越发不想出门见人，生怕有人问起吃喜儿的事。连去院子里茅坑，也提前一两秒钟望一眼院子，确认没有外人从门口路过，才贼头贼脑快速打开房门，低头一路小跑。进了茅坑办完事，再从木板缝朝外瞄几眼，提上裤子跑回屋里。春兰看着他，说：“你一个堂堂大老爷们儿，心里咋就经不住事呢？”张明礼不想反唇相讥，头一低，栽进西屋，看他爹去了。春兰的谎话，张明礼不是不会说，他总觉得那话要是从自己嘴里溜达出来，不是那么回事。他还有个预感，三十号吃喜儿那天，春兰一个人答对不了那么多嘴，有人肯定要问房子的事，到那时，张明礼是逃不掉的，他必须回答。这样一想，又是一阵紧张，但他对那假想的房子已经有了具体概念，五十平，二手房，贷款买的。回答起来不应该太困难，没必要紧张。要是有人问他更具体的细节，他也想好了，比如房子的地点，他可以绘声绘色说出搞暖房子那个老楼区，人家要是问他房间结构，他也可以饶有兴趣地把看到的那睡懒觉女人房间描述一下。

吃喜儿的日子风驰电掣般到了二十七号，春兰干活儿大包大揽，忙得风风火火疲惫不堪，张明礼也插不上手。

二十八号一眨眼到了，这天早晨要杀猪，好几天前，春兰将杀猪的事告诉了他表舅，天刚放亮，他表舅带着一套杀猪的工具，用帆布裹着，人就来了。昨晚，春兰没给猪喂食，特意空一下猪肠子。饿了一宿的黑毛猪，自己拱出了猪圈，可怜巴巴拱起了房门，怎么拱，春兰都拉紧房门屏住呼吸不动声色。这猪还拿春兰当好人呐，拼命地拱门，不知道春兰为了自己的那点小心思，要把它提前解决了。他表舅进了院子，走到门口，蹲下，给猪挠起了痒痒，黑毛猪暂时忘掉了饥饿，很享受哼叽叽地躺下，四脚张开，毫无察觉这温柔的欺骗。一根麻绳，早已神不知鬼不觉系住了黑毛猪两只前蹄，再一拽绳头，前蹄并拢，还没等黑毛猪反应过来是怎么回事，两只后蹄也被并拢在一起。他表舅站起身，操起门框旁边的木杠，顺势穿过四蹄，喊张明礼。张明礼磨磨蹭蹭来到了院子，接过木杠，他在前，他表舅断后，一声号令，木杠上肩，黑毛猪被抬起来了，才知道嗷嗷挣扎，但为时已晚了，两人紧走几步，来到院子那张早已放好的矮腿炕桌前，放上猪，抽出木杠，他二舅唱："猪哇猪哇莫见怪，你早晚是锅里的一道菜，我大外甥家办吃喜儿，请你多担待呀！"抡圆了木杠，落在了猪脑门儿，叫声戛然而止，打晕了的猪，看不见人的行动，他表舅心坦然了，一尺多长的尖刀从容地抖落出帆布包，伸开手指头捺出，按向猪心口儿，停留处，刀尖插入皮肉，再加一把劲儿，长长的家伙就短成了一个把柄。张明礼的心一紧，知道这就是吃喜儿的结果，吃了喜儿，他家那房子在哪儿呢？这样一想，就感觉那五十平米的二手房在眼前晃悠开了，房间跟睡懒觉的女人房间一模一样，只是一张大床上躺着春兰……张明礼端来空盆，撂在桌下刀柄处，他表舅手腕一转，抽出的尖刀，带出一条血溜儿，血挺着劲儿抛入盆中，泛着泡沫儿沿着盆壁打起了旋儿。张明礼脑子里也开始打旋儿了，腥红的血泡沫好像灌进了他脑子里，眼前所有的东西都红彤彤，那五十平米的二手房也是红的，红得不像是虚拟，不像是幻觉，而是实实在在存在着……好长一段工夫，那血一点点渐弱，弱成点滴，血盆已满，端到别处，等稍后灌血肠，他的脑子里的腥红血泡沫还挥之不去……

春兰点燃了灶坑，塞进脱了粒的苞米棒子，烧开一大锅水。灶坑的火苗拧着劲儿、撒着欢儿奔腾。他表舅手持尖刀，在衣袖口来回翻腾抹去血水，塞进帆布包里，又抽出一把小短刀，手脚利索地将猪后蹄绳扣解开，一舀冷水泼向蹄跟，刮去一小片黑毛皮，在皮肉上切开一个小切口……这猪还是杀早了，他应该让它多活两三个月才是，张明礼很后悔没阻拦春兰……他呆呆地看着他表舅拎起一根铁钎，插入那个小切口，铁钎向前行走处，皮层隆起，到了脖颈，抽出铁钎，他表舅嘴贴切口，两腮帮鼓起，额头青筋毕现，眼珠腥红，呼呼吹气——用嘴吹进的气肉才香。他转过念头又一想，看春兰那热血沸腾一意孤行的样子，谁能阻拦得住？吃喜儿吃喜儿，吃的是哪门子喜儿呢？自欺欺人也罢，竟活活提前害死了一口猪！他表舅边吹边拿一根柳条抽打猪身，皮层渐渐涨起，猪变成了滚圆，松开嘴，麻绳系牢切口，后蹄再次并拢系住，张明礼感觉自己的手脚怎么也紧绷绷的？被绑架了似的松弛不下来！他表舅喊："水烧开了没有？"春兰推门探出头说："早就开了。"那声调氤氲起让他难以述说的怨气，可他不能发火，不但不能发火，一点儿不高兴的意思都不能表现出来，怎么说春兰都是为了这个家！看着春兰拿两根木桦子横在锅沿上，张明礼又走到院子里，帮着他表舅将木杠重新插入黑猪四蹄中间，俩人一起扛起木杠，抬起那死猪，进屋，撂向横在锅口的木栟子上，往猪身浇上热水。他表舅拿出刮板，咔咔咔，刮板所到之处，黑毛哗哗翻飞脱落，眼见着一条圆滚滚粉白的肉身显现，再从锅口将这粉白的家伙抬下，撂到院中矮腿炕桌上。下一步开膛破肚，再过两天，这东西就被剁成无数个肥肥腻腻的碎块，香喷喷钻进全村吃喜儿人的嘴里，然后，然后顺着肠子溜跑了。

这时，西屋窗框上透露出一丝响动，是一件东西碰撞另一件东西的声响，杂乱、软绵，有气无力，又似有似无，蚊虫一样响在张明礼耳廓。一下两下三下四下……又掺杂起快要散了架风箱似的声响。张明礼脑袋嗡的一下，猛打个激灵，胳膊泛起一层立着汗毛的小疙瘩！从早晨到现在，父亲的吃喝拉撒，他怎么全给忘到脑后了呢？慌忙转身跑过去，打开西屋门，张明礼简直不敢相信，父亲居然自己坐在了炕上，他能坐起来了，真就坐起来了！张明礼惊喜得眼泪都快出来了，双臂颤抖着扑过去，在炕上跪起双腿，两只手轻轻托住父亲的后背。

父亲比前几天清醒了，他扭动着脖子，想转过脸来，脖子就僵在那儿，嗓子里响起了呼噜噜痰丝声。张明礼轻轻将耳朵贴向父亲的嘴边，闭起眼仔细地辨听。

“你……闹……别……扭……了？”

“咱家杀猪了，等一会儿吃肉。”张明礼扯过一条厚被，垫在父亲腰部。

“春……兰……一……心……为……这……家。”

“我知道我知道，什么事都没有，您就别操心了！”

张明礼撤下厚被子，扶父亲慢慢躺下。现在，手里的父亲只剩下一把老骨头，他必须慢一些，再慢一些，不能出现任何差池。屋子里弥漫着一股酸腐的气味，那是父亲身体的气味，张明礼静静地坐在了炕沿上，听父亲长短不齐的呼呼噜噜声，嗓子里似乎也有一种不自在的反应。吞咽几下口水，在屋里轻轻挪动起脚步，又很快停下来，他重新坐在炕沿上，耳朵屏蔽掉了屋外所有的热闹，眼睁睁看向父亲。刚才父亲的举动无疑是临终前的回光返照，他很快就要不久人世了，这样想着，落日已悄然拖走了屋里的最后一缕光线，夜晚来临，他打开灯，看向父亲。父亲静静地躺在炕上，额头的抬头纹开了，他想不到父亲这么快开启了抬头纹。抬头纹一开，人就不行了。张明礼极力控制着抖动的手脚，喊："春兰，找衣服。"

春兰惊骇地出现在西屋，问："你怎么不早喊我？"忙忙乱乱为父亲穿上寿衣，灭掉屋里所有的灯，停留半晌，毫无声息静默中，张明礼和春兰悄悄退出屋来，打发走他表舅，关上了院门。矮腿桌面摊着劈开的两条猪肉，就那么放着，地上腥臭的血水也没人打扫。晚上八点，一沓烧纸挂在了门外，院门紧闭，躲在东屋的春兰终于哭出声来。

"爹呀，你走得真不是时候，你知道不？后天咱家请人吃喜儿，等我办完吃喜儿你再走不行吗！"

张明礼说："这事爹还听你的？"

"爹呀，你咋不咬咬牙挺几天，等我办完吃喜儿，再给你办白事，咱家可以收两份，两份那个呀！"

忽然，春兰的脸，掠过一个火辣的脆响。她愣怔着，嘴里发不出声来。

张明礼手指麻木着又挥起拳头，重重砸出去……心，紧跟着拳头与门板爆出的山崩地裂声响，一落千丈。

"你会不会说句人话！"

春兰晃晃脑袋，手背抹向嘴角，抹出血来，她哇地疯张了，挥舞的手臂如两杆草耙子耙向张明礼："你打我，你敢打我？我不活了……我的天呐，敢打老婆的男人，还是个男人吗……"

村子里一派寂静，春兰一声高过一声的尖厉嗓音，撕扯着夜晚的天空，每家屋顶灰尘都在噗噗地颤抖不已。有人打开房门，张大了不会动弹的嘴巴，失神地张望过来。不一会儿，他家的院门口聚集起花花绿绿高矮不齐的一堆人，七大姑八大姨都急火火赶来了，可他们谁都打不开院门，门上着锁。有些人翻墙跳进院子里，咚咚敲响房门，看见屋里春兰鼻孔里支棱着一团儿报纸，在屋地晃动着，却怎么也不给开门。那些人又跳出院墙，颓丧着脸，知道后天无论如何吃不上喜儿了。

四

紧闭了两天的院门打开了。张明礼猜到大伙儿还在等着来奔赴丧宴，可他就是迟迟没有动静。即便没有动静，孩子他二表姨还是来了，他表舅也来了，七大姑八大姨都来了，他们带来了用白纸包裹着的礼钱，在屋里默默地站了一会儿，离开。因为没有丧宴，来的人的确比想象的少了一些。天下起了一场雪，雪后的村子一派清冷，淘气的孩子们不知深浅地在街上玩起了雪爬犁。老葛头站在自家院门外，拿着没有擦净灰尘的唢呐，哆哆嗦嗦举在嘴上，时断时续地呜呜咽咽吹起来，为亡灵送上最后一程。在冬日的干冷中，披麻戴孝的张明礼请来村里的四个壮汉，抬着父亲的棺木，踩起咯吱吱的厚雪，顶着簌簌细风走出肃杀的村外……院子里那头猪，已分成了七八块，摊放在矮腿炕桌上。下葬完父亲，张明礼让他们每人拿走一块，剩下的，埋进了雪地里，雪一旦在地上存留，寒冷的冬天就真正来临了……张明礼没办丧宴，也没让村民们感到有什么可奇怪，他两口子打架打成那样，哪还有心思张罗？即便他勉强张罗了，这饭能吃出滋味吗？

肯定没滋味！

开春的时候，张明礼又要进省城长春搞暖房子工程了。那个工地，是去年旧楼群留下的尾巴，还有三幢。干完这三幢楼，他们还要转移到新的小区。张明礼想起去年暖房子工程结束时，王光胜没回村子，过春节时，他也没回，看来他真在城里住下了。临出门这几天，春兰帮他换洗了被褥，重新缝好，打成了行李卷。这天早上，春兰还早早起来，在外屋包了韭菜鸡蛋馅饺子。去年离家，春兰也是包韭菜鸡蛋馅饺子，他一个人狼吞虎咽吃了整整一小盆，连最后盆底剩下的汤汤水水也喝了个精光。今天呢，张明礼的肚子里好像被太多的心思占据，吃了十几个，便吃不下去了。春兰从碗橱里翻出铝饭盒，装上剩下的饺子，扣好盖，用麻绳系住，塞进行李里。张明礼这一走，又要五个月，两人心里都复杂得不知说什么好。

院墙根花草树木冒起了黄芽，春天的气息丝丝缕缕窜进屋里来了。院外不远处的草甸子上，有一头放养的黄牛，正没心没肺地埋头啃噬着刚刚见绿的嫩草，一副远离人间烟火的样子。张明礼舒展开一脸褶皱说："这回进城，我还真想买一套房子，五十多平方米，二手房，买了房我心里才踏实。"

春兰说："咱家什么都没吃成，还有钱买吗？"

这时，张明礼发现院门外有一团黑乎乎的东西在动，是蠕动，颤颤巍巍要扒开院门的意思。张明礼死盯起那黑物，眼睛酸胀的当口儿，感觉那黑物怎么是个人呢？他眨巴几下眼睛想看个究竟，就觉得那人像王光胜。可王光胜没这么瘦，没这么黑呀，他又怎么可能矮在地上呢？春兰似乎也看见院门口那个人，吓得不敢说话了，手指甲不知什么时候抠着张明礼的肘窝，哆哆嗦嗦，目瞪口呆起来。

"明礼，在家吗？"

果真是王光胜，他怎么变成了这副样子？张明礼嗓音干涩地刚要应答，被春兰从背后伸过来的手死死地捂住……好半天，春兰轻轻放开手，她的手里还有韭菜鸡蛋的味道。张明礼悄声地探起头，透过门板缝，看见王光胜坐在一只爬犁上，那爬犁安了四个滑轮，王光胜两手攥着两块木板，在地面上一拄，滑轮爬犁就动了，身子紧跟着动起来！

“明礼，你要出去干活儿，我就不打扰了！”

爬犁熟练地滑跑了，那个瘦小的王光胜，看着有点可怜的王光胜，双手拄着木板拄向地面，一下下与爬犁一起飞快地滑走。王光胜出了什么事？张明礼快有一年没看见他了，时间怎么把那个整天得意洋洋、牛哄哄的王光胜，一下子就矮下去，矮到地面上了？

张明礼和春兰眼睁睁地盯着王光胜的爬犁滑走，滑向后院老葛头家院门口。他们看见老葛头从屋里跑出来，打开了院门，也被眼前的王光胜吓个趔趄，他后退两步终于站稳，又上前扯起王光胜伸起来的一只手，往院子里拖，拖向屋门，正欲进屋时，门槛挡住了那只爬犁。王光胜挣脱了老葛头的手，怎么也不肯进屋。他们就在屋门口说话，说了半天，王光胜调转爬犁，驶出院门，离开了。

春兰去了一趟老葛头家，很快回来，她说：“这下弄明白了，王光胜瘫了，怎么瘫的？他不是说在城市买了房子吗？他说那房子本来早就装修好，人搬进去住就行了，可他起了高调，非要从里到外收拾收拾不可，人就在阳台一脚踩空了，从三楼掉下来，多亏下面有一堆电话线挡了一下，没被摔死。他那房子也卖了，花了不少钱。你说，他在外面搞了那么多年暖房子，都没出事，怎么偏偏给自己家干活儿出事了？好惨呐！他正张罗吃喜儿，吃他捡回一条命！”

张明礼起身撒腿便往屋外跑。春兰急忙问：“你干啥去？”

张明礼头也不回地说：“他从那么高的楼上摔下，还能活过来，我得去吃喜儿！”

张明礼边跑边叫着快要消失的王光胜，脚下的尘土飞扬着，呼啦啦漫过了头顶，盖住了身子，他冲着身后呆立的春兰喊道：“等吃过了喜儿，我再进城……”

原载《作家》2017 年第 10 期
《中华文学选刊》2017 年 11 期转载
收入《中国短篇小说年度佳作 2017》（孟繁华主编）

出门在外

坐在从延边开往长春的动车上，看着窗外雪景，以及雪景中矗立的信号塔、连绵不断的远山，我有些寂寞难耐。现在，我出差的任务已经完成，再过一个多小时，就要回到家中。我工作的单位正在搞轰轰烈烈的“营改增”，我的任务跟这项工作有关。脸朝车窗外看得时间有点久，转回头，看车厢里的人，看自己的手机。两个小时之前，远在北师大读研的女儿打来电话，说房屋中介发来微信要收取房租。我无暇顾及，只好让妻子去处理，现在闲下来，很想知道此事办得怎样。这时，他跟我搭话了。

“你去长春吗？”

“嗯！”

我扭转过头，瞅了他一眼。说话之前，我根本没注意这个人，车厢里早已空旷，很多人中途下了车，在这偌大的空间里，我与他相隔不足两米。抬腕看了看表，动车还有四十分钟到达长春站。他的这句问话，把我从某种情境中唤醒，回答完毕，我起身离开座位，活动一下腿脚，车厢不远处有几位睡得东倒西歪的年轻女子，在她们中间，有两位没睡，情绪高昂地谈着什么，侧耳一听，是一位女子向另一位女子热情地推销保险。我的脸再次冲向窗外，耳朵屏蔽掉周围所有的杂音。

“长春站很大……”我再次接收到了他的话，是很浓重的东北乡下口音。我的脸离开车窗，不明缘由地看向他。这是位农民兄弟，他的身旁空座位上立着一个大大的编织袋，从形状上看，里面肯定塞满了被褥和锅碗筷子之类的东西。他像是随时为下车扛起那编织袋做准备，手始终搭在编织袋的封口上。

他的身子向我这边移动了一个位置，靠近了过道。

“我向你打听个事……”动车里的环境好像让他静默很久，有必要找个人搭讪，松动松动忍受了太长时间的拘谨。

“从长春到公主岭怎么倒车？”他好像观察我好半天，早做好了与我说话的准备，并充满信任地将手里擎着的两张车票伸了过来。我接过车票，看到的是他的满头白发。他的白发那么夺人眼球，像顶着一头白雪。那是一头很久没剪理的白发，一直白到两鬓，而且每根细丝变得支棱八翘。眼前这个人有六十多岁或者奔七十？面对他的求助，我无法漠视，很耐心地看着两张车票——一张是延吉到长春，另一张是长春到公主岭。

这位农民兄弟问：“我是不是不用出站台，就可以直接上下一趟车？”

真就把我问住了，我没有这方面的经验，不能草率给他一个答复。

我不失礼貌地把票递还给他说：“我也说不清楚，一会儿，等乘务员过来，可以向他们打听一下。”

他接票的手，粗糙僵硬，沟壑纵横。失望的神情刹那间有一丝惶恐不安，急促地向车厢两头看去，身子也随之扭动，一条腿还伸到过道上，站起身来，再次张望，又不得不坐下。

我不免替他操起心来，也跟着一起张望，真希望这时乘务员能够出现。乘务员有好长时间没有从我们身边走过，此时也应该来了。

心里有了这种期盼，我感觉眼前的时间过得特别慢。

动车快速飞驶，车窗外蓝天之下是一片厚重的白色世界，茫茫无际。干枯的树枝因挂满了冰霜变得异常丰厚，或静谧低垂或昂扬挺拔，以一派素洁的身姿展示在天地之间……这种雾凇景观，真是很难一见。

我说："你下了这趟车，离那趟车开车时间还有二十分钟，时间够用，先不用着急。"

动车忽然钻进了山洞，车厢里的灯光刹那间亮了，他开始沉默无语，好像是灯光让他安静下来，我也没什么话可说，也许是气流的作用，耳孔的听觉有些失常，像有什么事情要发生。

几分钟后，动车"哗"地舒缓了一口长气终于冲出山洞，四周又亮得让人很不适应。我转过头看向他，刚才接过车票时，我无意中看过他的身份证号，虽然有几个数字用"×××"替代，我还是看见一串熟悉的数字，也就是说，他与我同年出生。难道我们这个年龄的人都老成这个样子吗？我不相信我老了，我的心态还很年轻。但想起刚上车时，看见车厢里来来去去的人，真就属我与这位农民兄弟年龄最大，我忽然对他有了一种惺惺相惜的感觉。

不远处那位推销保险的女子已丢掉了说话的强势，她一只脚脱掉了鞋，搭在座位上，歪着身子，伸着修饰过的紫色指甲，抠起隔着丝袜的脚趾，显得毫无教养。她正在专注地听着对面的女子兜售某种化妆品。那女子显然是个直销商，她咄咄逼人的架势，好像推销保险的女子不买她的化妆品就别想离开，真是狭路相逢，看谁有本事了。

我问："你这是回家吗？"

他说："回家，我出来两个多月了。"

"你从家出门的时候，是怎样乘的车？"我有必要多问一句。

他猛地站起身离开座位，眼睛盯着前方车厢一头，顾及不到回答我的问话，抬脚向前走去。乘务员出现了，他把乘务员堵在过道上，递上手里的两张车票。我看见乘务员接过车票，翻看了几次，嘴里说起了什么，听得我这位农民兄弟的白头像鸡啄食一样点个不停，他得到了答案，我为他松了一口气。人出门在外嘴勤腿勤没坏处，这回他应该放心了。转身退回到座位，他的屁股虚虚地坐下，张口说出了一句让我非常失望的话："那乘务员也说不准。"

我无言。

"我来的时候是直达，这次回来，要是再坐直达，得半夜到家，我小舅子说，这样倒车省时间。"他还没忘记我刚才的问话。

我说："你下车后，问地勤人员，他们肯定会知道。"

事已至此，我们的谈话应该结束，但他继续惶恐着，眼睛在车厢里没有停止四处张望，好像很希望找到可以再次询问的人。但最终他还是放弃了。我拿起电话打给妻子，想知道我女儿的房租付过去没有，那个接收房款的卡号早已发到她的手机上，我本不该操心。电话响了十次她也没有接听，我只好又将脸冲向车窗外，看着远处连绵的山体随着这趟动车给我造成缓缓移动的错觉，想着山里的雪和城市的雪是不一样的，它一旦落下来，便铺张地盖住满山黄叶，覆盖着大地，不到春天永远不会融化，所以寒冷也在所难免。相比之下，车厢内的温暖是多么弥足珍贵。我们的话题又出来了，这回是我主动跟他搭话，我好奇他为什么有此次出行。

这位农民兄弟很愿意重启话题，他毫无避讳地抬起粗糙的食指，搓动着鼻孔，调整了一下思绪说："我这次去延边是帮一个亲戚干粗木工活儿，也就是搭培植木耳菌的木架子。在出门之前，那亲戚说，只要我来，干一天活儿，给我一百五十块，不干活儿，一天也给一百块，这样我就去了，结果呢，我有两天没活儿，那亲戚也没给钱。也许那一百块被当作饭钱和住宿费扣掉了，我想问，这到底是怎么回事？我小舅子不让我问，他在那亲戚家已经干半年了，比我会来事，不像我这么倔，他怕我说不好听的，让我回来，回来就回来吧，我也不想干了，我小舅子看我真不愿意干，当天帮我买了车票。”

我问：“你家里有地吗？”

他再次抬起粗糙的食指，揉搓了鼻孔说：“有一垧。”

我又问：“你以前出来打过工吗？”

他迟疑了一下，想了想，皱起眉头说：“三十岁那年出来过一次，在建筑工地上干力工，半年，一分钱也没挣到，腰还被砸伤了，以后再就没出来，心寒了！想不到这次出来又被骗了。”

我干脆直截了当地问：“你一年收入是多少？”

他欠了欠屁股，身子完全转向了我说：“也就是两万多块钱。”不等我接话，他又说：“我大儿子挣得多，他在河北帮人家干活儿，一天能挣一千块。”

“你大儿子多大？”我刨根问底儿，他的生活让我彻底感兴趣了。

“二十九。”

“有对象吗？”

“我大孙子都十一了。”

“你大孙子跟你们过？”

“嗯呐，我小儿子的孩子也跟我。”

“你几个孩子？”

“就俩儿子，还有俩孙子，小儿子在家种地。”

难怪他的相貌这样衰老，都到了当爷爷的辈分了，能不老？广播里开始预报动车正点进入长春站的消息，那几个睡觉的人看来早已醒了，直起腰一边看向窗外，一边用手指梳理蓬乱的头发。那两个推销保险和直销化妆品的女子之间的事不知是怎么解决的，反正她们已经偃旗息鼓，谁也不理谁，堵在车门口准备下车。

我对这位农民兄弟说："不管咋样，下了车，你肯定要走地下通道。"

他好像没听明白我的意思，点点白头，又变得不安起来，手抓着身旁那个巨大的编织袋，好像随时要把它拎起。动车停下了，车门打开，他抓起编织袋就往肩上扛，也许是体力不支，编织袋在他的手里晃悠了一下，我伸手帮了一把，编织袋扛在了他肩上。他在前，我在后，一点点走出车厢。这时，我忽然有一种想帮助他问路的想法，虽然他离乘下一趟车还有二十分钟，但肯定要在长长的地下通道行走，时间稍有浪费，乘下趟车就会紧张。走出车门，四周的人流多起来，各色人等步履匆匆，他站在车门口茫然四顾，有些六神无主。肩膀上的那个编织袋不断地撞击着行人，阻挡着行人，有人粗暴地推搡，他感觉到了，就极力躲避，这样反倒撞击到更多的人。我决心帮他，眼睛不停寻找着穿铁路制服的地勤人员，他看我并没有急于离开，便跟我告别说："我姓李，烧锅儿人，有时间到我家串门。"

这时，一位身穿铁路制服的男子向这边走来，我赶紧冲上去问："往公主岭倒车在几站台？"

那位穿铁路制服的男子停下脚步，看着我，又看看他，没有急于回答。我的这位农民兄弟及时地凑过来，探头探脑想听个明白。穿铁路制服的男人好像故意跟我们的焦急心情作对，他不紧不慢拧动着手里对讲机的键钮，然后用嘴吹了一下，再次拧动，面无表情。对讲机里传出嘈杂的男人和女人的声音，听着让人心躁。我的这位农民兄弟赶紧递上他手里的两张车票，我们等待这位地勤人员给个明确的答复。

穿铁路制服的男人翻看着两张车票，攥在手里，又开始拧动对讲机键钮，似乎他的注意力全在对讲机里。

我们耐心地等待，我准备打听明白路线后，把这位农民兄弟带到地下通道，帮他找到下一个乘车路口再离开。可那位穿铁路制服的男子还在摆弄他手中的对讲机，并不急于回答我们的提问。时间就这么一点点耗掉了，我盯着穿铁路制服男子的脸，心里升腾起无名的烦躁，又不得不忍下去。穿铁路制服的男子看出我的心理反应，他又拿起对讲机，放在嘴上吹了吹，“噗噗”有声，我以为他要跟什么人说话，或者他也搞不清楚是哪个站台，询问一下他的同事，可他什么也没说，又把对讲机放下。

我极力控制着情绪问：“你能告诉我们，他在哪个站台倒车？”

穿铁路制服的男子对我的问话没有回应，就像我这个人压根儿不存在。

人流很快走光了，所有的人都拥向地下通道，我看着最后一拨人影儿，自尊心受到极大的挫伤，我感觉我成了不受穿铁路制服男子欢迎的人，这样跟着耗下去等于自讨没趣，我一脸难堪地把这位农民兄弟甩给他，随他处理吧，我应该走了。

我奔向地下通道，追赶那最后一拨人，在我即将走入通道时，我还是不放心地回头看了一眼那位农民兄弟。他所剩的时间不多了，不知接下来能否赶上那趟开往公主岭的火车。如果赶不上，他可要浪费一张车票，而且真就要半夜赶回家了。我心里不住地骂那穿铁路制服的男子缺少起码的职业道德。我是个不愿意招惹是非的人，不然我会跑过去，让他给这位农民兄弟一个说法。我看见这位农民兄弟正仰着脸愣愣地听他说着什么，白头点得像鸡啄食。

我顺着通道台阶一步步往下走，那位农民兄弟气喘吁吁地跑过来了，我停下脚步等了他一下，问：“搞明白了？在哪个站台？”

“第五！”

我看看表，离那趟车开车时间还有十三分钟，那位农民兄弟好像不知道时间概念，不顾一切往前跑，我像受了传染，也跟着小跑起来，其实我是想跑到他跟前，告诉他，第五站台离这儿不算远，时间还来得及。可他已经跑进地下通道了，他面对着长长的通道，左看一眼，右看一眼，犹豫着，又不知往哪走，然后回头看向我。这时我正好跑下最后一级台阶，站在这位农民兄弟跟前，帮他查看通道口的数字："三、四、五……"我话音未落，身后响起了一声呐喊："你想干什么！"

是喊我吗？我转回头，看见那穿铁路制服的男子站在我们刚走下来的那个通道口，怒目圆睁，竟然也开始顺着台阶跑下来。我想干什么？我什么也不想干，我只是告诉这位农民兄弟第五站台口在什么方向。

这位农民兄弟很听话地在空旷的地下通道奔跑起来，那巨大的编织袋在他的肩膀上摇摇晃晃。我看着远处最后一拨即将消失的人群，也赶紧追了过去。追着追着，我忍不住心头的好奇，回头看了一眼，那穿铁路制服的男子居然还站在通道里，身子一动不动。

我沮丧地走出车站，乘上公交车回家，一路上我对自己说，没关系，我被人误解了，事情过去就好了。

这时，我的手机响了，是妻子打来的，她说："我刚把房租转入对方银行卡里，要是再晚一点儿，今天这款就转不成了。"

我问："你为什么把时间搞得这么紧张？"

妻子无奈地说："这不能全怪我，我在银行往对方卡里转款的时候，窗口人员让我反复确认信息，拖延了一段儿时间，他们怀疑我被骗子盯上了。"

原载《光明日报》2017年2月10日

冬　捕

山坳里原本是一片茂密森林，松树、柳树、椴树还有树身下面数不清的榛莽，形成了这里特有的地貌。树林密了，便养生了各种动物，不管什么季节，狍子、狐狸、野兔子、野鸡总会瞪着圆溜溜锃亮的小眼睛往来穿梭于密林之中。有陈年的老树寿终正寝，横倒竖歪地长眠在枝叶茂盛的子孙们的脚下，巨大空洞的树干如一张永远合不拢的大嘴，成为冬眠黑熊的安乐窝。李家屯的祖辈们让这里的山和山里的一草一木迷住，盘踞此地，同时迷住他们的还有山坳南面清清的饮马河。多少年了，河水晃晃悠悠，屯里人就在这晃悠中繁衍了几辈，他们由最初的狩猎改为后来的捕鱼，都得益于这里的山山水水呢。与山水草木相伴，山水草木就跟人有了情意，就帮人想了很多生路，比方种田，比方去外面做工，几经变化，唯有少数人留下来，继续操持着捕鱼行当。李家屯往前数五代，亲戚连着亲戚，亲戚住在一个屯子里，就不那么亲，但在这十几户人家里，左邻右舍还是打断骨头连着筋，谁都离不开谁，这也就免不了生出许多的家长里短和是是非非。

三叔赶在晚饭的当口走出家门，脚步一阵风似的卷起秋后地上的落叶。由于心里有气，步伐便显得杂乱无章，他立在天明家院门，裤裆里滚过一股暖烘烘的臭气，顺下了心气，就开始砸门。

想躲是躲不过去了。妈妈正在院子里无休止地咳嗽，胸腔像一部巨大的风箱，需要不停地抽抽拉拉，才能把肺部的气抽出来，送回去，一副死不了活不起的样子，难受得很。

自打入秋以来，三叔已经来过天明家好多次了，他每次来，妈妈都这样咳嗽。有一回，三叔催促妈妈上医院，妈妈就冲天骂三叔，说："你站着说话不嫌腰疼，我去医院你给我拿钱啊？"三叔真就套上马车把妈妈送到了县医院，从医院回来，三叔的脸更难看了，说："我这是何苦呢，原来的钱没要回来，转眼又新搭了一千块。"他这么一说，妈妈不愿意听了，说："你那一千块钱光给我花了，你不也看病了吗？你做你那胃镜花了多少钱你不知道？你昧良心说话，就不怕那心被狗吃了？"

天明的心就随着妈妈的骂声一惊一跳的。

三叔不会再领妈妈去医院了，不去医院，三叔还会隔三岔五地来。今天他像是真急了，说："我跟你说不通，我跟天明说说，让天明给评评理。"

妈妈说："评个屁理，咱俩的事情咱俩谈，别把天明也搅和进去。"她说着赶紧把天明推到西屋，坚持不让天明露面。

三叔说："不是我逼你，你知道我的难处，做了胃镜才知道，我怕我跟大哥得了一样的病。"

妈妈说："你这是吓唬我呐！"

三叔说："我没吓唬你，我干啥要吓唬你。"

窗外的秋风夹着呼哨捶打着窗子，窗子就一鼓一鼓的，好像是有人在使劲儿地掀。天明的心竟不住地发紧，三叔也得胃癌了，癌症是要死人的，爸爸是得癌症死的，三叔也要得癌症死吗？天明清楚记得爸爸是夏天死的，爸爸长年在城里工地干活，不分白天黑夜的，等到发现得了癌回到家，人马上就不行了。救人如救火，妈妈向三叔求助，三叔让三婶翻箱倒柜拿了三万块，感动得妈妈差一点儿给三叔下跪了。三叔是屯子里最有钱的人，别说为自己堂哥治病，就是屯子里别的人想借这三万块钱，三叔也会拿的。有钱的三叔真是太好了，就像屯子里的活菩萨，活神仙，连乡里的干部都高看他好几眼。可是三万块钱没有留住爸爸的命，却给妈妈留下一屁股还不完的债。为了救爸爸，整个夏天妈妈都没过好，攒下一堆心火，一直到了秋天那堆心火变成了病才发出来，妈妈的咳嗽就是这么来的。爸爸的死闹得人财两空，躲债催债成了妈妈也成了三叔割不掉的心病。本来三叔往外借了钱，大家都有一个和气的脸面，可是到了还不上钱的时候，要钱的有要钱的难处，还不上钱的有还不上钱的心酸，闹得彼此心里都不痛快，甚至脸面都快撕开了。

看到妈妈和三叔这么闹，天明就跟妈妈说："妈妈，你这是干啥呢，你怎么能跟三叔那样呢，怎么说三叔对咱家都是有恩的。"

妈妈说："三叔还没高大到把钱白送给你的程度。他的钱也不是大风刮来的，借债还钱天经地义，可他这么逼人就不对了。"

天明的心软下来，他不想跟妈妈理论。他知道妈妈不是故意要赖的人，如果不生病，可以从别处借钱还给三叔的，可妈妈这一病，谁还敢借钱。

上了秋，天也就一天比一天短了，眼看着天还亮着，不知什么工夫，太阳就掉进西山那头去了。屯子里天黑了，人也跟着安静起来，三叔的砸门声就格外地响，好像要把全屯人都惊恐万状地砸出来。妈妈停止了咳嗽，再次把天明推到西屋。西屋存放着铁锹镐头柳条筐，都是妈妈认为最有用的宝物。天明混迹在这些物品当中，更是妈妈宝物中的宝物。

三叔的脚踏进外屋，说："我今天是来找天明的，我就想让天明听听这个理儿。天明？"

天明的耳朵随着三叔的脚步进了东屋。

三叔说："河马上结冰了，结了冰就得捕鱼，我没那本钱，这活儿就没办法干，你总不能看着我把到手的钱让别人挣去。"

三叔的"理儿"是站得住脚的，谁不知道三叔是远近闻名的鱼把头。屋里一时没声了。天明的耳朵静止在东屋里，又异常地敏感起来，他似乎能听到东屋细微的声音，比如妈妈正低头抠着指甲，比如三叔鼻孔里的呼吸，比如空气中微尘的浮动。

三叔说："我就想听你一个准信儿，钱什么时候还？"

话说到这份儿上真就绝情了，比秋天里的风都冷，冷得彻骨了。妈妈态度有所转变了，她寻思了一会儿说："这几天我想好了，捕鱼的时候，让天明跟你干，每天的工钱你说了算，他挣多少就等于我还你多少，你觉得我们什么时候将钱还上了，再把天明给我送回来。"

三叔说："童工啊，我用不起。"

妈妈说："那你还有比这更好的办法？"

三叔的确没什么好办法，他站起身给妈妈扔下一句话："等我回去考虑考虑。"

三叔出门了，妈妈有点不放心，她重新关了房门，到西屋叫天明。妈妈眼泪汪汪地说："事到如今，只有你吃苦吧，一个男孩子吃点苦不是坏事。记住，不管我跟你三叔怎么要怎么闹，都不关你的事，你必须把你该做的事完成。"

天明说："你早就应该这么做，我都是大孩子了，不要什么事都瞒着我。"

已是深秋，天上时而雨时而雪阴个不停，等到见不到雨水，冬天就彻底地来了。自打下了一场大雪后，妈妈总喜欢倒在炕上，有事没事就往炕上爬，蜷缩着身子，胸腔里发出深深的咳嗽，一震一震的，整个屋子都跟着天摇地晃。

三场雪过后，饮马河冰面可以走马车了。清理了一片冰面积雪，用彩旗圈起来，就有人在上面滑冰，抽冰猴，玩狗爬犁，还有人在河岸的坡地一个不大不小的滑雪场玩耍。冬天旅游季节真正来临了，一辆辆旅游车运来天南海北的红男绿女，疯啊闹啊的，对寒冷又不知如何预防，往往上半身厚重严实，下半身四处漏风，看上去奇形怪状，可笑极了。天明从外面回来，说了河面上的事，妈妈很开心。妈妈说，那叫作顾头顾不了腚。说完就笑了，整个屋子也都跟着笑了，这笑还没完呢，代价就出来了，一阵无休止的咳嗽席卷而来，有些喘不过气了，天明赶紧捶打妈妈的后背。天明已经听惯了妈妈的咳嗽，可母子连心啊，妈妈咳嗽，撕断了他每根神经。天明就有些恨老天，说老天怎么一点儿高兴也不让妈妈有呢。

妈妈咳嗽渐渐平息了，平息后的第一句话就是："你赶快找三叔吧。"

这时天明反倒有些犹豫了，他有点舍不得离开妈妈了，就说："我怕三叔不要我。"

一股气儿又把咳嗽引出来，妈妈的脸一点点膨胀着，紫红了，手却高扬在半空，比划着，说不出话来。天明又赶紧捶打妈妈的后背说："我去，我去，我去就是了。"

三叔家在天明家南面，中间隔着五户人家，还有一个小水泡，要走十多分钟的路。天明推门出去，妈妈又敲着窗户叫住他，艰难地从炕上爬起来，披头散发扶着墙来到院子，从鸡窝里抓出两只老母鸡，唤天明找来绳子，捆住鸡腿儿，把两只老母鸡连在一起。天明拎起两只老母鸡走出院子，心里有一种说不出的难受。这时，老天也跟着凑热闹，飘起零星的小雪，落在天明的头上肩上，把他的难受心情渲染得更加浓重。

天明走了二十分钟才推开三叔家的院门儿。二六子、大脑袋、二赖子正从仓库拽渔网，渔网挂了满满一院子。天明在渔网缝隙中躲来躲去走到房门口，心想，这三个人都是屯里有名有脸儿的人物，三叔能把这三个人归附到手下，说明三叔真是能耐。这工夫，后背被门撞了一下，天明回过头，看见三婶从屋里出来。三婶问："你这是干啥呢？"事情有点儿突然，天明一时无法回答了，他抠着后脑勺说："我妈叫我看看三叔。"

跟三婶进了屋，把鸡撂在外屋地上，就听见里屋吭哧声。天明看见三叔跪在炕梢，弯着腰，两只手使劲抓着肚子，脑门儿全是汗。三婶说："你三叔刚才还好好的，这会儿又犯了胃病，别看他这样，一会儿就好了。"说着话，三叔身子松弛下来，安静下来，他慢慢抬起头擦了汗，脸像纸一样的白。

三叔问："你来干什么？"

天明说："听说三叔病了，我妈让我来看你。"

三叔说："我知道你会这么说，我刚倒下，你妈怎么知道？"

天明说："就知道嘛。"

三叔说："回去告诉你妈，我这儿不用你。"

天明不知怎么说话了。

三叔说："你怎么还不走哇？"

天明走出三叔家院子，天上的小雪已经停下来，地上落下薄薄一层白雪，脚踩下去，留了一行歪歪扭扭的脚印。雪后的空气有一种透彻心肺的清新，天空大地房舍树木杂草又像被过滤了似的亮眼，天明鼻孔喷出的薄雾丝丝缕缕地飘散着。他想，自己就这么回去了，妈妈心里肯定不好受，再说了，他已向妈妈表了决心，有必要再回去一次，就当妈妈又把他撵回来的。一边想着，就不自觉地移动了脚步，铁了心要回三叔家。

踏进三叔家门，三叔的病好像彻底好了，他愁眉苦脸地问："怎么又回来了？”

天明说：“是我妈让我回来的，你不收我，我就不走了。”

天明真就不走了，他转身跑到院子里，向二六子、大脑袋、二赖子要活儿干。这三个人对天明也不客气，支使他干这干那，活儿说干就干上了，往往这边活儿还没干完，那边又响起了叫唤声，天明忙得脑门子都出汗了。三叔推开房门，看着天明，不再赶天明走了，还招呼天明跟他一起捆渔网，然后把渔网搬到车上去。天明的力气明显赶不上他们，腿脚发软气喘吁吁。越是赶不上，他们越是加劲地干，天明在他们中间有些碍手碍脚了，有时还被渔网拖几个趔趄，心里的滋味真是不好受哇，就像被人打掉牙齿往肚子里咽，欲哭无泪的。是大人们故意搞坏，挤对他，累他，让他吃不消，自己跑掉，天明想。他心里打定主意，不管他们怎么折腾，他死活都要跟他们缠在一起，坚持到底就是胜利。网终于全部装上了马车，三叔赶起马车飞快跑出院子，向饮马河方向飞奔。二六子、大脑袋、二赖子跟随其后，紧跑几步，忽地爬上马车，等天明再想爬，已经来不及了，马车跑出老远，他无论如何也追不上了，只能跟在马车后面跑，一副丢盔弃甲的样子。

要说三叔不急也不对，今年捕鱼至少比往年推迟了三四天，都是三叔的胃病耽误了，再不抓紧，错过捕鱼最佳时间，肠子都会悔青的。

马车跑到饮马河边儿，眼前呈现出一望无际的雪野，无遮无拦的，风卷起积雪，铺天盖地飞扬，在极远处，雪与天混沌一片，让人生出无名的恐惧。马车停顿了一下，找准了方位，又往河心跑去。河面上的寒风明显比屯子里的狠、毒，不留情面，吹到脸上就像一个个刀片在割肉，又像一根根钢针往脸皮上刺。天明感觉脸麻木得不知长到什么地方去了，要想找回自己的脸，最好的办法就是拼命地跑，跑得浑身热气腾腾。

马车停在事先选好的位置，大伙儿一边抵挡恣肆的风雪，一边搬下工具。三叔拿起铁凿子在冰面画了个车轱辘一样大的圆圈，对天明说：“你还真有两下子，坚持过来了，按打鱼人的规矩，每个新人都得经过这样的摔打，什么时候把筋骨摔打硬了，什么时候才能在我们这行站稳脚跟。”三叔让天明在车轱辘一样大的圆圈上凿冰，凿出的冰窟窿只能比圆圈大不能比圆圈小，而三叔、二六子、大脑袋、二赖子一字排开，每隔十几米占据一个位置，也开始凿冰，凿出的冰窟窿要比天明凿出的小，比碗口大不了多少。不到十几分钟，他们的冰窟窿就凿成了，露出了水，而天明这边刚刚凿出薄薄的一层冰。三叔他们也好像故意看他的笑话，继续一字排开，每隔十几米占据一个位置，重新画碗口大的圈，凿冰窟窿。碗口大的冰窟窿全部开凿完了，他们凑到一起，开始开凿比天明这边大两倍的冰窟窿，作为收网口。眼看着收网口完成了，他们转回身，胡子、眉毛、狗皮帽子上全是白花花的霜，冷不丁一看，简直就是一个雪人。三叔不声不响领三个人过来，推开天明，凿上天明这边最后一个冰窟窿。这伙人真是有力气，凿子下去，胡子眉毛上的霜纷纷掉落，在雪地上见不到踪影。车轱辘大的冰窟窿开凿出水了。出了水，等于河面揭开了一个小盖，鱼儿在冰层底下憋闷好久了，一帮一伙地逃过来，呼吸着新鲜空气，撩得水花叭叭响，诱人呐。淘出水层残余冰块，三叔往车轱辘大的冰窟窿里下网，哗哗啦啦的，二六子、大脑袋、二赖子跑到碗口大的冰窟窿跟前，用长杆子拉网纲，网拉过来，推向下一个碗口大的冰窟窿，下一个碗口大的冰窟窿接到网纲，再推向下一个碗口大的冰窟窿，一直拉到网纲从收网口露出头来。三叔摘下腰上的酒壶，给每个人喝一口，既是一个小小庆功仪式，也是为了驱赶一下身上的寒气。松口气的当儿，就见渔网在冰底下一点点舒展开去，沉入水底，大伙儿的心又忍不住地悬浮起来。谁都知道，第一网鱼就是这一冬收成的预兆，每个人都在祷告天祷告地祷告一望无际白茫茫的雪野，能给他们带来好运气。

谁会想到呢，结果是开局不利。收网时，除了有一条一米多长的大胖头，再就是十几条鲤鱼。也许是天冷的关系，大胖头像受到了偷袭又不明真相，被人稀里糊涂从被窝里拽出来似的，赤身裸体，蒙头转向，本能地折腾几下就束手待毙。那些鲤鱼更是冻得打不起精神，懒洋洋地摊在冰面上没有蹦几下，就僵硬得一动不动了。

回到家，三叔的胃病又犯了，他在炕上滚了两天，他们的工作也就停了两天。第三天三叔从炕上爬起来，决定无论如何都要张罗捕鱼，如果再不捕鱼，这一冬就算白白地荒废了。招呼来二六子、大脑袋、二赖子，三叔还没忘了叫上天明，看来他已经接受了天明，天明已经成了这伙人中不可或缺的一员。临出门，天明看见妈妈的咳嗽更加严重，怕是过不了这个冬天，心就特别地难受，但还是咬着牙出门了。套上马车，他们去了河面，三叔指挥大伙儿重新开凿冰窟窿。这回，三叔没有给天明安排具体的活儿，也就是说，所有的活儿都有天明的份儿，大伙儿随时可以支使天明，这样一来，哪里少了天明，哪里的人就像缺了腿脚，少了帮手，无所适从。天明也认同了自己的角色，活儿干得格外起劲儿。冰窟窿凿成了，有无数的鱼奔跑过来，扑打着水花，呼吸冰层外面的新鲜空气。不用说，这回三叔选准地方了，几百斤的大鱼小鱼即将唾手可得。大伙儿的情绪一下子高涨了，那种高兴想不挂在脸上都不行。他们抢着从马车上搬下渔网，哗啦啦顺到车轱辘大的冰窟窿里，生怕动作慢了，鱼就会溜掉。然而，工作的时间毕竟是漫长的，等渔网完好地布置在冰层下面，两三个小时已经过去。三叔说："捕鱼和做其他事情一样，不能太贪，太贪了就要坏事。"他要赶在天黑前把网收回来，收拾利索。说着话，太阳已经偏西，从云缝中拉出数不清的长长的斜线，铺在冰面雪地上，雪地变成了橘黄色，像撒了金子，格外耀眼。二六子拉起网纲开始收渔网了，那网格外地重，又意外地沉，费了好大的劲儿也拉不动，大脑袋、二赖子赶紧奔过去跟二六子一起拉，网慢慢地启动了，网里肯定有上百斤的鱼，那些鱼肯定很不听话地冲撞渔网，拼命挣扎，甚至和冰层上面的人较劲儿。已经收回三分之一了，网又定在水里不动，再使劲儿，还是不动，三叔上前抓了一把网纲说："别动。"三叔让大伙儿松开手，他一个人握着网纲将渔网顺回水中，隔了一会儿，叫大伙儿再往回拉，拉着拉着，渔网又不动了，三叔的脸色一下子不好看了，三叔说："怎么办？渔网挂在石头上了。"大伙儿的脸色都凝固不动，难看起来，颓丧起来。难道老天爷故意在这时给他们设立一个坎儿，让即将到来的喜悦落空吗？三叔再次抓紧网纲握了握，就把握出了河底石头的准确位置。放下网纲，迈开脚步向前丈量，丈量了五步，站下，三叔确定脚底的位置就是挂住渔网的地方。所有的人都冷峻起来，所有的人都明白在这样的天气里渔网挂在河底预示着什么，将要发生什么。现在，几百斤鱼在这样的事件面前已无足轻重，丢弃渔网却是捕鱼人的耻辱，燃眉之急就是怎样将渔网完好无损地从冰河里拖出来。三叔移开脚步，让大伙儿在他的脚印上往下凿冰，凿成两个车轱辘大的窟窿。大伙儿的表情更加冷峻了，身子瑟瑟发抖。三叔从后腰摘出那只常备的酒壶问："谁下？"三叔的眼神咄咄逼人，逼得二六子猛地打了个激灵，赶快转过头去看大脑袋，大脑袋又迅速把目光推给了二赖子，二赖子早有心理准备，他停顿了一下，不紧不慢地说："大家都明白，在这节骨眼儿上，谁下去都不得好，不被冻死，也冻残废了，按规矩，天明是我们这儿人中排在最后的，这活儿就该他干。"

所有人的眼睛又都盯上了天明，天明是逃不过去，躲不过去了，只有下水的份儿。天明突然寒噤得上下牙打架，嗒嗒嗒嗒嗒，想抑制都抑制不住。过了很长时间，天明说："我真的去死吗？我不想死，我要是死了，谁替我妈还债？"

这话，听着平平常常，可却像一根钢针将人刺疼了。所有的人都惊呆了，愣愣地看天明，看三叔。三叔宛如一根木桩立在那儿不动，任凭小风吹起的雪扑打着脸，那风，像要把三叔的脸皮从脸上撕下来。三叔第一次低下头看天明了，认认真真地看，又不自觉地拿自己跟这个孩子比了比，这一比，心里就翻江倒海般地难受。三叔默默拧开酒壶盖，仰脖把酒喝得壶底朝天，扔掉酒壶，他对天明说："三叔咋能忍心叫你下水呢，你这小身子骨下到水里也是喂鱼，你有这份心思三叔还有什么话可说的，回去跟你妈说一声，就凭你这句话，三叔那钱没白借给你们家，你知道吗？三叔胃里得了癌，死是早晚的事，今天这事只有三叔最适合，等三叔死了，你给三叔大声哭喊两嗓子就行。"

三叔好像有点诀别的意思了，他又对二六子、大脑袋、二赖子交代说："感谢你们跟了我一回，不管我今天能不能活着上来，按规定，天黑时我们就算散伙了，以后大伙儿自己各奔前程吧。"

三叔脱掉厚重的棉衣，光了身子，黝黑的肤色在雪地上划出一道光亮，分外扎眼，还没等天明打量完他的身子，三叔一个跳跃扎入水中，水花溅出，落在雪地上，融化了雪，又立刻生成一粒粒冰疙瘩。三叔慢慢潜入水中了，钻入水底，大伙儿眼睁睁看着寒冷的水花打着漩儿，盖住了三叔。二六子手里的网纲不停地抖动，是三叔顺着网纲摸石头呢。不一会儿网纲松动了，二六子高喊摘下了，渔网从石头上摘下了，嘴里呼出的雾气掩住了他的整张脸。冰窟窿突然腾起一股水浪，三叔的头蹿出水面，二六子伸手去接三叔，可三叔好像没力气把手递过来，人却要沉入水中，二六子眼疾手快抓住了三叔的头发，三叔的头再次露出水面，所有的人都扑向冰窟窿，拼尽全力拖出三叔。三叔四肢已经不会动了，天明拿起一件大衣盖在三叔身上，又被二六子扯掉了，二六子高喊：“快，用雪团揉搓身子。”大脑袋、二赖子抓起一把雪就往三叔手上脚上胳膊上腿上胸上背上头上搓，雪团搓得没有了，再去抓。手指冻得不听使唤，钻心地疼，可谁都顾不了这些，为了保住三叔的命，就是手指搓掉了也值得。天明忍不住哭了，被二六子强行制止。他说：“你还有时间哭，快动手搓。”这时，好像有无数只手相互撞击、磕碰，无数只手搓遍了三叔四肢前胸后背，搓啊搓，不停地搓，三叔浑身皮肤开始通红一片，有了血色，血流动了，雪就变成了水，水又变成了汽，缭绕在三叔身上……二六子叹了一口长气说：“这回总算有救了！”

过了很长很长时间，晚霞终于送走了雪野中这一行冬捕者的身影。

原载《长江文艺》2009 年第 6 期

还魂草

献给为新中国成立勇于献身的父辈们。

——题记

引　子

一九四九年一月，北平和平解放，西北绥远省局势开始紧张。三月，中共中央华北局的同志与傅作义商定了人民解放军和绥远部队临时分界线，恢复平绥铁路交通，通邮通电，恢复双方商业贸易往来、文化交流、制定双方货币兑换办法等事项。一九四九年夏，中共中央华北局同志和傅作义派人先后到达绥远，协助国民党绥远省主席董其武进行和平起义。原计划在中国人民政治协商会议开幕前完成任务，但一些反共顽固派和国民党军统特务千方百计破坏和平谈判。七月二十四日一时许，一伙国民党便衣特务手拿冲锋枪和手榴弹，在警备司令部门前，将华北人民政府联络处人员王士鑫等四人围堵，并进行挑衅，王士鑫四人迅速离开，行至新旧城之间，国民党特务朝他们身后扔了两颗手榴弹并开枪射击，王士鑫当场身亡，两人受伤，另外一名幸免于难。局势一时间波诡云谲。

正 文

屋外灶台热闹非凡的蛐蛐在这个夜晚悄无声息了。盐业税务稽核所张连喜所长嘴里的一颗蛀牙闹腾得厉害。这颗蛀牙在他嘴里存留了十几年，每次着急上火，它都跟着出来捣乱一番。娘说这牙是小舅给害的，那年小舅来乡下看娘，从兜里掏出一块糖偷偷塞到他手里。那年张连喜十二岁，他剥掉糖纸，糖送进嘴，真甜啊，他含了几下，拿出来，捏在食指和拇指中间，冲着太阳照啊照啊，恋恋不舍放回兜里。那块糖从下午吃到晚上，后来他含着这块糖不知怎么稀里糊涂睡着了，第二天早晨，牙疼，疼成了蛀牙。

张连喜小时候，几乎每年都有人来乡下看母亲。母亲年轻时受过刺激，小舅担心母亲日子过得不好，总往乡下跑。小舅对张连喜也格外关心，每次来，都往他手里塞一些好吃的，比方一张面饼，一块糖。张连喜十八岁那年，离开乡下，到外地读师范，那是小舅第一次把他领出乡下。有一次，张连喜从师范回家过年，看见邻居家的小婉扭着水蛇腰，走起路来像一只飘动的蝴蝶，刮起的香风，害得他患上了相思病。大字不识的爹托了媒人去游说小婉的父母，可捎回话的大意是，虽然张连喜读了师范，但小婉另有相许。张连喜那病就更加厉害，发誓不回师范读书了，他要出外当兵，当兵手里有了枪，看上谁娶谁，还用什么媒婆？张连喜在家正闹得鸡飞狗跳，赶上小舅来乡下了，他劝爹娘说，孩子大了，由不得你们做主，想出外闯就闯吧。张连喜几经辗转来到了绥远，兵没当成，却去了盐业税务稽核所，当上了一名税务警察。

一九四九年的初夏，绥远省夜晚还有些凉意，张连喜躺在床上，那件羊皮袄一半压在身下，另一半掉在了地上。失眠的痛苦不仅来自那颗蛀牙，也来自蛐蛐们的偃旗息鼓。有一段时间，他好像迷迷糊糊睡着了，还做了一个梦，梦见沙丘里有无数团滚动的还魂草，向他席卷而来，锋利的枝叶刺伤了脚踝，他在疼痛中惊醒，感觉后脖颈有一个东西在丝丝缕缕快步爬行。伸手一摸，是一只蛐蛐。这只蛐蛐奋力蹬踹小腿，踹疼了他的手指，按照以往习惯，他会毫不犹豫地将这蛐蛐一掐两段，然后碾成碎末，但这次，他只是轻轻捏住这只蛐蛐，甩手抛到木板外面，放生了。

这个夜晚注定不会平常，一种无法逃脱的厄运似乎随时可能降临。

晚饭时，张连喜没见到丁焕忱。他总觉得丁焕忱不一会儿会拖着他那条瘸腿晃晃悠悠过来。解放军攻陷南京的消息，早已传入张连喜的耳朵，不仅是他，整个税务稽核所都开始人心浮动了，他必须提前有所准备，为自己留个退路。见不到丁焕忱，他心里隐隐约约有一种不祥之感，好像要出事，会出什么事呢？张连喜强迫自己将饭盒里一口小米饭快速扒拉到嘴里，放下碗，然后木然起身。

一名税警见缝插针前来耳语道："失踪了，丁焕忱带着十多万税款，领十几个人失踪了，现在营房里空空荡荡，零乱不堪，地上甩下十多条臭气熏天的裹脚布。"

张连喜喉咙一紧，刚刚吃进胃里的小米饭差点儿上逆到口腔。

"什么时候？"

"刚刚，不到一个时辰，据说那十几个人跑向了大青山。"

丁焕忱无疑是潜伏在税务稽核所里的共产党了。半年前，张连喜接到密电，说他们所藏有共产党，必须密切关注，及时捕捉新动向。既然是密电，就不能掉以轻心，每天吃饭、睡觉甚至大小便，他都注意察看身边每一个人，细心琢磨，耐心揣度，看谁更像共产党。后来他察看的重点落在了副所长李广文身上。李广文识文断字，待人忠厚，对这样的人他早有戒心。有那么两次，李广文给他捎来母亲千里之外的来信——为什么他总爱捎来这些信件——张连喜感觉事情有点不妙，李广文对母亲的来信极感兴趣，已经超出一般人的兴趣，而且他手握着那些信件时，对张连喜的态度也总是暧昧不明。张连喜感到那是个危险的信号，他躲躲闪闪接过信件，回到自己的房间，在煤油灯下心情复杂地打开，忽见窗外有人影晃动，抬起头，却不见什么人。母亲是个头脑简单的人，她不会想到他目前的处境有多么艰难，只是一味地在信里宣泄自己的情绪，丝毫没有考虑这样做会给他一种什么样严重后果。再猛一抬头，发现李广文借助树丛的遮掩，闪身离去。张连喜连忙吹灭了煤油灯，在漆黑的房间里哗啦啦撕碎了信纸，扔在地上，簌簌发抖的手，笨拙而不受控制。舒缓了一会儿，他小心翼翼拉开抽屉，抓出一盒洋火，划着，刺眼的火光落入纸屑之上，腾起一片强烈的火焰，差点燎到了他的裤脚。

张连喜为母亲也为自己捏了一把汗，他心里祷告着站起身，探头望向窗外，李广文早已销声匿迹。张连喜缩回头，背起手，耷拉着脑袋在逼仄的房屋里来回踱步，心里谜团重重。

地上疙疙瘩瘩的泥楞，硌得他的脚掌很不舒服，陈旧的屋里还残存着原来房主人的气息，在他鼻孔前萦来绕去。现在盐税几近枯竭，几天来，他们转了几个村庄收效甚微，偶尔收到几处零星的税款，也差点儿弄出人命来。张连喜进驻这个村庄的第一天，看出这是一个老地主扔下的宅院，上好的木料显示着原来主人的阔绰，这样的人家才有税可收，但因为战事，这里早已人去房空，一点儿值钱的东西都没留下，他只好住在了这里，算是给心里一点儿补偿。

窗子上的草纸涂上的防雨羊油，虽然落满了灰尘，却保存完好。阳光明亮的日子，从油纸照进屋里的光线，晦暗不明，一群烦心的蛐蛐围绕着灶台出出进进，整日地聒噪不停，搞得人心恓惶。

张连喜习惯用一根木棍支撑起窗框，把屋内的蛐蛐叫声放到操场上去，那里有几个光着膀子的税警热火朝天地抢着一只皮球，顾首不顾腚地扔向树干上漏了底儿的箩筐里。张连喜禁不住笑了，撤下木棍，撂下窗子，从床底拽出一只皮箱，翻出一个木匣子，抽出刚刚保存下来的信件，那里面有母亲抄录的一则消息，着实令他震惊不已——

（新华社长江前线22日22时电）人民解放军百万大军，从一千余华里的战线上，冲破敌阵，横渡长江。西起九江（不含），东至江阴，均是人民解放军的渡江区域。二十日夜起，长江北岸人民解放军中路军首先突破安庆、芜湖线，渡至繁昌、铜陵、青阳、荻港、鲁港地区，二十四小时内即已渡过三十万人。二十一日下午五时起，我西路军开始渡江，地点在九江、安庆段。至发电时止，该路三十五万人民解放军已渡过三分之二，余部二十三日可渡完。这一路现已占领贵池、殷家汇、东流、至德、彭泽之线的广大南岸阵地，正向南扩展中。和中路军所遇敌情一样，我西路军当面之敌亦纷纷溃退，毫无斗志，我军所遇之抵抗，甚为微弱。此种情况，一方面由于人民解放军英勇善战，锐不可当；另一方面，这和国民党反动派拒绝签订和平协定，有很大关系。国民党的广大官兵一致希望和平，不想再打了，听见南京拒绝和平，都很泄气。战犯汤恩伯二十一日到芜湖督战，不起丝毫作用。汤恩伯认为南京江阴段防线是很巩固的，弱点只存在于南京九江一线。不料正是汤恩伯到芜湖的那一天，东面防线又被我军突破了。

我东路三十五万大军与西路同日同时发起渡江作战。所有预定计划，都已实现。至发电时止，我东路各军已大部渡过南岸，余部二十三日可以渡完。此处敌军抵抗较为顽强，然在二十一日下午至二十二日下午的整天激战中，我军已歼灭及击溃一切抵抗之敌，占领扬中、镇江、江阴诸县的广大地区，并控制江阴要塞，封锁长江。我军前锋，业已切断镇江无锡段铁路线。

张连喜再次重温一遍信上的文字，脑子飘忽了，一个千帆竞渡、百舸争流、百万大军过长江的画面在他眼前呈现出来，恍惚中他仿佛是长江南岸的守军，傻愣愣地望着夜雾笼罩的江面，一脸茫然。突然，激烈的炮火从头顶呼啸飞过，紧接着，一个黑洞洞的枪口顶住了他的脑门……张连喜扑棱棱打了个寒战，惊醒过来，手心潮湿了。看来，时局的发展远超出人们的预期。

现在，丁焕忱带着税款出乎意料地失踪了。说什么好呢？张连喜刚刚打开的这道蠢蠢欲动的心门，戛然关闭，什么都不用说了，他打起精神，高喊：“备马！”回身大踏步冲进营房，从墙上摘下德式步枪，冲出门外。

一匹枣红马立于一个石凳旁，张连喜脚踏向石凳，飞身一跃，跨上马背，匆忙中枪托可能硌痛了马的肋骨，只见那马一惊，尥起了蹶子，被手握缰绳的税警牢牢稳住。凡是好马都有一身火暴脾气，情有可原，张连喜相信有了这匹马，用不了多少时辰，就能追上丁焕忱。凭借俩人多年的私交，他一定会说服丁焕忱悬崖勒马、迷途知返，然后回心转意。

副所长李广文上前提醒：“用不用带上几个弟兄一同前往？”

张连喜摇头道：“时间不能等，再说，兴师动众会把他逼上绝路。”

平时，张连喜一向拿丁焕忱视为心腹，没想到人心隔肚皮，他怎么会惹出这种事端？现在问题出来了，必须有个很好的解决，不管丁焕忱有何信仰和追求，张连喜相信他们依然是一对患难与共、亲如手足的好兄弟。目前，严峻的事态，容不得他多加考虑了，张连喜挺了挺腰板，接过缰绳，双腿一夹，胯下的枣红马像箭镞一样，呼地飞向漆黑的夜里。

大青山为人民解放军地界，驻扎着三万多人的部队，丁焕忱的逃离，肯定跟那里有关。凭借他对丁焕忱多年的了解，这次逃离，他绝非感情用事，是早有谋划的，只是张连喜太麻痹大意了，丝毫没有察觉。那个副所长李广文也害人不浅，明明没有什么事，却总装出讳莫如深的样子，在他窗前整天乱转，引起他诸多怀疑，使观察的视线出现了严重偏离。有那么一段时间，张连喜还跟李广文斗智斗勇呢，在他烧掉了所有母亲的来信后，没忘了留下一个带有母亲字体的空信封，他翻出同样的信纸，不着一个字地折叠成信笺，重新装进那信封里。这折叠的信笺被他做了小小技术处理，一旦打开，很难短时间恢复原样。张连喜将这信轻轻放回抽屉里，只等李广文上钩了。

当然，他会利用这个时间去查看一下营房——这是每天惯例，雷打不动——他在营房里走了半圈，估计留给李广文的时间恰到好处，急忙转身返回。他想象着李广文此时已经潜入他的房间里，打开抽屉，拿出母亲写给他的那只信封，抽出信笺，打开，被张连喜堵个正着。还有什么可说的？李广文即便有千张嘴，也难以辩解了，必须从实招来，为何偷看他的信件。可一切都让他大失所望，房里空无一人，那封信完好地放在抽屉里。不仅如此，李广文这天也没有继续在他窗前晃悠，据一个心腹向他报告，此时李广文躲在自己的房间里，光起下身，让一名殷勤的税警给他洗脚，往瓦盆里添加热水的哗哗声，如起夜老人的尿流经久不息。

张连喜和丁焕忱的感情也是从洗脚开始的。那年冬天，税务稽核所里来了一个新人，穿一件麻布单衣，冻得清鼻涕流到了下巴上，一看就是个学生。那一阵儿，有很多学生徒步来到西北，寻找心中的理想，张连喜是知道的，只是丁焕忱到达这个村庄时，赶上张连喜的盐业税务稽核所的警察部队刚刚驻扎，丁焕忱误撞上他们这支队伍，肯定后悔不迭。但既然来了，就别走，张连喜扔给丁焕忱一套税务警察服装，让他换上，算是收留了。当时，丁焕忱一张嘴，张连喜听出是青岛乡下口音，他家乡里人说话都这种腔调。凭着这个乡音，张连喜从身底下拽出一条羊皮褥子，扔给了丁焕忱。

那是寒冷的冬天，丁焕忱冻得浑身早已抖若筛糠，要是没有那张羊皮褥子，他无论如何熬不过去那个夜晚。丁焕忱接过羊皮褥子，脑子像身子一样发麻木，什么话都说不出来。张连喜随手递给他一只茶缸，丁焕忱接过去，仍然没什么话可说。张连喜说话了，他说这茶缸可不是给你的，我让你用它碾虱子，碾完虱子还给我。羊皮褥子铺在床板上，丁焕忱攥着茶缸耐心碾压起来，咯嘣咯嘣，那一声声爆豆般脆响，总是不绝于耳。羊皮褥子毛缝里渗出了漆黑的血，带血的羊毛，成缕地倒下去，粘在一起，丁焕忱好像是用这碾压发泄一切怨恨、懊恼和不如意。这真是，命里有时终须有，命里无时莫强求。张连喜心想：丁焕忱啊丁焕忱，你就认了这个命吧！在反反复复中，整张羊皮褥子变得红红白白光怪陆离了，那里面肯定藏有不同人身上不同家族的虱子，它是张连喜在一次行军中捡来的，不知被多少人贴身用过，搞不好还包裹过人的尸体。对于穷得叮当响的学生，这是他接到的最为贵重的馈赠了。

丁焕忱很懂得知恩图报，当天晚上，他烧来一盆洗脚水，端到张连喜跟前，帮他洗起脚来。多日的税务稽核，张连喜的脚奇痒无比，当他脱掉皮靴，解开长长的裹脚布，那种令人厌恶的气味好像把房顶洞穿。他的脚舒坦地插进热水盆里，听着哗哗的撩水声，渐渐闭上了眼睛。

“你有弟弟吗？”

“什么？”张连喜睁开眼睛，没听明白。

“你有弟弟吗？”声音怯怯的。

“你问这个干吗？”

“我也是六趾。”丁焕忱显然对他右脚大拇指生出的小叉叉发生了兴趣。手上长有六指的人很常见，脚上长有六趾不易被人发觉，难怪丁焕忱盯着他的脚趾不放了。张连喜母亲是六趾，张连喜不可避免会生出六趾，没什么稀奇，这是他们家族鲜为人知的暗记。

丁焕忱赶紧脱掉两脚上的鞋子，他的脚没有缠布，脚趾也生有六趾，那多余的六趾分别长在两只大脚趾上，明明晃晃，张连喜惊诧了好长时间，有些目瞪口呆了。丁焕忱说：“俺娘说俺是从路边草窠里捡来的，也许俺两脚长了六趾，俺亲爹娘不要俺了。”丁焕忱凭张连喜的口音和脚上六趾，就认为自己是张连喜的弟弟了，该有多么幼稚可笑，或许他是以这种方式故意向他讨好。

张连喜强行挤出的笑脸，马上收拢回来，天下哪有这等巧的事，远在绥远省，两个失散多年的兄弟突然悲喜交加地相见了，从此难舍难分、相依为命。张连喜从他饥渴的眼神中看出，丁焕忱是多么希望张连喜立马认领他这个弟弟，不管是否亲弟弟，都要认。事后，丁焕忱抱起那张羊皮褥子回到自己营房，据说，他整个晚上都兴奋不已。

张连喜在给母亲的一封信中，特意问过，自己是否有过双脚长有六趾的弟弟。母亲回答非常生气，说你身下死过三个弟弟，都扔掉了，喂了野狗，现在哪家不死孩子呢，你不要在外面听些不着边儿事情。

张连喜不再去想这事，他只好把丁焕忱当成自己亲弟弟好了。他身边那些人哪个不是他的兄弟呢！他们税务警察的编制，跟正规部队一样，配有德式轻机枪和步枪，人员相对稳定，晋级也按部就班，所有人都像亲兄弟。

不知不觉，胯下枣红马已经跑出四五里路，眼前出现了一片沙漠。风吹过来，荒凉的沙丘嗡嗡鸣响，好像危机四伏。张连喜警觉地勒起缰绳，意念告诉他，当务之急必须追上丁焕忱，绝不允许胡思乱想。夜异乎寻常地静着，也许是急火攻心，张连喜口腔里那颗蛀牙隐隐作痛了。

如果方向没有错，他应该与丁焕忱带出的十几个人相遇了，他相信他离他们不会太远。也许翻越远处那个沙丘，就能找到他们。但愿快快找到他们吧！张连喜松开缰绳，枣红马又往前跑了，嗒嗒嗒，朝着沙丘的方向。远处辽阔的天际，不知怎么竟划过一道流星，长长的亮尾，擦亮了夜空。枣红马一惊，扬起前蹄，打起了响鼻，似乎发现了什么。张连喜心慌意乱地扫视一眼四周的沙漠，他有必要喊一嗓子，为自己壮胆，也给这黑夜一个震慑！这样想着，便阔开胸腔，深吸一口长气，张开嘴巴："焕忱——"嗡嗡的声浪荡漾开去，又荡漾回来，还没等完全消失，沙丘上突然亮起了两盏瘆人的绿光，晃悠起来。他遇到狼了。经验告诉他，这不是个好兆头，狼一旦出现，绝不会是一只，有一只就会有两只三只，说不定一堆饥饿的狼群立马扑过来。统统来吧，我不在乎，等事情过去了，我重新来一次这里，捕捉一只活狼。用活狼剥下的皮，铺在身下，晚上睡觉，屋里进来不速之客，坚硬的狼毛会自动竖起，刺醒睡梦中的主人。这已是无数人验证过的事实。

自从接过李广文送来的一封封母亲的信件，张连喜没有了安全感，总感觉夜晚有人对他监视，只要他搞到一张活狼皮，能及时发现那个监视他的人。“焕忱——”又叫亮了两盏绿光，四盏绿光向他照射过来，胯下的枣红马难以安分了，前蹄不停地刨向沙尘，飞溅的颗粒落在了他的身上、脸上，还有脖颈里。张连喜攥紧缰绳，看着远处的四盏绿光，轻蔑地笑了，他举起了枪。

吹拂在脸颊的风，此时转移了方向，他悄然放下枪，嗅到了水的气息，那是河流特有的气息。有了河，前行的路很可能被阻断，他无法翻越那个沙丘了。突然，枣红马又猛地尥起蹶子，张连喜身子一歪，差点儿摔下马背。两团还魂草不知什么时候绊住了马腿。真是大惊小怪，看来此处不可久留。“焕忱——”张连喜那颗蛀牙痛得他禁不住吸了一口冷气，他忽然觉得，这样的寻找过于自信，也过于盲目，他好像无法叫回丁焕忱了。沙漠里的绿光，已不再是两盏，而是三盏四盏……他有点数不清了。狼群开始集结，试图向他接近。张连喜调转马头，一团还魂草顺风而来，没完没了追赶起马蹄，这是沙漠里特有的植物，干燥时，枝叶枯萎，卷成一团，在无边的沙漠里随意滚动，一旦遇到湿润沙土，便消停下来，扎下根须，枝叶慢慢展开，绿色出现了，用不了多久，就会焕发出勃勃生机。有谁会知道，这植物还是止血、活血通络治疗枪伤的好药材呢。

丁焕忱刚到张连喜手下时，他们盐业税务稽核所的税警遭遇一次伏击，丁焕忱在慌乱的奔跑中小腿被一颗流弹击中，虽然没伤到骨头，但腿却瘸了，他成了长有六趾的瘸子。治疗枪伤最好的办法莫过于还魂草，张连喜来到这片沙漠，捡回来一坨还魂草，用火点燃，烧成灰，分成二十份包在草纸里。张连喜用这二十包还魂草灰，一次次按在丁焕忱的伤口上，避免伤口流血化脓。凭这一点儿，丁焕忱应该感激一辈子。

不知好歹的狼群，让张连喜无法再矜持了，他单臂举起德式步枪，盲目地朝那群放着绿光的方向扣动了扳机。刺耳的枪声惊吓得枣红马炮开四蹄，在沙漠里飞奔而去。

回到营地，已是半夜时分，张连喜气急败坏地滚下马背。他像打了一场败仗或丢失了税款，丢盔卸甲地行走在操场上。身上的晦气，好像叫人唯恐躲避不及。没人点起灯火，没有一个弟兄前来迎接，他踏着孤独的脚步回到自己的房屋。

躺在床铺木板上，那件羊皮袄一半压在身下，另一半掉在了地上，张连喜双手捂着腮帮子忍受着蛀牙的疼痛，第一次失眠了。喑哑下去的蛐蛐们，让失眠的痛苦不断地增大。娘的！张连喜索性起身，心烦气躁地穿起裤衩，趿拉起皮靴在屋地来回地走动。今晚没有找回丁焕忱，他知道等待他的将是什么。

很快，屋外响起了跑步声，有两名荷枪实弹的税警一左一右占据了窗口，没等他转过头，房门冲开，一群人扑了进来，张连喜刚想质问，头部猛地遭到一拳重击。他蒙头转向地倒在了地上，脚上趿拉的皮靴也飞了，一只膝盖死死压住了他的脑袋，他的耳鼓快要压炸裂了，牙齿深深嵌入地上的泥楞上，嘴啃泥了，他一点儿动弹不了。

终究没有躲过这个夜晚。蛐蛐的失声、失眠的痛苦，还有蛀牙的折磨，已算不上什么，厄运终于来临。一条麻绳五花大绑捆住了他的上身，他被人从地上拖起来，推搡出门外，推进操场那边一间叫牢房的屋子里。麻绳解开，人就像牲口一样被丢在地上，所有人退了出去，房门哗啦啦锁上了。

这屋子实在简陋，除了地上一堆谷草，什么都没有。张连喜光着脚，右脚那个六趾明晃晃裸露着，没有了体面。说什么都没用了。多亏他还穿了件裤衩，不然他会赤身裸体尴尬地待在这里。张连喜平时喜欢裸睡，不管税务稽核多么吃紧，他都是喜欢把自己脱得一丝不挂。这下可好，蚊子们幸灾乐祸地扑过来，开始对他实施有效的攻击，张连喜噼里啪啦拍打着自己的身子，防不胜防了。龙游浅水遭虾戏，虎落平阳被犬欺，没人理他了，没人送来外衣，他的胳膊、两肋还有大腿，全是疼痛的抓痕。窗外两名税警忙搬来一捆粗大的木棍，叮叮当当将窗框钉死。这帮谦卑的税警，只是木然地履行着职责，一副不通人情的样子。这可是他一手教化出来的税警啊。

事实要比想象的复杂得多，他不仅是因为丁焕忱事件受到牵连，更严重的罪名是，追赶丁焕忱是假，投奔大青山是真。岂有此理！他咆哮起来，头撞向墙壁，拳头擂打起自己的胸脯，他有口难辩啊。那颗闹腾他半个晚上的蛀牙又开始捣乱了，半张脸都肿胀了，他狠狠地嘬起那颗蛀牙，嘎嘣嘣蛀牙碎了，口腔泛起了血腥，他把血连同那个碎牙一同用舌头卷起，吐出去，再踏上那个长有六趾的右脚，死死碾压，碾压到泥土里。接着，他喉咙里发出一声呐喊："冤枉——冤枉啊！来人，把事儿说清楚！"没人理会。他抡起愤怒的拳头，砸向窗子，本来千疮百孔的窗纸被他捣成了大窟窿。他去踹门，咣咣咣，脚抻得太高，身体扑通一下失去了重心，屁股实实在在蹾在了地上，尾骨震痛了，他一动不敢动。

筋疲力尽坐在谷草堆上，颓然着不想起身。连蚊子一遍又一遍偷袭，他都懒得搭理。天终于熬亮了，他可以把事说清楚，必须说清楚。一只碗从门槛底下猫洞里推了进来，里面装有半碗小米粥和一块咸菜，张连喜看着就气不打一处来，他拒绝进食，他要找人说清楚。说不清楚，就绝食。没人搭理他的声张，什么叫呼天天不应，叫地地不灵，这回他切身体会到了，绝望着。屋外税警个个都像木头，没长耳朵的木头人。一个时辰过去了，操场上出现了脚步声，李广文戴着一双白手套大踏步走过来，后面跟着两个挎着德式步枪迈正步的税警，其中一名税警腋下夹有他的衣裤，腰带拖拉到地面，也不知道收拢一下。李广文来到门前，猫腰探脑，朝屋里看了看，没有打开门锁的意思。他两手扒着门框，无可奈何地示意那名税警把衣裤从门板窗口塞了进来。

李广文说："委屈你了，衣裤才送来。"

张连喜说："事情搞不清楚，我绝不穿这张狗皮。"

李广文说："你打算一直光着身子？"

张连喜说："注意，我是所长，你怎么跟我说话？"

李广文说："现在我是所长，我命令你，穿上衣裤。"

想不到李广文这么快就接替了自己的职务。

张连喜说："我就是不穿！"

李广文没辙了，他抬手弯起戴有白手套的食指，揉了揉鼻孔，似乎深知张连喜的脾气，不可硬来。张连喜想再次咆哮，李广文又讳莫如深地摘下手套，将右手伸进了左袖筒里，搜索片刻，像掏鸟窝一样慢慢缩回来，食指与中食间诡秘地露出一只封信。那无疑是娘的来信。张连喜脑袋嗡嗡作响，天塌地陷着。娘啊，娘！你这信来得也太巧了，巧得难以置信，巧得太不合时宜了。说不定李广文早就打开了信封，窥视到里面的内容，现在还有什么可说的，他已无法狡辩了。

信从门缝里七扭八歪地塞了进来，张连喜接过信，见到娘娟秀的字体，心比以往任何时候都颤抖了，他好像不敢打开这信。信封的边角有着不同程度的龟裂，它带着娘的体温与气息一路风尘辗转而来，他又不能不看。

儿：又一段时间没写信了，你不让俺给你写信，可俺还是忍不住想写。娘真是惦记着你，惦记得整天做噩梦，醒来浑身全是冷汗。俺总是告诉自己，俺儿出不了事，俺儿命大福大造化大，肯定不会出事。你两岁的时候，咱们村子发大水，娘抱着你跑啊跑啊，后来实在跑不动了，娘以为咱娘儿俩逃不出一死，可就在这时，不知怎么漂过来一口大缸，大缸空空的，娘把你放进大缸里，扶着缸沿继续跑，是那只大缸救了咱娘儿俩的命。你是命大的人，老天都保佑你。你在那吃得好睡得好吗？我一直搞不明白，你那是啥部队？盐业税务所咋成了部队呢？当初你爹拼命阻拦你，你还是跑了出去。跑就跑吧，爹娘不指望你养老送终，可在这兵荒马乱的年月，你千万要照顾好自己啊！

儿呀，娘告诉你一件事，就是咱们村里来了一伙儿扛枪的队伍。我知道这个信儿，提前跑进山林里躲起来，我不知道这是个啥部队，就在树林里藏了一天，后来，那些当兵的进了树林里，说他们是老百姓的军队，绝不给老乡们添麻烦。俺将信将疑，试探着看了他们一眼，看着还真不像坏人。

俺回到家里，简直大吃一惊，你猜家里出了什么事？水缸里的水满了，院子打扫得干干净净，连一根草棍儿一泡鸡屎都没有了。俺再看别人家，正有一群当兵的帮着干活呢！同样挑水，打扫院子。俺以为是你领的部队回来了呢，俺就在那些挑水、打扫院子的士兵那里打听你，俺问，你们部队有没有一个叫张连喜的人，你们认识张连喜吗？那些人都说不认识。他们咋就不认识你呢？俺觉得你就应该在这样的部队。

第二天早上我才听说，这支部队叫解放军，娘想问你，你的部队也叫解放军吗？

张连喜身上的汗毛唰地一下挓挲起来，嗖嗖冒着的凉气，直往后脊椎里钻。他抬起头，赶紧一把抓起信纸，搓成一团，随时准备送进嘴里，吃掉。只要李广文打开门锁，他会毫不犹豫吞下这团信纸。可李广文没有想象的那么可怕，他不知什么时候神不知鬼不觉地离开了门口，风一样无影无踪了。门外还站着两个目不斜视、木头一样的税警，别来无恙的样子。张连喜谢天谢地松了一口气，汗毛一点点平复，他再次展开这团信纸。

儿呀，你参加的部队要是也叫解放军，娘就放心了。你猜咋的？第三天早晨，解放军离开了咱村子，俺们都出门送他们，咱家瓢里只有五个鸡蛋，俺全煮熟了，用衣襟兜着跑到街上，俺也不认得是谁给咱家挑水打扫院子，反正俺就往那行走的队伍里跑，见谁往谁怀里塞鸡蛋。那天早上真热闹啊，有送饼子，有送布鞋的，那些解放军不要，俺们就硬塞。真舍不得他们走哇，他们这一走，村子空了半截。前院李大娘没啥送的，就一狠心把儿子送进那队伍里了。

娘还要告诉你，自从你去了绥远，你小舅再也没来乡下看我，他活不见影死不见尸咋就没了音讯呢？

儿呀，娘咋从来没听你说过税务稽核所的事，你总该告诉娘你在税务稽核所做啥，每次问你，你都不说，你跟娘说句实话行不行？省得娘整天提心吊胆，连个安稳觉都睡不好。

娘虽然写一手娟秀的字，但嫁给了大字不识的爹，头脑就简单起来，对时局缺少必要的判断。张连喜始终认为，娘十七岁下嫁给爹完全来自家庭的变故，是生活让她迫不得已嫁给了爹。爹对娘也真是好，含在嘴里怕化了，捧在手里怕碎了，娘在他眼里，如同精美的花瓶，经不起磕打。爹虽然是个粗人，可心细着呢，照顾得娘头脑越发简单，自己想什么是什么。据说，十七岁的娘跟爹成婚时还是一身学生打扮，她是被一个神秘的人物送来的。那时娘的父亲和她的两个哥哥都在抵御外敌的战场上阵亡。娘的父亲留过洋，满脑子都是江山社稷，可惜时运不济，过早地战死。

那个叫命运的东西，现在却跟张连喜开了个玩笑，让他稀里糊涂蹲进了牢房。这简易的牢房里，蚊子实在太多，积蓄已久的饥饿让它们四处乱撞，趁张连喜不备，照着他的后脖颈咬上一口，饥不择食的。张连喜拍过去的手掌一捻，一摊蚊血布满了掌心。真是罪该万死，死有余辜。张连喜看着手里的蚊血，心里有了打算，他必须像对待蚊子一样使出一股狠劲儿——不穿衣服，不吃饭。

狗食一样的早餐，被人用钩子从门槛下的猫洞拽走了，晨光从破碎的窗纸罅隙间千丝万缕地挤进来，飘浮的灰尘凌虚蹈空着，不知何时落向何处。被蚊虫饱餐过的肌肤一个个凸起，奇痒无比。没人考虑他的处境，没有人耐心听他辩解，他的心里充满了无助和悲哀，搞不好，他很可能稀里糊涂吃了枪子，处理他最简单的办法，就是给他一颗枪子。怎么能吃枪子呢？不能！他必须活下来，为了娘也要活下来。房门咣当一响，有一个税警打开了门锁，他的心骤然紧张了，提到了嗓子眼儿，他屏住呼吸，看见一个一瘸一拐的黑影扔了进来。房门重新锁上，张连喜躲避着晨光，眄视起那个人。

“是我。”

张连喜浑身一凛，丁焕忱！

“你被抓回来了？”

“是我自己回来的。”丁焕忱身上还背着那张羊皮褥子，他把羊皮褥子摘下来，打开，铺在地上，人坐了上去，像是故意做给张连喜看似的。

只要丁焕忱回来，所有的事情都水落石出了，张连喜差点儿喜极而泣。

“你可把我坑苦了，你知道我为什么落得这个下场？”张连喜无法控制住自己的情绪，一下子扑过去，两手死死掐住丁焕忱的脖子，使劲儿摇晃，“你可把我坑苦了，你可把我坑苦了！”他恨不能掐死他。张连喜真是气急败坏了，他从来没有像现在这样对待过丁焕忱。在丁焕忱脸色煞白的一刹那，张连喜还是松开了他那虎钳一样的手爪。

丁焕忱咳嗽着，没做任何反抗，说：“是我自己要回来，我不回来，就对不起你。”

“你为什么要跑？”

“这是一支没有前途的队伍。”

“那你为什么还要回来？”

“因为我是六趾。我要是不回来，就会失掉你六趾哥哥。”

“你还认我这个哥哥？”

“说句实话吧，昨天夜里，我在那片沙漠，你已经追上了我们，咱们相距不到五十米，我手下的人趴在地上，都看到了那一群狼。是成堆的还魂草掩护了我们，你骑在马上，一点儿也没发现。当时我的枪正对着你，只要你再往前奔出二十米，保不准我会开枪，我心里一个劲儿祷告，你千万别往前走了，我不想开枪，你是我的亲哥哥，我不忍心开这一枪啊！你最终还是返回了，我知道，你这一回去，凶多吉少啊。”

“那十几个弟兄呢？”

“估摸现在已经到了大青山。全中国就要解放了，新时代的阳光很快普照大地，哥你有朝一日走出这个屋子，官复原职，一定带领弟兄们投向光明。”

“我恨不得一枪毙了你。”

“……”

丁焕忱脱掉了鞋子，双脚伸进晨光里，那长在两个大拇脚趾的六指儿，很是对称，不像张连喜只是右脚长出一个六指儿。这偶然相遇的六趾，长久地唤起丁焕忱心中那份亲情。从前丁焕忱热衷于给他洗脚，多次查找他与他的脚相同与不同之处，可谓用心良苦啊！那张羊皮褥子还坐在丁焕忱屁股底下，成了他的宝贝，与他形影不离。那上面还有一块清晰的血迹，是他腿上枪伤血染成的。张连喜用还魂草灰给他医治枪伤时，一不小心碰到那个伤口，疼得丁焕忱手抱着大腿龇牙咧嘴，在那张羊皮褥子上滚来滚去，不停地喊哥哥，哥哥，疼！丁焕忱这次奔向大青山，除了带上身上的武器，还有羊皮褥子。这回，丁焕忱又把羊皮褥子背回来，背进了牢房，真是可以了！

随着丁焕忱回来，张连喜觉得自己应该穿上衣服了，绝食也没有必要，现在，他记不起那颗蛀牙曾给他一种怎样的折磨，记不起自己刚刚遭受的侮辱。蚊子叮咬的大包，虽然挠破了好几处，但不那么奇痒了，他必须穿上衣服，恢复一个所长的样子，衣冠楚楚面对那些部下。这时，猫洞塞进了一只饭盒，午饭时间到了。饭盒里居然是饺子，热气腾腾，香气扑鼻，不停勾引人的口水。一只瓷碗又塞了进来，是酒。浓烈的酒气扑鼻而来，这显然是行刑前的一顿盛宴。李广文算是有情有义，能在这动荡的局势中，让临死之人饱餐一顿，再踏上黄泉路，也算仁至义尽了。

行刑宴显然是为丁焕忱准备的。

丁焕忱说：“一块儿吃吧，你不吃饭不行。”

张连喜说："我还不想死。"

现在，穿戴整齐的张连喜背着手，在牢房有限的空间里不停地踱步，有板有眼地踱步，他要告诉李广文，丁焕忱回来了，所有不实之词不攻自破，他应该堂堂正正地走出这间牢房。

可李广文始终避而不见，连个影子也不肯露一下。外面除了木头一样站立的税警，麻雀也远走高飞了。张连喜啪啪拍响了房门，大喊道："我命令你们，把李广文叫过来，我张所长找他谈话。"

没人理会。

张连喜又转到窗口，攥紧拳头砸向木框："我命令你们，把李广文叫来，我的事情搞清楚了，我是你们的所长，放我出去。"

窗外税警充耳不闻，纹丝不动。

张连喜双手生疼了，失望地转回身，无计可施。他突然看见丁焕忱吃得狼吞虎咽，嘴巴吧唧吧唧夸张地闪动，饭盒里只剩下了三个饺子，那碗酒也早已喝干了。

等一会儿房门锁打开，丁焕忱就会被拖走了，然后在不远处响起枪声。这样一想，张连喜悲从心来，他真不想让丁焕忱就这么去死，他死了，对张连喜有什么好处？这丁焕忱也不知咋想的，人都跑走了，怎么又跑回来？难道他真怕牵连张连喜，为义气寻求一死？丁焕忱死了，真会赦免张连喜的罪责吗？不一定！丁焕忱啊丁焕忱，你也太幼稚，太糊涂了，脑袋长歪了不是？

等待让时间变得异乎寻常的漫长，丁焕忱脸上酒劲儿过去了，肚子里饺子已经消化得差不多，房门还没有动静，一天快要过去，黄昏已经来临。

丁焕忱睡着了，临到死期，他还能睡着，说明昨晚折腾的那一宿，累坏了。张连喜打量着丁焕忱的睡态，怎么也不能理解，这个被他视为知己的部下，咋那么狠心背叛了他！丁焕忱啊丁焕忱，你隐藏得也太深了，连一点儿蛛丝马迹都没露出来，叫我产生了多少误判。

丁焕忱喉咙里刚刚发出的轻微鼾声忽然停止了，他睁开眼愣愣地打量起四周，最后目光落在张连喜身上，嗫嚅着说：“刚才我做了一个梦，你猜我梦见什么？还魂草！那还魂草在沙地里漫无目的地滚呀滚，终于滚到一个湖边，湖水澄清碧蓝，那些还魂草停下来，生根发芽，灵魂跟着醒了。我觉得，你我都是等待苏醒的还魂草。”

“住嘴！”张连喜狠狠训斥了一句，他必须对丁焕忱保持警惕。

张连喜何尝不想让自己成为一棵还魂草呢，他心早都活泛了，对局势有着清醒的认识。只是你丁焕忱事件，把我全部想法打乱了，我不得不收拢心神，全力以赴进行应对。这话他没有说出来。

傍晚时分，有税警从门槛下面的猫洞送饭来了。这次送来四个馒头。行刑时间早已过了，中午那顿饺子白吃了，现在只好又送来四个馒头，酒没有了。难道丁焕忱在人心惶惶中躲过了那一粒枪子？

丁焕忱说：“这馒头，正好咱俩吃。”

张连喜说：“还轮不到我死。”

丁焕忱说：“吃吧，吃完了再说。”

是应该吃了，况且这真不像一顿行刑饭。张连喜已经一天没吃东西了，他向外面税警喊道：“端两碗汤过来。”既然要吃，一定要吃得舒服一些。那木头一样的税警终于活动了，传话出去，不一会儿，从门槛下面的猫洞塞进两碗温水。温水也好，张连喜一天没喝水了，他端起碗，一口气喝光了，喊：“再来一碗。”这一个痛快！说不定吃了这顿饭，天黑下，丁焕忱会被拉出去执行死刑。丁焕忱啊丁焕忱，你好有血性，像咱家乡的人，我们没有白白兄弟一场。

天说黑就黑了，黑得似乎有些诡异，那些看门的木头一样的税警忽然都不见了，似乎有什么事情正在不为人知地发生。

丁焕忱也感到了不同寻常，他悄悄收拢了带有六指儿的双脚，穿上鞋，警觉地观察外面动静。

时间漫不经心地向前行进，每分每秒对他们都成了煎熬，门外偶尔有税警紧张地跑动，杂乱的脚步很快又被吞噬在夜色里。

睡意在漫长等待中悄然来临，张连喜努力克制着自己的疲惫，生怕一不小心合上困乏的眼睛。丁焕忱又睡着了，睡了一会儿，睁着眼，看着张连喜，看这显然有些陌生的牢房。可能是一只蚊子咬醒了他，他抬起手，响亮地拍向自己的面部。

到底还是睡着了。是一阵哨声叫醒了张连喜，黑暗中响起了丁焕忱沙哑的嗓音："天快亮了。"

外面税警跑步列队了，影影绰绰的身影让屋里屋外气氛一阵紧张。

门锁响了，李广文带领两名税警走了进来。

丁焕忱死期到了，他本来是昨天要被处死的，可老天偏偏叫他多熬过一个晚上。张连喜极力要为丁焕忱辩护，他想说丁焕忱是被人胁迫的，是被逼无奈，可话到嘴边，却变成了："要杀要剐，冲我来。"

两名税警上前一左一右挎住了张连喜的胳膊，真就冲他来了。这是怎么回事，难道他也被处决吗？张连喜的腿不住地发软，支撑不起身子了，整个人快要昏死过去。

丁焕忱扑过来了，他瞪起血红的眼球，抓向两名税警，局面一下子混乱了，有一个税警在他的蛮力作用下摔倒，丁焕忱正要摔向另一个税警，砰！枪响了。

枪声好像镇住了所有的人。张连喜晃了晃脑袋，又晃了晃胳膊腿，感觉自己毫发未损，他看向丁焕忱，丁焕忱也安然无恙。那一枪，打漏了屋顶的天棚，一个露天洞出来了，细碎的尘土胆战心惊地哗哗下落。

李广文举着枪口朝天的毛瑟手枪，嗓子里冲出气壮山河的声音，他喊道："同志们，都别给我添乱，我们现在弃暗投明，投奔大青山。时间不等人，出发！"他随手夺过身边税警手里的德式步枪，扔给了丁焕忱。

这时，黎明的曙光冲破了灰暗的云层，朗朗地照临着大地。

补 记

新中国成立后，李广文、张连喜和丁焕忱已是中国人民解放军的一员。他们三个人在一次行军中会面了。张连喜使劲握住李广文的手，不停地摇晃说："当初，我没猜错，你就是……"

李广文说："如果没有你协助，我不知道能不能带出这支队伍。那时，整个绥远省都在策划和平起义，这是人心所向，只是我们提前行动了。"

丁焕忱随身一瘸一拐背着那张打成卷的羊皮褥子。看着羊皮褥子，张连喜想起他还与自己同为六趾儿呢。

一九五〇年二月，绥远省起义部队在人民解放军绥远军区领导下，进行整编。随后，李广文、张连喜、丁焕忱三人，作为中国人民志愿军跨过鸭绿江，冲进那炮火连天的战场。

原载《民族文学》2019年第10期

黑板擦

也许是母亲患病的缘故吧，在我的记忆里，母亲常年躺在炕上。那是1970年，母亲背部患上了骨结核，住进九台县医院，动了手术，割下一根肋骨，将脊椎骨上的结核刮掉，刀口有半尺长。出院回家的母亲，在家卧炕打针，药名叫“链霉素”。我家炕沿底下有一堆链霉素小瓶，我时常拿着这些小瓶，送给身边的小伙伴玩，从而结成了不少友谊。这一年，我上学，乡下的孩子有一个约定俗成的习惯，上学之前，去生产小队牛棚搓牛毛，搓成鹅蛋大的那么一团，送给老师当黑板擦，老师由此会奖励给学生一支铅笔或一本薄薄的作业本。开学的头一天，我也急忙钻进生产小队牛棚，学着别人的样子，用一根一寸长、筷子那么粗的小木棍在牛身上滚来滚去，厚厚的牛毛缠在木棍上，再抽去木棍，继续在牛身上搓。一头牛，毛不够，就换第二头牛，第三头牛。学校每个教室里都存有一小堆这样的牛毛团黑板擦。我得到的消息晚，动手迟，生产小队牛身上的毛被人搓走了好几团，那些牛又不可能在短时间代谢下更多的毛，我怎么搓，也只能搓一个像鸡蛋大小的牛毛团，上学的第一天，无法将它献出来。

这一天，我还遭受了更大的打击。

老师在课堂上第一件事是给每个同学起名。那时，跟我一般大的农村孩子很少有正经的名字，他们出生时，家里随便叫了个狗蛋、狗剩什么的，稍有点文化，会给孩子起个比较时髦的名字：卫红或卫东。上了小学，老师必须把学生的名字规范一下，重新起名，起一个能拿得出手的名字。我的老师五十多岁，男的，身穿一件带补丁的中山装，左胸衣兜别着一支英雄牌钢笔。他是从旧社会过来的人，说话一字一板，慢声细语，给每个同学起名字，不用思考，张嘴就来。我们村有个叫“红旗”的孩子，老师给他改名叫“高占敖”！我们全班同学都听成“高占挠”。红旗忍受不了，硬要老师叫他“高红旗”。高红旗这个名字一直从小叫到他成年，不曾改过，也不会改了。前几年我开车回到我家下放过的那个村庄，见到了高红旗，他已是个村长，家里养了几十只羊，高宅大院，比普通人家富裕了许多。

我的名字从出生就起好了，上了户口本，老师没给我重新起名。接下来，老师教每个同学写名字，我的名字前两个字笔画多，写起来丢东落西，老师怎么教，我也无法将笔画写完整，因为老师还要忙着教下一个同学写名字，不得不从我身边离开。老师一走，我更不知如何下笔，连一横一竖也写不出来，只恨家长怎么给我头上安装了这么两个繁琐的字。

放学回到家里，躺在炕上的母亲问我这一天学了什么，我终于忍不住，哇的一声哭了，哭得鼻涕泪水横流。母亲拿起她枕边的毛巾，一遍又一遍无声地给我擦拭泪水和鼻涕，默默等待我哭完，哭得没意思了，她才知道是怎么回事，让我拿出书包里的本子。母亲不能翻转身体，她让我躺在她身边，把本子后面垫上一张硬纸盒，举到空中，她伸出大手攥住我的小手，一笔一画帮我写起了名字。那一刻，母亲专注，我也专注，母亲的气息缠绕着我，温暖极了。母亲牵引着我的手，慢慢写出一个“夏”字，再写一个“夏”字，一共写了五遍，我的手背被她攥得有些生疼。母亲的手终于松开了，让我独立完成“夏”字的书写，写完了，母亲教我写“鲁”，写了六遍，接着写“平”，这个字写起来容易，我终于会写自己的名字了，虽然写得长短不齐，歪歪扭扭，但毕竟会写了，我的心中如同升起了万道光芒，翻身趴在炕沿上，一遍遍写起了名字，写满了整整一本。天黑的时候，我还跑出院子，跑到生产小队的牛棚，急于做一件重大的事情，那就是，从衣兜里掏出那个没有完成的鸡蛋大小的牛毛团，挑选一头因晚归而没被搓过毛的牛，耐心十足不厌其烦地在牛身上滚动起来。不知过了多长时间，手里的牛毛团搓成鹅蛋一样大了，甚至比鹅蛋还大，比昨天所有同学交到老师那里的牛毛团都大。

第二天上学，老师检查作业，我先将牛毛团呈上，在老师大为惊讶翻来覆去端详牛毛团的时候，我又呈上作业本。老师手里攥着牛毛团，接过作业本，翻开，足足盯了我三四秒钟，然后转过身，急忙走上讲台，抖动着作业本向同学们一页页翻起、展示。那时，我心中只感觉丝丝缕缕地腾起热浪，不停地向头顶翻涌，难以抑制怦怦的心跳。老师还在讲台上说我的作业，没完没了地说，言词凿凿，说得我好长时间都手足无措。表扬结束，老师检查完所有同学的作业，开始讲课，这时我发现老师的目光一直没有离开我，我对接着老师的目光，感觉他的课只为我一个人讲，我成了全班独一无二的大红人。

应该说，乡村与城里的差距不仅是物质，更是教育的。我的好日子经历了一年，家里突然得到消息，调回城里，我来到离我家最近的长春市东岭小学。这时，我的学习成绩已不占优势，顶多是班级的中上等生。我的班主任老师叫史丽萍，那年她十八岁，刚参加工作不久，也许是孩子气未脱的缘故，她很爱跟学生打成一片。我们喜欢这样的老师。我印象中，史老师穿着一条米黄色的裤子，粉红色的确良上衣，非常青春靓丽。每逢星期天，她会叫上几个同学去她家里。她家炕头有个长方形的铁盒，盒里装着炒熟的白瓜子，我们可以随便吃。小孩子嘴馋，又不知道节制，几个人往往不把一铁盒白瓜子吃光，绝不罢休。下一个星期日再去史老师家，那铁盒子还摆放在炕头，一盒白瓜子装得冒尖，吃得我们说话喘气都喷出白瓜子的香味。史老师也到每个同学家，进行家访。我母亲背部的骨结核病，回到长春市又犯了，再次住进九台县医院，刮骨，又割掉一根肋骨，后背出现了两个刀口，呈“八”字形。母亲躺在炕上，无暇管我，我成了野孩子，上衣五颗纽扣，不知什么时候掉了两颗。史老师没有认为野孩子就不是好学生，她到了我家，坐在炕沿上，没跟我母亲有太多的话，大约坐了十分钟，她起身离开，要去下一个同学家进行家访，我自然成了她的随从。那一次，走在弯弯曲曲的胡同小路上，我看见一直无语的史老师偷偷抹起了眼泪。

星期一上早自习，史老师叫我去她办公室，她从抽屉里拿出纽扣和针线，为我补上那两颗缺失的纽扣，好像没有考虑过她的行为意味着什么。她一边缝着纽扣，一边说：“以后你有什么难事，一定要找老师！”我双臂垂立，无声地点头，只想着把这种感激变为日后的行动。

我开始在班级里表现格外积极，爱集体，爱劳动，学习成绩忽地蹿到了班级里前一二名，被史老师任命为班级的劳动委员。每逢班里打扫卫生，我都干得热火朝天，干得满脸通红大汗淋漓。有一天，史老师手里的黑板擦坏了，毛毡从木板上龇出毛边儿，好像再一用力，毛毡就会全部脱落。下课时，史老师问：“哪位同学家长是木匠，帮老师做个黑板擦？”声音刚落，我不假思索地举起手，老师看着我，不太相信，但没表态，她在慢慢等待着一个个同学举起手来。这还了得，我急切地伸张手臂，身子半蹲半站地离开了桌椅，手不停地向史老师摇晃。看我那当仁不让的架势，她也只好把这项工作落在了我头上。其实那时我求功心切，着实向史老师撒了弥天大谎。我父亲以前是个教书匠，对木匠一窍不通，从乡下抽调回来，在长春市制冰厂当生产调度，根本做不了黑板擦，也不会为孩子的事求助别人。史老师肯定知道我向她撒谎，但她没有揭穿。我领到任务，一颗心放下了，同时另一颗心悬了起来，我上哪弄个黑板擦？若是在乡下，我宁可一宿不睡，也要为老师搓一团牛毛，眼下是城里，根本见不到牛。我决定放学后亲自制作黑板擦。

这事想起来容易，实际操作难上加难，首先我得找一块木板，用锯条锯成肥皂大的方块。放学的路上，我四下踅摸，终于捡到了木板。锯条我家有，在仓房里。回到了家，我把木板锯成了黑板擦模样的方块，有毛边儿的地方，找来砂纸打磨。班级里的黑板擦是天蓝色，为了让木板更加接近原来的颜色，我用蓝蜡笔一点点涂在木板上。接下来的事比较难了，黑板擦关键部位是毛毡，我根本搞不到那种毛毡，也不知道什么地方有毛毡。我的积极过于盲目，已超出我所能承受的能力。我开始打起了家里一条毛毯的主意，那条毛毯为灰黑色，虽然有些旧，开过线，但在那年月，是一个家庭富有的标志。孩子的心思，大人无论如何也不知道，我神不知鬼不觉用剪刀在那条毛毯上剪下一条。缺了一条的毛毯，什么时候被躺在炕上的母亲发现，已经不重要，我也不记得了。我只记得我把那块毛毯条叠成黑板擦一样大小的小方块，用白面粉做成糨糊，将毛毯条折叠粘在一起。那时，我不知道世界上有“胶”这种东西，我以为所有粘连的物品都是用糨糊完成的。我将粘好的折叠毛毯条再粘在木板上，放在仓房窗台，等风干后交给史老师。我的想法不免一厢情愿，第二天放学回到家中，我急切地钻入仓房，想看看粘在木板上的折叠毛毯条上的糨糊干了没有。的确干了，但折叠毛毯条从木板上翘起，糨糊根本无法将两样东西结实地粘住，我没辙了，想不到做一个黑板擦要比在乡下搓一个牛毛团还要难。

第三天，我还是没有拿出这个黑板擦，史老师上课时，手里握着那个破损的黑板擦，只能小心擦拭着黑板。那时的黑板用胶合板做成，四周镶了木框，板面用黑墨涂染，挂在墙上，无论在上面写字还是擦拭，总是咣当咣当摇晃，这一天，我的眼睛也开始跟着黑板不住地摇晃，心神不宁。我想，这时的史老师心里肯定有话要说，只是正在讲课，不便岔开思路。一堂课终于结束了，史老师的脸冲向了我，问："黑板擦做出来了吗？"我躲不过去了，再次撒谎说："做出来了，明天带来。"这一天，我的脑子一直转悠着那只宣告失败的黑板擦，如果明天再拿不出来怎么办？撒下的谎，终归要自己圆下来。这时，我很想找史老师诚实交代，黑板擦制作失败；我还想着是否能去商店买个黑板擦，但很快又被否决了，我手里根本没有零花钱，也不便向父母张嘴索要。我就这么默默地煎熬着自己，直到放学离校。

走在回家的路上，我突发灵感，糨糊粘不了，为什么不用铁钉钉呢？我一路小跑到家门，钻进仓房，从工具箱里找出四根半寸长的铁钉，将折叠毛毯条铺在木板上，在四个角上钉上了铁钉，黑板擦终于做成了。

第四天上学，史老师刚走进教室，我赶紧从书包里掏出那只黑板擦，史老师喜出望外地接在手里，忽然一愣，这黑板擦显然出乎她的意料，而且不是出自大人之手。她反复掂量这只稚嫩的黑板擦，指甲划向蜡笔涂上去的蓝色，说："不错，我代表全班同学谢谢你。"史老师开始用这只黑板擦了，黑板擦擦向黑板的一刹那，我们的耳边发出了尖厉的声响，是铁钉与黑板摩擦的声响，一道长长的划痕出现了，惊心动魄。全班同学好像早就琢磨起这只怪异的黑板擦，一直憋闷着没有发出任何声音，这一个划痕终于划开了他们的笑声。史老师转过身，也在笑，她肯定觉得这只黑板擦滑稽可笑，同学们于是跟着放肆地笑了，笑得我咬牙切齿，头猛地埋向桌面。在天昏地暗中，史老师敲响了讲台桌子，那是黑板擦与桌面的撞击声，她粗暴地镇压住所有的笑声，教室一下子静了，静着，史老师喊起了我的名字，让我站起身来。我站起来，耷拉着脑袋，史老师让我抬头，看同学，看老师。我万万没想到史老师泪水盈盈地愤怒着，说："我知道你们笑什么，我为你们的笑声感到羞耻，有谁能像夏鲁平同学这样亲手为班级做成一个黑板擦？我现在宣布，期末优秀学生，优秀班干部，就是夏鲁平同学，大家为他鼓掌！"顿时，我的心又一次热浪翻滚，泪水潸然而出。

不久，学校为每个班级分发了新的黑板擦，我做的那只黑板擦一直被史老师上课时攥在手里，她用这只黑板擦时，轻拿轻放，不再在黑板上擦出划痕。有时，她还将学校分发的黑板擦与我做的黑板擦交替使用，两只黑板擦沾满了厚厚的粉笔灰。

第二学期，史老师离开我们班，教下一个年级。我们班新来了一位老师，姓何，是个三岁孩子的母亲。因为初来乍到，何老师上课时面部表情单一，且板着面孔。她看每个同学都一视同仁，从未在谁的脸上停留过。我们都好像不能接受年龄大的老师，总是与她保持相对警惕的距离。

何老师上课，喜欢操起学校统一分发的那只黑板擦。我做的那只黑板擦基本闲置，时间长了，被推到黑板槽边缘，与一些碎粉笔头挤在一起，我看着也几近麻木，认同了那只黑板擦本该拥有的命运。有一次，何老师写错了一个字，正站在黑板边上，随手摸向黑板槽，抓起我做的那只黑板擦，擦向那个错字，吱——黑板又响亮地现出了划痕，她的手停住了，看看这只黑板擦，皱起眉头说："这是什么破玩意儿，你们以前的史老师真能对付！"一扬手，黑板擦咣的一声扔进了教室门后的垃圾堆里。

教室里鸦雀无声，没有我想象的那种哄堂大笑，我的心一落千丈，身子一动不会动了，有同学偷偷转过头，瞥了我一眼，赶紧缩回去。教室里细微的情绪，没有引起何老师的注意，她走到黑板中间，拿起学校分发的黑板擦，退到黑板边缘，咔咔擦掉刚才没有擦完的字，继续上课。接下来这段时间里，何老师讲的什么，我一句也没听进耳朵，我看着何老师嘴巴一张一合，脑子里错乱混杂的声响此起彼伏。几天后，更为严重的事情发生了，我成了班级里捣蛋的学生，优秀学生被刷掉，劳动委员被刷掉，我在各种课堂上摇头摆尾故意弄出怪异的响声。我成了何老师眼中重点看管的对象，让她头疼了，疼得我心里有一种说不出的爽快。有别的老师上课，何老师过来扒教室门缝，偷看课堂纪律，看见摇头晃脑的我，推门进来，揪住我的衣领，拎出教室，让我在走廊站立，让我回家找家长。我背起书包离开学校，知道母亲躺在家里，根本无法出门，我父亲整天抓革命促生产根本没空，抽不出身子管我，况且这事，我也万万不能告诉他。我开始逃学，我成了何老师的对立面，我与她不共戴天。粗心大意的何老师听说我以前是班级里的好学生，学习好，思想品德好，热爱班级，热爱劳动，她搞不明白我为什么一下子滑到了"坏"学生的行列。我感觉史老师试图在找我，我不愿意再见到史老师，有时我在操场上溜达，特意留心是否有史老师，只要史老师出现，我立马逃之夭夭。

小学终于毕业，我上了初中，随家庭住址入学。那个中学名声不是很好，有同学上了不到一个学期就转学了。我父亲似乎没有想过中学还有好坏之分，从没动过帮我转学的念头。在这样的学校里，学生有太多的自由和自在，到了初中二年级，我可以不用藏着掖着把家里父亲用过的发黄的五十年代高级语文课本揣到学校，饿虎扑食一般吞噬里面的文字和故事。应该说，那是个渴望学习的年龄，我时常跑到临近的重点中学——长春八中，趴向人家一楼教室的窗户，看重点学校学生是怎样上课，看得心里一阵阵发痒，垂头丧气无奈地返回。

有一天早上，我背着书包上学，走到中学校门口，竟惊讶地发现我小学时的史老师，她身穿我熟悉的粉红色的确良上衣，米黄色的裤子，站在不远处盯着我，等待我主动跟她说话。可我一言不发，也不看她，我已不是她所期望的学生了，我硬着头皮往校门里走，给她一个生冷的背影儿。

史老师肯定心凉了半截，我就这么狠着心让我与她之间凉下去。我走进了校门，感觉史老师突然从后面追上来，我加快了脚步，直着脖子，就是不理她。史老师不再追我，她站在了那里，嘴里发出了愤怒的声响："别忘了，你可是老师心中的好学生！"

那一刻，我停了下来，站在那里，脑子好像蓦地从混沌中回过神儿来。

几十年过去了，当教师的妻子告诉我，现在她给学生上课，使用的是电子白板，写在屏幕上的字，想要擦拭，张开手掌轻轻一抹，就会消掉上面所有的痕迹。

原载《光明日报》2018 年 9 月 14 日

换　季

一

我老婆问起了一双鞋，高靿棕色的皮鞋。供热公司赶在星期天给暖气试热水，屋里暖气片里憋住了膨胀的气体，我刚拧开放风阀，我老婆那边就喊上了：“我跟你说话呢，听见没有？”我用手背抹了一把脑门汹涌的汗珠：“什么鞋，我从没见过什么棕色皮鞋。”我老婆强迫我放下手头上的忙乎，指着地板上一堆乱七八糟的鞋盒子说：“我记得清清楚楚，春天里我给你买了一双棕色的皮鞋，打了折，二百块，怎么说没有就没有了？”看着她那一脸光怪陆离的神情，我又将鞋柜重新查找一遍，那双高靿棕色的皮鞋却始终不见踪影。半个月前，隔壁楼里发生一起盗窃案，犯罪嫌疑人拎走一双某大学研究先生秦文学教授的布鞋，穿在脚上，打开楼上对面的房门，大模大样登堂入室，窃走五条项链、三枚钻戒和一沓价值几万元的连体人民币。作案后，布鞋又拖泥带水放回原处。我不希望这种事在我身上重演。

我老婆似乎还陷在那双高靿棕色皮鞋里难以自拔，那败坏的情绪大有持续发酵的可能，我赶紧拎起一双看好的黑皮鞋，以重新钉掌为由，逃出家门。

站在楼门口，我鼻尖凉了一下，不轻不重，在判断是否要下雨的时候，额头和鼻梁又来了那么两下清凉，同样不轻不重。手一摸，湿的，长长的水溜挂在指间，的确是雨滴。冬天似乎从这一滴雨开始，下过这场雨，天真的很快要冷下来了。

我决定冒雨出门，奔向百姓超市门口那个老徐修鞋摊，修理我手里这双黑皮鞋。修鞋摊固定在百姓超市门前不知有多少年，自从有了超市，就有了修鞋摊，它俨然成为百姓超市门前不可分割的一部分。修鞋匠老徐是四川人，也许常年出门在外，那一口不标准的普通话，只是略带一点儿四川口音。每年春天他都要出现在百姓超市门前，一蹲就是一个春天，一个夏天，再一个秋天。天一放冷，下了头场雪，他就要收摊，带着老婆回四川老家。

修鞋摊其实是个一米见方带轱辘的木箱，外加一个蓝色塑料凳和他屁股底下坐着的那个折叠马扎。每天收摊，木箱上面的缝纫机缩回箱子里，锤子剪子那一整套七零八碎的工具噼噼啪啪扔进缝纫机两侧空隙，盖上箱盖，抽出屁股底下的折叠马扎，压在箱盖上面，拎起一根铁链子，穿过折叠马扎，在木箱上围上一圈，上锁，木箱推到百姓超市山墙那边一米多宽的缝隙里。特意留出的铁链头，套进墙缝地面铁桩上，重新加一把锁，就算完事。这一米多宽的墙缝，平时多是塞些百姓超市淘汰下来的纸盒、废纸、废塑料袋，有人来收废品，往往能拉走一汽车。我不知道修鞋匠老徐是怎样跟百姓超市达成的协议，每年冬天他回四川老家，这个修鞋木箱就存放在墙缝里。墙缝外面挂着一个大帘子，显然经过了精心处理，帘面有红砖图案，与百姓超市墙壁融为一体，不用心观察，谁都看不出那是个存放废纸盒、废纸、废塑料袋和修鞋木箱的墙缝。

老徐每年春天摆出修鞋木箱，百姓超市门前立马有了活气儿，多半是因为人多造成的效果。与修鞋摊一起凑热闹的，有一张掉了漆的灰不溜秋的象棋盘，不知谁从家里搬出来，没白没夜摊在地上。下棋的人多数是百姓超市楼上的住户，棋下得也没白没夜，好在百姓超市后半夜才熄灯。有人下棋，就有人看热闹，百姓超市门前因为有了这张棋盘，整天人流不断。也许因为有老徐看守，从晚上遗留到白天的棋盘上的棋子扔得狼藉一片，从没有人收拾，来人随时坐下，摆上棋子，随便开杀。老徐有活儿时，干活儿，没活儿时，欠一欠身，从折叠马扎上站起，眼珠子像粘贴在棋盘里，看得一丝不苟。他的右腿明显有毛病，脚掌外撇，不能长时间站着，他只看了一会儿，又坐回他的折叠马扎，又极力拉长着脖子继续看向棋盘，观棋不语。从不言语的老徐，对每盘棋都看得津津有味，有时还会默不作声咧嘴龇牙乐起来。

老徐鞋修得好，远近闻名，这并不能说明他有多么高超的技术。修鞋就那么几个步骤和几样东西——胶水、橡胶掌，再就是刀具，打磨橡胶掌铁锉什么的，跟别的修鞋摊没有差别。老徐修鞋不是靠他手上的技术，更多的是眼光。他接过要修的鞋，便知道鞋的主人走路是内八字或外八字。他会按每个人脚的重力进行修补，只要经他手修过的鞋，肯定把每个人脚上的不足或短板补回来。他这么了解每个人的脚，体量每个人的脚，也许跟他自己的脚残疾有关，以己度人，他成了个好修鞋匠。对他有了认可，平时家里所有的鞋，我都找他来修，即便在外面走远路，鞋突然出了问题，也要坚持走回来。只有把鞋交给老徐修理，我心里才踏实，顺便还可以同样伸起脖子，看向正在对弈的棋盘，看对弈之人如何将棋子砸得叮咣乱响！不知不觉，老徐会把修好的鞋扔到我脚下。

春天的时候，我老婆甲状腺出了毛病，做了手术，手术后她吃了那种代替甲状腺功能的药物，反应强烈，做事总是颠三倒四。我相信，那双不见踪影的高鞠棕色皮鞋，肯定会在某一天某一时刻，在屋子里某个隐蔽的角落里被重新发现，这种奇迹，我们以往的日子不止一次出现。刚才出门之前，我老婆还说过，“别看那双鞋才二百块钱，原价两千多呢，货真价实的名牌。开春时，我听说欧亚商都店庆商品打折，好不容易才买了一双”。手术后，我老婆有点闲不住，这我知道。至于她说买了一双高靿棕色皮鞋，我的确一无所知。我老婆突然狐疑地问：“你是不是嫌我买的便宜，不喜欢，偷偷扔了？”听到这话，我赶紧溜之大吉。

老徐的鞋摊是否会收工呢，他不会傻到在这样的天气里顶着雨守在超市门口。我拎着这双需要重新钉掌的黑皮鞋，一步步向前走。天下过了这场小雨，再来一场小雪，老徐就要回他的四川老家，需要修理的鞋，得抓紧时间，不然，这一个冬天都不会见到他。

二

老徐最初给我的印象并不怎么样，那大概是头三年或者头五年吧，夏天傍晚时分，我经常去超市门口围观下棋。有时，手里攥着刚刚从超市里拎出来的酱油瓶子或醋瓶子，不分主次轻重忘了老婆做菜急等着使用。那段日子我对围观有着特殊的瘾头儿，心痒痒得恨不得棋盘上谁退下，由我坐下来，跟对面陌生人杀上一盘。那些下棋或围观的人看着都脸熟，只是我们彼此叫不上对方的名字，顶多知道某某姓王，就叫他老王或小王，姓李，就叫他老李或小李，有些奇怪的姓，记不住也就记不住了，不用特意煞费苦心非记住不可。

在这里混久了，他们知道我白天上班，是个有单位的人，只是晚上这段时间能抽空跟他们凑到一起。也不知什么时候，他们知道我在税务部门上班，是的，税务！就是从生产、经营业主兜里往外抽取税款的人，事儿听着有点不舒服、不自在是吧？没办法，这是我的职业。国家如果没有我们这些收税人，哪来的钱？没有钱，拿什么建高铁，修高速，搞国防？说这些，有点儿像讲大道理，其实道理一点儿都不大。平时在单位，我手里有一定的权力，我依照税法替国家把守好税收这一道门户。这样的职业干的时间长了，会落下职业病，就是一旦发现不法分子赚取国家税收便宜，总是恨之入骨，查办起来决不姑息手软。

我的职业也影响到下棋。有时棋子走得不顺，情绪多有波动，对方往往要谦让我一点儿，但我不需要。我需要彼此遵守规则，这是我职业生涯养成的习惯，也是我的性格。老徐看好了我这一点儿，有意无意接近我，让我多注意他，有时我与他的脸面相撞，他立即现出巴结相，这让我很是享受也很是讨厌。尽管如此，我还是与老徐有一搭无一搭地说上话了。我发现老徐头脑灌满了糊涂虫，税务、城管、工商、公安几个不同的部门他总是分不清，所有穿制服的，包括保安在内他都看成是同一类，好像这些人都是强势群体，专门欺负老百姓。这话我听着就生气，我也是老百姓，我们讲究的是服务，我们还不知道自己受谁欺负呢！说两件事，能把人气个倒仰！大概是前年吧，前年夏天，我脚上的一双凉鞋开胶了，拎到老徐那修理，他开口就说：“你们公安每年要没收好多自行车和电动车吧，你帮我弄一台没人要的自行车，往后修鞋全免费！”我低头看见他那只别扭的右脚，气不打一处来，他这是把我看成啥人了，怎么能好意思张这个口？再说，我只是个税务人员，跟公安根本搭不上边儿！鞋修完，我往木箱子上扔下十块钱，穿上凉鞋就走人，连一声解释都没有。还是那年夏天，我在超市门前看人家下棋，那是我很少见到的两位高手，棋走得正酣，我背后的衣襟被扯动了一下，接着又被扯动了一下。从棋盘上转过头，发现是老徐。他像是有事的样子，让我离开棋盘跟前的人群。老徐说：“今天下午，我小姨子在头道街卖水果，秤和手推车被城管没收了，你行行好，帮我要回来！”我瞪着他可怜巴巴的眼珠子，不耐烦地说：“我搞税务，跟城管有什么关系，别说我不认识他们，即便认识，我也不可能参与这些事，我丢不起这张脸！”话说得有些严重，肯定伤了老徐的心，他呆呆地愣在那里，半天没说话。我不知道他小姨子的事后来是怎么一个结果，但我知道，在这个城市里，不只是他一个人在做事，他还有亲属跟他生活在一起。

我以为驳斥了两次，他不会再跟我提那些烦人的琐事。可我在他眼里还是权重如山的人，是他摸得着看得见的一根救命稻草。他的企求从没有放弃过，好像总有一天，我会成为他的贵人。去年，他大概搞明白了税务和城管和公安的工作性质，又来麻烦我了。这次麻烦还算靠点谱，他说：“你认识不少老板吧，你能不能跟哪位老板说一声，帮我老婆找个工作，打扫卫生那种，做饭也行，我老婆跟我来长春好几年，一直没事可干，主要是，她的腿小时候得了小儿麻痹，走路不利索，没人找她干活，要是有个认识人看着面子接收她一下，人家会发现我老婆很能干。”

这事我总算应承下来，我说：“等遇到机会，我帮你说说。”

离开他的鞋摊，我很快把这个承诺忘得一干二净。

三

现在，我老婆说得有鼻子有眼儿的高勒棕色皮鞋没有了，这事搞得我们都挺闹心。自从我妻子做了手术，我不再在超市门口逗留了。棋盘周围再热闹，我也不会停留片刻。至于老徐，我也有半年多没注意他，偶尔去超市买些杂七杂八日用品，他肯定会看见过我，只是我没有朝他瞅上一眼，他也不便跟我打招呼，更不可能追问我他老婆的事有没有眉目。

我拎着那双需要钉掌的鞋，去老徐鞋摊。天还在飘着零星的雨滴，在我的鼻尖或脸颊上凉那么几下，没有加大数量的意思。这样的天是否一直沉入到傍晚，沉到一片混沌的夜幕里，尚不可知。大老远的，我看见老徐身穿浅蓝色工作装，鼻孔下面挂着两根长短不齐的清鼻涕，手里正一样一样摆弄着修鞋工具。工作装是"一汽"特有的标志，左胸上印有"一汽"字样，很是扎眼。他搞到这样一件大型国有企业的工作装，就好像跟"一汽"沾亲带故，修鞋摊也会变得不同凡响。那浅蓝色的工作装有些日子没洗过，两只袖口不知是鼻涕所致，还是修鞋造成的，满是油腻的污垢，根本看不见原有布料的颜色。他这样摆弄着工具，是要收工呢！我向他挥动着黑皮鞋，老徐看见了，他眼睁睁看了好一阵，确认我果真奔向了他，又低头从木箱里往外倒腾那些修鞋的玩意儿。

我问："这么早收摊？"

老徐扯起那蓝塑料凳放到我跟前，意思是让我坐下。他接过黑皮鞋，放到地上一只，另一只攥在手里，掰了一遍鞋帮，也不问鞋出了毛病，就知道我要钉鞋掌了。鞋翻转过来，鞋底朝天套在铁砧上，他抄起铁钳拔掉鞋跟残留的旧橡胶和铁钉。为了确保不再有铁钉残存，他的拇指在鞋跟上摩擦了两个来回，将钳子换成一把铁锉，磨向需要钉掌的地方。鞋跟尘土飞扬，黑色的橡胶现出了新鲜的麻纹，再从工具箱扯出一块报废的汽车轮胎，剪下一块，剪成一个半月牙，同样用锉打磨，磨出新鲜的麻纹。我的鼻孔瞬间钻进了橡胶摩擦所发出的气味，不得不歪头躲避。这当口，一条杂毛小黄狗，从老徐身后伸出头看向我，只看了一眼，起身了，试探着向我凑过来，鼻子伸到了我的裤脚。不知是出于防范的考虑还是说不清的原因，这条杂毛小黄狗又得寸进尺地将鼻子伸向我的脚面。老徐没回答我刚才的问话，很可能还在想着我曾经答应给他老婆找工作的事，生气了，或者他压根儿也不会生气，只是盘算下一步找个什么样的借口跟我沟通更见成效。

那条杂毛小黄狗的嘴巴和眼窝掺杂着白毛，像得了白癜风，它轻微地站在我与老徐中间，等待我向它示好。这是一条没有任何主见和敌意的小狗，我伸手摸向了它的脑袋，感觉手里的皮肉松懈，手并没用力，它的眼皮便向上翻开，露出直勾勾的眼白，舌头适时地翻出，舔了几下嘴巴，无动于衷地承受我的任意摩擦和摆弄。

“你再晚来两分钟，我就不见了。”

“这雨一时半会儿下不了！”

“不下雨，也不会有人来。”

那条杂毛小黄狗听着我与老徐有一搭无搭说话，鼻子又凑到我手背上，凑到它想凑的地方，嗅起我全身的气味来了。我拍了拍它的脑袋，问老徐：“你怎么养起狗了？”

“也不是特意养，夏天，我老婆把我手机安上了微信，说是找我能省话费，方便！微信真是个好东西，我怎么也摆弄不够，那天我摇一摇，就摇来了这小家伙，它趴在我跟前，怎么也不肯走。一开始我以为是谁家走丢的狗，后来发现不是，它就是一只流浪狗。我看实在可怜，花一块钱买了一根火腿肠，这下可好，它成天跟着我，我回家它跟我回家，我修鞋它就坐在这儿，我不嫌弃它，它也不嫌弃我，有我吃的，就有它一口。这小家伙精明得很，运气好的话，在这儿一天能得到好几根火腿肠，都是它自己叼着钱去超市里买。”

“它自己会买吃的？”

"不信，你给它一块钱试试，它认钱。"

果真是这样？我手摸向衣兜，它好像听懂了我们的说话，不住地摇动起尾巴，讨好又焦急地眼巴巴盯着我手上每一个动作。对不起，对不起，我的脑子轰一响，怎么出门没带钱呢？

老徐说："我这儿有！"

他随手从上衣兜里掏出一块钱，递了过去，那条杂毛小黄狗两只后蹄撑地，直起身，前蹄向老徐叩拜再叩拜，嘴叼住那绿色一元纸币，落下前蹄，一溜烟儿跑进了超市里。

出门修鞋，兜里没钱总归是尴尬，特别是在老徐眼里，我还算个人物。刚才真是被我老婆吵昏了头，拎着这双黑皮鞋就往外走，也没想想兜里是否揣上了几张纸币。

老徐问："你带手机了吗？"

我再次多此一举地摸摸衣兜，手机也没带。我注意到老徐的木箱顶上有一个扫码贴，他修鞋也可以用微信接收费用？可我没带手机，这项功能也无法使用了。

我说："我回家取钱！"

老徐伸出一只手，按住我说："不用特意跑，以后啥时路过这儿，再说！"

一块新鞋掌和鞋跟粘在了一起。我看见老徐手里的工作，琢磨着老徐这种表面的客套，能否代表着他真实的心理？假如这十块修鞋费，变成无限期的拖欠，他该怎么办？经验告诉我，他是个没多大承受能力的人，他很不容易，很艰难，不然不会把我当成公安局的人向我索要废弃的自行车，也不会求我向城管讨回他小姨子的秤和手推车。不管怎么说，老徐的话还挺宽慰人心的。

那条杂毛小黄狗乐颠颠从超市里跑出来，嘴里横叼着一根火腿肠，坐在我与老徐中间，火腿肠撂在地上，用两爪按住，伸嘴不停地撕扯火腿肠上的塑料包装，然后尽情享受起属于自己的美食。

我拎着这双钉完鞋掌的黑皮鞋往回走，天上的雨滴好像没了。我回过身，半真半假地说：“这事你自己想着啊，我一天天的事多，这钱忘给了可别怨我。”

老徐脸上挤出一堆难得一见的笑褶儿说：“差不了，你还欠这小家伙一根火腿肠呢！”

四

小雨临近傍晚下起来，雨滴淅淅沥沥敲打了一夜窗外的一块铁皮，天快要亮时，变成了无声的雪。见到了雪，气温一下子向着寒冷逼近了一步，冬天真的来了。早晨出门，我看见树根、草丛、石头缝、墙脚残留着一块半块的积雪，凉丝丝，有了一种久违的惬意。

老徐这一天也许会结束他一年的工作，木箱塞进百姓超市旁边山墙那一米多宽的墙缝里，锁上铁链，用纸盒掩盖好，然后走人，回四川老家。但这天早晨他依然顽强地坚守在超市门口，一点儿收摊的迹象都没有。看样子，一时半会儿也不会离开。其实，早晨上班前，我从鞋柜里又找出一双棉皮鞋，准备出门时拎到老徐那去修理，顺便把昨天修鞋的十块钱还给他。快要走到超市门口，一辆私家车挡住了我前行的脚步，车轮碾压的雪水差点儿溅到我的裤腿。那辆私家车驶过去，路面的积水形成了一溜儿黑泥汤子，我根本无法踏进脚去，犹豫的当口，一堆汽车争先恐后汹涌驶来，彻底隔断了我穿越马路的念头。再晚两分钟，上班时间就会吃紧，我必须当机立断不在此停留，回家取车赶路。棉皮鞋扔进了车里，想着晚上下班再见老徐也不迟。

事与愿违，中午的时候，我接到一个电话，说晚上有个酒局，同学的，必须参加。到老徐那送修鞋钱的事显然落空了，还有我那双棉皮鞋，也无法及时修理。如果在老徐回四川之前没有修上这双棉皮鞋，这一冬我穿着它都会不舒服，我的拖延实属是被逼无奈。

第三天早晨，出乎意料接到领导的电话，我必须比平时提前一个小时到达单位，然后出差。时间格外紧张，我手忙脚乱洗脸刷牙，简单喝一小碗小米粥，出了家门。最近我的同事发现一户商贸企业，开业不到半年，商品销售额竟高达三十亿，进项增值税发票品目全部是黄金，销项增值税发票品目也大部分为黄金，还有少部分为铝材、钢材、化妆品和服装。增值税发票信息显示，该企业进货为上海、西安、重庆等地，销售对象为安徽、天津等二十多个省市上百个地区，具有重大虚开增值税发票违法嫌疑，必须对该企业立案调查。事不宜迟，必须马上动身。这么早的时间，老徐不可能出现在百姓超市门口，我无论如何也无法与老徐见面了。我想把还十块钱的事交给我老婆，可她自从认定那双高靿的棕色皮鞋不翼而飞，一直耿耿于怀，这回，她又听说我毫无征兆地突然出差，情绪多有起伏，不求她也罢。

我们办理的这起案件，犯罪嫌疑人早已由公安机关控制，在大数据时代，正应了那句话——要想人不知，除非己莫为。犯罪嫌疑人被锁定那天，他所有信息都一览无余呈现出来，这是一名重点大学经济学本科毕业生，从小失去了父母，由其舅舅抚养长大，从小学到高中，一直是班子里的尖子生，平时少言寡语，大学时因班级保研不公有过轻生的念头，同学关系也不是很好。在抓捕之前，他与女朋友钻进快捷酒店，三天没有出门，也许感到罪责难逃，故意放纵自己。这是一个帅气的年轻人，一米八的身材，当我第一眼见他时，就知道摆在面前的是块难啃的骨头，一方面他会凭借自己的小聪明跟我们周旋，另一方面来自他乖戾的性格，这种人容易走向极端。实施抓捕后，犯罪嫌疑人一直被放在一间空屋里，我们向他宣读了政策，然后一句多余的话也不说，转身离开。从监视屏上看到，犯罪嫌疑人最初暴躁了两个多小时，后来感觉累了，没意思了，一步步在屋里来回走动。他对这小屋充满了好奇，竟然研究起屋子里每个角落和封闭窗户的位置。再后来，他坐在椅子上双手反复交替地抠起了指甲，抠出了血。这一个重大信号，说明他心里在想事，快要崩溃了。我们一阵激动，又见了他一次，告诉他先不要着急，好好想想，想好了再说。又转身离开。其实我们在跟他进行一场心理较量，较量是沉重的，漫长的，是一场无声的煎熬，需要足够的耐心。我们在等待他心里包裹着的坚硬的外壳一点点炸裂、粉碎，散落一地。那一刻时间不会太长。忽然，他眼里不经意间冒出了一丝游离的光亮，接着晦暗下去。凭经验，用不了一个小时，他就会坍塌，开口说话了。事实上，我们的判断相当准确，经过了五十五分零八秒，这个犯罪嫌疑人突然情绪失控，放下了一直绷紧的自己，彻底完蛋了。我们都长长地松了一口气，走出监视室，坐在了他跟前，听取供述。他先讲起他与舅舅的关系，讲他舅舅对他从小到大如何疼爱，现在他舅舅得了肠癌，他想用快捷的办法挣钱，做起了天上掉馅饼似的发财梦想，那就是开了一户商贸企业。虚开了第一笔增值税发票那天，他揣着钱去了舅舅家里，扶着舅舅去饭店吃了一顿包子……我的心被什么东西拧了一把，这是个懂得知恩图报的人，只可惜走错了路。我镇定住自己，不动声色地坐着，他不知道我们已经掌握了多少情况、具体数额，索性将所有干过的事情全盘托出。我眼睛不错神地盯着他滔滔不绝供述的嘴形，他每供述一件，我心里都在累加起一个数字，五年、七年、十年、十五年、二十年……他的罪行早已超过了无期徒刑，他大汗淋漓释然了，我的心却疼痛起来，郁结起来，我眼睁睁看着一个人是怎样走向毁灭，又万般无助。我站起身，叫来工作人员，给他倒了一杯水。

犯罪嫌疑人的供述条理清晰，又引出了许多枝枝蔓蔓，本来几天能够完成的工作，我们却忙了半个月，欠老徐的那十块钱和修理棉皮鞋的事一放就是半个月，我没时间想这段时间老徐是怎样一种心理感受。

天气预报显示，这天气温要比半个月前至少下降了五摄氏度。刚才我回家路过百姓超市门口，看见老徐仍然坚守着他的摊位，也就是说，今年他在这里至少比往年延长了半个月。我原以为这半个月，老徐早回四川老家了，如果是那样，我那双棉皮鞋要重新找人修理，欠老徐那笔修鞋款，只能来年春天还他了。现在，他坐在百姓超市门口，简直把我吓了一跳，都什么季节了，他还没走？

也许坐在这里时间太久了，他经不住寒冷的吹打，整个人缩成了一团，那浅蓝色“一汽”工作装，因里面套进了羽绒服，全身鼓囊成一只熊模样，除了下颏系了两个紧绷绷的衣扣，大襟是敞开的，嘴里呼出一股股哈气，顺着头顶缭绕开去。看样子，他的两只手冻得有些疼，有些麻木，那缩成一团的身子在我的眼里动了，只见他伸出一双虬曲的手，捂在嘴上，接收着温暖的哈气，再两掌相搓，放下，插进趴在他胯前那条杂毛小黄狗前腿的腋窝里。那条杂毛小黄狗就那么老老实实趴着，眯着眼，似睡非睡让他取暖。难道这一个冬天他不准备回四川老家了？老徐以前说过，他还从来没有经历过长春的冬天，不知道冬天会冻成啥样，他最想看的是这个城市里的雪，看春节过后房檐结成的冰溜子是个什么样子，在他的想象里，那些冰溜子不知要比溶洞里的钟乳石好看多少倍。

进了家门，我老婆看我一身疲惫，赶紧进厨房做了一碗热汤面，亲手盛在碗里，笑盈盈端过来，碗沿还搭了一双筷子。她好像知道我这半个月的工作压力，在用行动对我进行一次心理疏导，而且，很知趣地不再提起那双让人心里添堵的高鞠棕色皮鞋。吃着我老婆端上来的热汤面，我又想起了老徐，琢磨着一会儿稍加休息，就去超市门口还钱。不能再等，再拖延了！哪怕有再多的理由，也不能欠人家的修鞋费用。我找出了十块钱，又特意找出一块钱单独存放在裤兜里，准备对那条忠实的杂毛小黄狗进行一次犒劳！我欠它一根火腿肠呢。

下楼取出车里的棉皮鞋，拎在手里，我向百姓超市门前走去。天又飘起了雪花，这样的天气不需要雨水在中间过渡一下，那雪就直愣愣从天上落下来。四处都冻得嘎巴嘎巴响。与老徐鞋摊相隔一条马路，我眼前似乎出现了错觉，怎么突然看不见老徐了呢？再次定睛看看，的确不见老徐了。百姓超市门前那只木箱旁边趴着那条杂毛小黄狗，老徐真的不见了。他屁股底下常年坐着的折叠马扎歪倒在地上，也没人扶起。我匆匆穿过马路，走到老徐的鞋摊跟前，棉皮鞋放在木箱上，我踯躅着四处寻找。老徐不能走远，他可能跑到哪个死角胡同，解开腰带撒尿去了，或许他早晨出门太早，没来得及吃饭，买了一盒方便面，到他熟悉的地方找热水，或许……或许什么，我想不出来了。

“你等老徐吗?”

“这会儿他干啥去了?”

“你不要等了，刚才他坐在这里昏倒了，被人抬到了诊所，估计一时半会儿回不来!”

“老徐怎么了，出了什么事?”

我站在鞋摊跟前傻愣着，老徐怎么会突然昏倒?看来，东北的气候他适应不了，早该回四川，他没有回去，注定要出事。我看着那条杂毛小黄狗，知道欠它一根火腿肠，就掏出一块钱递给它，我等待它叼走。那条杂毛小黄狗看着我手里摇晃的钱，眨巴眨巴眼睛，毫无反应。难道它不喜欢钱不喜欢火腿肠？我再次摇晃这一块钱，那条杂毛小黄狗向我靠近了一步，这回它终于经不住诱惑，想叼走这钱了。想不到的是，它甩给了我一个屁股，脑袋转到另一个方向，实施彻底的抗拒。它张望的一百米处，有一家私人医疗诊所，老徐刚刚被人抬到了那里。我应该去诊所还钱。那条杂毛小黄狗似乎看明白了我的意图，要跟我一起过去，但只是走了几步，又犹豫着停止了行动，转身回到那只木箱跟前，趴了下来。

诊所里的老徐清醒过来，只是他那条有毛病的右脚彻底不听使唤了，连带着他右侧半个身子也失去了灵敏。我问老徐："你自己感觉怎么样？"

老徐摇摇头，又点点头，他无从回答我的问话。

看到老徐这副神态，我不能只是简单还他十块修鞋钱了，在拿出十块钱的同时，我又递给他二百块，虽显微薄，但能稍稍缓解我心里的忧伤。诊所根本不敢接收老徐，他们已经叫了120救护车，给他老婆和他小姨子打了电话。这时，救护车已经赶到，头顶闪烁着紧张的灯光停在诊所门前，可老徐不想被救护车拉走，坚持等着他老婆和他小姨子赶来。现在，他身边所熟悉的人只有我了，他求我帮他取下腰带上的一串钥匙，左手很不灵便地分辨着，好半天终于找到了他需要寻找的两把钥匙，拇指和食指捏起，死死地捏住，他让我取下这两把钥匙，开始说话了。虽然口齿不太清楚，我还是听懂了他的意思。他说他以后修不了鞋了，让我帮他把木箱推到百姓超市旁边山墙缝里，锁上铁链子。老徐还告诉我一件最为重要的事，就是，木箱推到百姓超市山墙缝之前，一定要从箱底找出一双用报纸包裹着的皮鞋，那是一双高档皮鞋，少说也得上千块，是春天的时候一个女士交给他的，他钉完鞋掌，那女士一直没来取，他等了一个春天又一个夏天，估计那女士忘了。他想这几天天冷了，那女士会想起这双鞋，会来取，可到今天还是没有等来。

“你替我在超市门前打个广告！”

“是失物招领？”

“怎么的都行，打上个广告，写上你的电话，一定要帮我找到她，她家可能就在这附近。”

老徐对我信任地交代完，他老婆一瘸一拐跟着他小姨子赶来。这是个长得周正的女人，虽然患有小儿麻痹症，但不失面部的周正。她六神无主地推开诊所的门，四处观察了半天，最后直奔老徐，开始絮叨了：“我早就张罗回四川，你偏要磨蹭这几天，这下可好，这下可好！”伸出两手，不带好气地左一下右一下扯正那件歪歪扭扭浅蓝色的“一汽”工作装，回过头来，悄声细语与救护车上的人员进行了简单交涉。救护车无奈地开走了。他老婆要搀扶老徐站起来，他们摇晃了半天，老徐也没起来，我上前帮了一把，和他老婆一左一右架起老徐，走出诊所。室外的雪光刺激得眼睛有些生疼，我眯起眼睛寻找他的小姨子，他的小姨子手里的一辆锈迹斑斑的手推车，停在诊所门前，同样六神无主。老徐被磕磕绊绊扶上了手推车，他小姨子撅起屁股，一用力，手推车就走了，走得悄无声息。路面一层清雪，印出两条七扭八歪的辙印，还有一串杂乱的脚印。他们不知去了哪里。

五

我老婆陪我处理老徐木箱那天，空中飘起了铜钱大的雪，大雪铺天盖地落在了我们这个城市。我很容易找到了那双高靿棕色皮鞋，是一双女士鞋。我老婆看见那双鞋，眼睛一惊，映亮了雪光，她不停地说："这分明就是我买的那双，是我放到了这里，我怎么忘得一干二净？真是糊涂，糊涂！"

我说："你给我买的那双鞋呢，就是打折那双？"

我老婆说："不是，我好像记错了，就这一双，我给自己买的一双！"

那条杂毛小黄狗不停地摇晃着尾巴，尾随着木箱来到山墙跟前，脊背盖着一层厚雪。我用铁链子锁好木箱，拉下带有砖形图案的遮帘，心中茫然。

我老婆问："这是哪儿来的狗？"

我说："不知道，今年它一直跟着老徐在这里。"

我老婆问："我们这么走了，它怎么办？"

我说："也许继续流浪吧！"

我老婆说："要不我们把它领养吧……还有，我想找到老徐！"

原载《民族文学》2018 年第 12 期

棒槌谣

一

镇上又要办人参节了。参农们把自家存放的人参拿出来，交到镇上，镇上的人将人参拴成串，挂在镇上那条主街的一棵棵大树上、篱笆围墙头，整条街就跟以往不一样了，披红挂绿，好个热闹。有大个的人参，单独挑选出来，或头扎一条红绫，或胸戴大红花，或穿件遮肚的红兜兜，高高悬挂在树枝显眼处，远远看去，那些打扮一新的人参如攀爬树枝的小人，风一吹，树摇摆，小人摇摆，红绫飘起来，大红花、红兜兜也走了模样。上次人参节，丢了一个戴红兜兜的人参娃，那个参农哭得呼天抢地，找镇上算账，警察赶来，勘察一番，还照了相，没有发现任何线索。那人参娃丢得有些蹊跷，镇上的人拐弯抹角求福林找到张丽君，让她借助天神看看究竟是怎么回事。张丽君到了出事现场，站在那棵挂有人参娃的老榆树下，脑袋嗡的一声，就跟天神接上了……那棵身穿红兜兜的人参娃，早在五个小时前，自己解开麻绳，顺着老榆树枝爬下树干，悄悄溜跑了，跑进了棒槌山，钻进草丛，潜伏在山背阴处的洼地里。

那次降神，给张丽君带来了灾难性的后果。她买来不到半天的母羊死在了棒槌山山坡上。那母羊原本在福林家养了两年，因为福林忙着自家参园里的事，实在照顾不了一只羊，不得不转手便宜地卖给张丽君。那天，张丽君将羊牵到棒槌山山坡上，拴在一根手腕粗的椴树根下，让它吃青草。福林老远过来喊她了，张丽君直起腰，看见福林深一脚浅一脚蹚着蒿草，说："这回你可派上大用场了，镇上发生了怪事，公安破不了的案子，让你去看看。"

张丽君从镇上回来，天黑了，她走在太阳西落的村子里，才想起山坡上的那只羊。赶紧跑进了棒槌山。等她看见那只羊，立刻傻眼了——羊倒在山坡上，身体下坠，绳索在椴树与羊脖子之间抻得笔直。她去镇上足有小半天，那只羊肯定吃着草吃累了想趴下，或者它肚子底下的奶胀得不行，有些焦躁，脚底一滑摔倒，无法再次站起，活活被勒死了。

买到手不到半天的羊就这么死了，偏偏是她去镇上帮人家看事儿时死的，这不能不说是一个报应。张丽君把人参娃与这只死得不吉祥的羊联系在一起，心就有了不寒而栗的悚然，那人参娃肯定成精了，给她来这么一折腾，惩罚呢！

天起了凉风，杂草的湿气，扑上来，千回百转地钻进张丽君的鼻孔——阿——阿嚏！张丽君无心处理死去的羊，她哆哆嗦嗦跑回家里，一头倒在炕上，头捂棉被，惶恐、沮丧让她的四肢长时间地颤抖、冰凉。接下来的几天里，她做事颠三倒四，把本该放酱油的菜里倒进了醋，又把本该倒醋的菜里放进了酱油；有几次还稀里糊涂把小苏打面当成食盐。人参娃肯定显灵了，它从土地里被人挖出来，够委屈的，有人还把它往树上晾，让日头晒、千人万人参观着，人家不跑干什么？跑就跑了，你张丽君还不知天高地厚帮镇上找回来，这就别怪人参娃回过头来弄死你家的羊，没弄死人，就够便宜你了！

二

镇上办人参节，街道上披红挂彩，不但热闹，连摆水果摊、瓜子摊的也都出来了，跟着凑起了热闹；不但水果摊、瓜子摊，肉摊菜摊也出来了，什么羊肉、牛肉、猪肉，一嘟噜一串高高悬挂，白菜萝卜西红柿菜花西兰花大葱大蒜红辣椒随意堆放，还有烟酒糖茶等百货日用琳琅满目。这些都不足以冲淡人参的主体气氛，一辆辆大巴车运来了南腔北调花花绿绿的外地人，见啥都稀奇，见啥都稀罕，瞪大了惊讶的眼珠，张着合不拢的嘴巴，大呼小叫，啧啧咋舌见啥买啥。红条幅扯了一行又一行，有的掉下来，风吹着，在地上打起了卷儿，远处的锣鼓敲起来，擂起来，咚咚咚，几里地开外，每个人的心都跟着震颤。主席台搭起来了，有领导上台讲话，讲啥呢，不知道，大家挤成一团，仰脸朝天，你捅我一下，我掐你一把，嘻嘻哈哈，就等着一会儿有奖品分发。

福林骑着摩托车在人群外面溜了两圈，好像找人，也不知他找什么人，干脆一只脚踩地，将摩托车停下，撇腿儿下来，在路边锁上车，人就钻进来了。五年前，福林在棒槌山拿下一块林地，种起了人参，走路的架势也跟从前不一样，怎么个不一样？牛哄！但人参生长期长，这么多年，他只是投入，没挣过一分钱，他的牛哄多少有点装腔作势。这些，别人不知道，张丽君心里再清楚不过了。七年前，福林心甘情愿做春艳的倒插门女婿，是想借春艳的奶奶——那个老萨满，帮他寻找棒槌山里的棒槌。福林十六岁跟老把头放过山，放山的人有五六个，他们自带干粮和水，拿着索罗棍，在长白山里行走了一个多月。钟灵毓秀的长白山，山高林密，有毒蛇猛兽不说，单是脚下，一不小心踩到蒿草覆盖的地缝，人就会落进万丈深渊，杳无踪迹。放山苦且危险，不是一般人所能受得了的，但寻找棒槌的梦想总是伴随着他们在山林一天一天不停的脚步。这五六个人，一旦进了山林，彼此都不见踪影，寂寞害怕时，就用索罗棍敲打树干，发出声响互相照应。放山人有个规矩，无论是谁发现了棒槌，都要大喊一声：“棒槌！”这叫喊山。接着就有人呼应：“棒槌——”这叫接山。为的是定住棒槌，然后大家聚拢在一起，将一根红线系住棒槌的枝叶，共同采挖。那一个月放山，福林吃尽了苦头，却连一棵棒槌影都没找到。福林与春艳结婚时，春艳的奶奶，那个老萨满已经老得不行了，一阵糊涂一阵明白，根本说不清棒槌山里的棒槌的准确位置，福林最终失望，不再做寻找棒槌的梦，挖门盗洞找人申请了一块林地，拿出家里的积蓄，老老实实种植起了人参。

福林在人群里寻找了一大圈，见到张丽君，停下了，他说：“老姨，你咋还有这份闲心，快跟我回去，有件事要跟你商量。”

张丽君问：“有啥事，你就说吧！”

福林说：“不行，这里人多耳杂，我必须单独跟你说。”

福林扯起张丽君的衣袖就往出拽，来到他那辆摩托车旁，发动起车子，让张丽君坐在他的身后，摩托车一溜儿烟地往村子方向开。张丽君双手死死扯着福林的衣襟，耳边的风呼呼刮过，她问：“有啥事你就说呗，干吗神神道道，叫人怪紧张的。”

福林放慢了车速，稳了稳心神，可能还咽了一口唾沫，说：“老姨，今年，我还没求过你啥事呢。”

张丽君说：“啥事你就快说，别吞吞吐吐！”

福林说：“事情重大，我都不知从哪儿说起。从头说吧，今天上午，镇里一个领导打来电话，问我能不能搞到一棵棒槌，他可能拿棒槌送给刚才那个讲话的头头儿，我要是能搞到棒槌，镇里领导就会给我批一块林地，有了地，就能再搞一块参园，我就发了，不是一般地发，现在林场轻易不往出批地。种参，你知道要砍掉好一大片林木，种过参的土，营养全被吸走了，三十年缓不过来，镇上的人说，这对棒槌山损失太大了，没对镇上做出贡献的人一律不批。”

张丽君身子激灵得一歪，差点儿被甩下车来，她问：“这事你找我干啥？”

福林说：“我听春艳说，五十年前，她姥爷往棒槌山上撒过棒槌籽，那棒槌长在哪里，长成多少棵，谁都不知道，只有你能动用神的力量，把它们看出来。”

张丽君瞪了一眼福林后脑勺，没给他一个好眼神，棒槌山是镇领导家的？是你福林家的？你们想咋整就咋整，脸咋就那么大呢？啊呸——张丽君心里就这么吐他一口，她还想起那只死去的羊，那只死去三年的羊，心里不停地滚动起一股股酸水，酸溜溜地疼。

张丽君板起脸说：“棒槌有灵，不能随便招惹。”

福林说：“啥灵，别瞎扯了，你要是帮我搞到，我申请下来参地，分给你一半，也让你跟着发财。”

张丽君眨巴眨巴眼睛，问：“你咋就知道我就一定能找到棒槌？”

福林说：“你是萨满啊，你一降神，棒槌在哪儿你都看得清清楚楚，就像上次你看见的那个人参娃。”

张丽君说：“你别提那事，你一提，我的心就堵得疼！”

福林说：“你就别谦虚了，棒槌山的事，瞒不了你！”

到了家门口，摩托车停下，张丽君跨下摩托车，走进自家院门，反手把门关上，不再搭理福林。

福林抻长了脖子，一个劲儿眼珠子发愣，他哎哎叫着，张丽君没给他半点说话机会。

晚上，春艳拎着一筐鸡蛋来了，她把鸡蛋筐往外屋灶台一放，人就扭着屁股进了屋。

春艳说："老姨，你就别保守了，帮福林也就是帮我，我们家福林是敞亮人，他说到的事，肯定能做到，到时候亏不了你！"

张丽君说："我看不出来，就是看不出来。"

春艳说："你不帮他，他自己也会上山，他小时候是放过山的，这事难不住他，说不定赶巧，他自己就找到了呢，只是费点时间罢了。"

张丽君赶紧摆摆手，赶人出去。春艳歪着鼻子气呼呼走了，临出门时，回身顺手拎走了那筐鸡蛋。

张丽君拉上窗帘，慢慢点燃了三炷香。

三

福林果然自己上山了。他手里操着五尺多长的索罗棍，身上还背着干粮，从张丽君院门前走过。这时，正是傍晚，棒槌村起雾了，天灰蒙蒙，雾里，还有一股炊烟的味道，凉丝丝，湿漉漉，游魂似的飘着，漫不经心地卷向了棒槌山。张丽君正坐在自家院子里发呆，福林路过的身影着实吓了她一跳，她赶紧站起身，觑眼盯着福林走去的方向，回屋慌忙换上长衣，来到外屋掀开锅盖，拿了两块玉米面大饼子，操起烧火棍，跟了出去。她也要去棒槌山，来个搅局。尽管是尾随，但张丽君尽量躲避着福林，他慢，她也慢；他快，她也快。棒槌山的雾如同细雨，张丽君还没走多远，裤腿全湿透了，湿到了裤裆，整条裤子像尿了一般。雾水还在她的裤角上流淌，流到鞋窝里，每踩下脚板，鞋帮儿里都会挤出一堆呱唧唧的泥水泡儿，但她顾不了这些，只能一门心思地拼命尾随，假使这时福林真的撞见棒槌，她一定来个搅局。

夜晚的味道长时间氤氲于她的鼻孔，她紧缩着肩胛骨，抬头眼望天空一颗颗星星，看天上的紫气从哪颗星星冒出来，又如何缓缓照临在棒槌山上。黑夜里的云片，遮掩着无数个星光，她好像看不见福林，跟不住福林了，湿漉漉的裤子把她冰得浑身上下瑟瑟发抖，实在忍受不住，她不得不下山回家。

福林在棒槌山里住了三个晚上，坚持没有回来。张丽君心里忐忑着，知道那些棒槌轻易不会给他露脸儿，可她还是有些担心。福林这个人，认准的事，恐怕十头牛也拉不回来，必须想办法了，不然他不会善罢甘休。

早晨，爬出被窝的张丽君，双膝跪在炕上，冲着棒槌山，闭气凝神合上眼，双手合掌作揖，冲着棒槌山顶拜了三拜。恍惚看见福林发现了一棵棒槌，那棒槌枝叶正瑟瑟不停地求饶。福林哪能饶过它呢，只见他张开凶狠的十指，沿着棒槌枝干两侧的泥土，猛然刺进去，再刺进去。那土，出乎意料地松软，在没有完全腐烂的残枝败叶中，呲呲地钻出一只蜈蚣。霎时间，棒槌头顶上的红果，凝噎出一滴水珠，转动着，顺着枝干淌下，啪的一下落入泥土，是泪。福林双手已碰到棒槌的细根须了，他再次扒土，不停地扒土，扒呀扒，“快跑！”张丽君猛喊一声，气喘吁吁，大汗淋漓，睁开眼，真就不见那棒槌影儿了。一团团祥云从棒槌山顶挣脱而出，不紧不慢飘忽到她的屋里，到了她跟前，缭绕起来，棒槌山显灵了。现在，她开始执着地想着花草树木，想着泥土和石头，想着怎么叫福林走下山来。

晚上，月亮升起来，张丽君拉上屋里的窗帘，穿上神服，脑袋上扣上一顶长翎帽，腰间系了一圈铜铃，手握一只单面驴皮抓鼓，在漆黑的屋子里独自狂舞。在哗哗作响的腰铃和“咚咚”的击打声中，她耐心十足地跟神灵进行着长时间的交谈。

村里人听到张丽君家的响动，忍不住跑出家门，站在远处张望起她家的院门，听着那好似远古传来的旷远的长调，身子不由得掠起一层鸡皮疙瘩。

咚咚咚隆，咚咚
棒槌村棒槌山
村连着水，水连着山
山山水水绕村边

张丽君抖擞、旋转的神服流苏，如倒垂着的一簇洁白人参花，甩出一阵阵风语。

说说咱们这棒槌山
花长得好，草长得茂
花花草草罩山腰
还有那一排排一片片
榆树杨树椴子树
棵棵树木长得高
树林里，狍子狐狸到处跑
还有那神出鬼没的大跳猫

张丽君身体快速旋起，呼呼冲出屋门，吓得凑近跟前的人们，禁不住一个劲儿向后趔趄。

就在这树林背阴处
隐藏着一棵大神草
……

张丽君唱得天昏地暗，连棒槌山顶的云雾都被吸引过来了，慢悠悠地停在村子的天空。福林从人群中挤进了院子，他下山了，终于下山回来了，张丽君吧嗒一下醒过神儿来，脸颊布满了红晕。她愣愣地盯着福林，心里的喜悦快要蹦跳出来。福林伸出双手，恭恭敬敬扶张丽君回屋，坐住炕沿小心翼翼地问："你看出来了？那棒槌山上棒槌长在哪里？"

张丽君阴沉着脸，手里的驴皮抓鼓一个劲儿地响，咚咚咚咚咚隆咚咚咚……沉闷中，张丽君猛地睁开眼，当头一句："福林，你要发财了。"

福林说："我问的是棒槌，不是财运。"

张丽君又闭着眼睛，盘腿坐在炕上，上下嘴片扇动起一片零碎的唾沫星子，说："你的财运明晃晃的，谁都挡不住。"

福林挠着脑瓜壳，那笑的褶皱细虫一样慢慢爬到了脸上，乌泱乌泱越聚越多，挤占着有限的脸盘。福林说："市场人参价格上来了，今年正是我起参的年份，八年了，是时候了。你能告诉我，棒槌究竟在哪里？"

张丽君说："很远很远，我抓不到它的影儿！"

四

福林又要进山，这回，他准备的包裹比上次还大，手里的索罗棍比上次还粗还长，一捆绳索，跟包裹系在一起。看来他准备进山走更长时间。张丽君的驴皮抓鼓再次在自家院子里敲响，可怎么敲，福林也不过来，看来他是铁了心肠不理张丽君。

三十年前，张丽君得过一棵老棒槌。那是春艳对金英透露出的家里秘密——春艳的奶奶，那个老萨满在降神时看见了棒槌山上一棵老棒槌，她准备选好一个良辰吉日，举办一个隆重的仪式，把那老棒槌请回家里。张丽君听到这个消息，赶紧跑到棒槌山，费了几番周折，终于挖走了那棵棒槌。回到家，她顾不上歇口气儿，便从炕柜扯出一条好久没穿的裤子，将刚刚得手的棒槌包裹上草纸，塞进裤腿，系住裤角、腰口，分开裤腿搭在脖子上，一路奔波去了县城。那时，天将傍晚，她在一家正在上窗板的药铺门前停下，胆怯地冲着药铺老板拍了拍脖子上的裤子。“什么东西？”药铺老板疑惑着上上下下打量起她的全身。张丽君咚咚的心跳声如同没完没了的空谷回音，她说：“棒槌，我带来一棵棒槌。”“你说是野山参？”张丽君不做声，以同样的目光死死盯住对方。稍作停顿，药铺老板脸上皱纹一下一下无序跳动着重新打开门，请张丽君钻进那灯光晦暗的老药铺里。张丽君摘下脖颈中那条裤子，平放在漆黑暗红的柜板上，牙齿叼开死紧的麻绳扣，慢慢抽出那卷带有棒槌的草纸。

棒槌一览无余展示在柜板上面，药铺老板的手猛地一抖，屁股撞到了身后的药匣子上。张丽君看着药铺老板夸张的表情，“嗤”地笑出声了。药铺老板从惊吓中舒缓过神来，向前挪动了脚步，再次靠近那棵棒槌，低语道：“宝贝，宝贝啊，你这是从哪儿搞来的？”

那一次，药铺老板没敢收留那棵棒槌，连夜把她介绍给了省城的一个大买主儿。那棵棒槌最终落在了哪里，换回了多少钱，张丽君一直守口如瓶。这是她与买主儿达成的口头协议，天机一样不可泄露。此后，她家的变化是立竿见影的，金英开始顿顿吃大米白面馒头。张丽君蒸的馒头又大又白，金英拿着，蘸了白糖荤油跑出家门，左一口右一口地塞满了腮帮子。

张丽君卖完那棵棒槌从城里回到家里的第三天，金英得了一种怪病，她每天吃过晚饭，连拉带吐，拉完了吐完了，又哭又笑，趁人不备，猛地扑倒在地上，怀里压住一只跑进屋里的老母鸡，伸手抓起来，不顾那一声声凄厉的嘶鸣，开始进行着残忍的撕扯。满屋子鸡毛纷飞出无可名状的惨景。转眼间，一只血淋淋的鸡腿，攥在金英手上。她开始喝血吃肉，红乎乎的鸡血弄脏了满脸。张丽君愤怒地夺下鸡腿，试图把她按到炕上，她的身子竟有一股神奇的力量，按不住的。炕柜里的被褥也被拽出来了，扔得四处开花。

有邻居找到张丽君，亲切地捏去她肩膀头上的一根绒毛，拍打了几下，很小心地问："你家是不是犯什么邪，惹怒了什么？"

张丽君想起那棵棒槌，她面色煞白地盯着来人，死死咬着毫无血色的下唇说："没有，绝没有。"

金英杀死了家里三只老母鸡后，张丽君请来了后院春艳的奶奶——那个老萨满。老萨满两只眼皮常年耷拉着，遮住了眼球，不得不在中间支起两根细篾条。老萨满小心扶着眼皮，飘飘忽忽走进房屋时，金英正贪婪而专注地啃噬着一块血肉模糊的鸡胸脯。

老萨满镇静地观察片刻，转身打退跟在屁股后的春艳，伸手向张丽君要来一根做活儿的针，又让她找出一把钳子。老萨满用那把钳子夹住针，拽来灶台上灰白色的麻秆，手指捻裂，插进灶膛，沾上红火，用嘴一吹，麻秆燃上火苗，烧起钳子上的那根针，烧红，撤出麻秆踩入脚底，等待那针由红变紫，渐渐冷却。

张丽君偷挖棒槌的情境再次出现了，棒槌的根须在脑子里张牙舞爪起来，抽得她两侧太阳穴一蹦一跳，不住地发紧，她不得不努力控制……老萨满伸出舌尖试了试温度，令张丽君解开金英的衣襟，抻住她的手臂，露出腋窝……张丽君的太阳穴蹦跳得更厉害，她有些受不了了……屋外所有的人都在屏息观望，还没等大家反应过来是怎么回事，老萨满就以迅雷不及掩耳之势，将针刺入金英的腋窝。

张丽君哇的一声大叫，感觉那针刺进了自己的太阳穴。金英的眼睛直愣愣地不会动了，当然不会动的更有神奇之事，只听老萨满一声召唤，门外的邻居们蜂拥入屋，搬水缸，掀柴垛，贴墙摆放多年的炕柜也被移到了炕中间，突然有人高喊：“在这儿！”循声望去，头顶撕掉的棚纸里面现出了一根粗大的房梁，房梁上面四脚朝天地躺着一只黄鼠狼，也不会动了。

那棒槌的根须也好像停止了挥舞，张丽君的头皮还在一阵紧似一阵……有人用柳条杆捅下黄鼠狼，拎住尾巴，扔出屋外，老萨满又哧地拽出金英腋窝下的针，有一滴血停留在针尖上，光鲜透亮。院中的黄鼠狼一抽搐，四腿一蹬，从地上转过身，划出一道金光，没影儿了。

张丽君直感觉那棒槌的根须正透露出一股邪气，从她的头部蹿入她身体内的每条神经里，冰凉……

原来是黄鼠狼附体，金英成了人身黄鼠狼，怪不得一犯病就抓鸡。金英的毛病好了，她又掀开锅盖，摸走一个硕大雪白的馒头，插上一根筷子，高举在手里，一路满心欢喜地找春艳玩去了。

没过三天，金英再次犯病，张丽君不得不把金英的病与那棒槌联系在一起，是那棒槌在折腾她呢！有邻居用木梯临时改制成担架，把金英捆绑在上面，人就像待杀的年猪抬到了老萨满那里。

老萨满看了一眼金英，目光狠狠地落在了呆若木鸡的张丽君身上。此时，张丽君浑身早已抖若筛糠了。老萨满轻轻抬手摘下两眼皮间的篾条，放在香炉旁边，眼皮就无声地粘连在一起。她摇晃起脑袋，咿……咿……呀……呀……双唇一噗，喉咙里滚出一堆神话，那番神话，谁都听不懂。咚咚咚……空中似有轰隆之声，老萨满一抖，浮起一阵灰尘，她狠狠揉搓了几把脸，吸引起满屋子里所有疑虑的眼珠，说：“莫非这孩子也要成萨满了？”张丽君嗓子眼里咕咚一下滚落出了哽咽之声："老萨满的魂儿跑到我家了，我们家要出萨满了。"

金英这般小的年纪，绝不能让她成为萨满。萨满是"知晓"神意之人，不经过一番事理，怎么能"知晓"呢？

在后院儿的老萨满快要升天时，张丽君开始频繁出入老萨满家里，按照本村的规矩，实施"落乌云"，也就是抓住九天时间，学习神辞，掌握神礼，一旦老萨满归西，立即接管神事。

老萨满在弥留的前夜，拉住张丽君的手说："我知道，当年是你挖走了山里那棵棒槌。"

张丽君的心咕咚一声，掉进了深不见底的黑洞。天也跟着黑了，黑得一点儿不留情面。

老萨满说："我不怪你！你知道现在的棒槌为什么越来越少吗？"

张丽君不知如何回答。

老萨满说："天地间有两大宝，天上的紫气，地下的棒槌。棒槌从紫气照耀中生长，现如今，紫气被遮掩住了，照不到棒槌山，棒槌哪能不少呢。"老萨满还说，"天地万物互为依存，皆有灵性。"

进行完"落乌云"，张丽君领走了老萨满的神服、驴皮抓鼓、神鞭，还有一串腰铃，回家的脚步几近庄严。

……

福林不出现，张丽君就敲着抓鼓再次唱起来，唱得满身是汗，福林还不过来。张丽君不得不改变方法了，她停下一切声响，回屋将脸上施了脂粉，又在院里放了一张矮腿儿炕桌，神秘地摆上鸡鸭鱼肉，跪下来，嘴唇颤抖着祈求风神、雨神、雷神诸神保佑棒槌村风调雨顺、五谷丰登。阳光沐浴着张丽君神神道道的身体，她的脊背淌出一股股涓涓细流，瘙痒无比。转动转动脖颈，那种痒反倒更加地强烈，她直起腰，喉咙里忽然滚出一串呀咿咿咿……呀呀……

手上的驴皮抓鼓紧跟着咚咚咚隆咚……

就在这时，她的眼睛死盯住自家院子墙根儿背阴处，就那么愣怔着，不一会儿，她的身子一跃而起，扑了过去，趴在墙根儿一动不动，嘴里呼噜噜喷出一溜烟儿的粗气，翻江倒海一般，说不出半句话来。金英，从小跟春艳一起玩的金英，慌忙跑出屋，跑到她跟前，问："妈，你这是怎么了？"张丽君还在呼噜着粗气，真就说不出话了，无论金英怎样拉她拽她，她的身体始终死沉死沉，不离地面。好半天，只听见她的喉咙咕隆一声，渐渐缓过气来，说："棒槌，快把福林叫来，我身子压住了一个大棒槌。"

五

人参节结束了，福林也没搞到一棵棒槌。镇里的街上一夜间人就抽空了，满地都是彩纸和脚踏过的从树上掉下来的横幅。天开始没完没了下起了黏糊雨，张丽君猫在家里，抬头看向窗外雨丝，突然走神儿了，雨中的棒槌山山根儿跑来一串尖嘴小脑袋，拨开草梢唰唰移动，没多长时间，草矮了，尖嘴小脑袋全露了出来，还连带着半截身子，黄黄的皮毛湿湿漉漉，发出亮光。张丽君睁大了一双惊愕不已的眼睛，不知所措，她还从来没见过这种浩荡的阵势，只见两只大黄鼠狼，一条为首，一条为尾，中间夹着一串小黄鼠狼，一只咬着一只尾巴从棒槌山根儿窜出，搬家呢！张丽君的心登时一扑棱，出事了！她烧起了三炷香，跟天神说话了。在这样的天气里，天神也格外地眷顾她，长时间的静谧之中，一支香灰慢慢地动了，一点点发黑，打着弯儿，指向了棒槌山。

张丽君腾地站起身，脸色大变，说："不好！"

抬脚踏出门外，鞋磕掉在门槛里面，又转身趿拉到脚面，跌跌撞撞往出跑，跑向福林家。

金英愣了一下，也赶紧磕绊着出门。

张丽君脚步真是快啊，眨眼工夫冲出老远，金英喊都喊不住。

在福林家院门口停住，张丽君举手啪啪啪拍打起院门，扯着嗓子喊："福林，福林！"

福林跑出来，问："你还要骗我不是？"退身把门关上。

张丽君不依不饶啪啪拍打，福林猛地打开院门，问："你到底有完没完？"

张丽君问："参园要出事了，我没骗你。"

福林说："不用你管。"又要关门，张丽君伸腿挡住。

"你就听我一回，咱们去你那园子看看吧，真的要出事了！"

福林气呼呼地问："能出啥事？"

他们就一起跑向参园，春艳随后也跑过来了。还没跑到参园，就看见山上不知哪来的黄泥汤子，哗哗从参园里流过，不住地翻滚，参园很快要被冲垮，所有的人都傻眼了。

张丽君催逼着福林："马上起参，把地里人参全搬回家去。"

这参是福林养了八年的宝贝。八年呐，多么不容易的八年。福林打了个电话，叫来了村里的几个壮劳力，人们飞奔着赶来，参园里一下子沸腾起来，热火朝天。一棵棵人参从泥土中跳跃而出，滚动在泥水里，很快堆积在一起，被雨水那么一冲，显露出白白胖胖的身段儿，相互挤压着，抻胳膊撂腿儿！

天上的雨不断地加大，张丽君身上全湿透了，衣襟贴裹着身子，她招呼着金英和春艳跟她一块儿抱起那一棵棵胖人参，往山下跑。正跑着呢，她陡然看见前面沟旁恍恍惚惚闪动出一团火红。棒槌！真是巧合了，张丽君不敢相信那真是一棵棒槌，果实通红的棒槌！它怎么在这节骨眼上出来了？张丽君心怦怦擂响，惊得脚下一挫，放慢脚步，小心着向那沟旁探去。三年前死羊的场面又出现了，她不能再招惹这东西，决不能。她转过头，不去看那棒槌。不看，说不定那棒槌自己会跑掉。正寻思着，福林冷不丁跑过来，跑到她身旁，一声不吭地直接向前跑，拼命向前跑，张丽君感到大事不好，福林肯定也看见这棒槌了，他看见了这棒槌，才不管不顾地往前跑。

张丽君猛地抛掉抱在怀里的胖人参，拔腿跟着福林跑，可脚怎么也跑不过福林，头总往地下栽，踉跄起来，差点儿摔倒。眼看着福林甩得她越来越远了，越来越接近那棒槌了，她急出了哭腔，脚底哧溜一滑，头重脚轻地扑倒在泥水里，眼前金星哗啦啦一顿狂闪，她晃了晃脑袋，稳稳地定住自己，冲着福林大喊："棒槌，这里有棒槌！"

福林停下脚步，半信半疑转过身。张丽君已没了力气，死死趴在地上，双臂珍贵地搂抱着泥水喊："棒——槌！"

福林跑回来了。懵懂地看着张丽君脸上挂满的泥水，弯下腰来，用力把她抱起，把她抱起来了，放到一边，伸手在她刚才压过的蒿草里拨弄，一遍又一遍地拨弄。张丽君就这么坐着，试探着睁开眼睛，透过眼前晶亮的雨帘，向远处沟旁瞥了一眼。真好，她看不见那棵棒槌了，终于看不见那棵棒槌了！

原载《民族文学》2017 年第 12 期

敬老院的春天

冬天冷到极处的时候便进入了每年的一月份。明晃晃的太阳透彻地照在周围楼顶、墙壁、树干、杂物堆、雪地上，却让人丝毫感觉不到照耀的暖意。曹兴汉的手向衣袖里缩回半截，袖口垫在公交车扶手上，身子如一根没有知觉的木桩随车摇摆。车窗结着厚厚的霜，穿着笨重的乘客像站在摇摇晃晃密封的冰窖里，根本望不到窗外。因为冷，嘴里呼出的白色雾气，在面前袅袅飞扬，时断时续。不知什么时候，汽车猛地颠簸几下，旁边一股白色的雾气丝丝缕缕飘进了曹兴汉的鼻孔，散发着很复杂的气味。曹兴汉不自觉地转回头，看了一眼喷他一脸雾气的人。这个人很像妹妹文婷，尽管她浑身上下捂得像一只北极熊，看不清面部，但曹兴汉断定这个人绝不是文婷。

前几天，曹兴汉给文婷打过电话，告诉她母亲去敬老院的事。那时文婷好像在南方什么地方开会，电话响几声，不知是搞错了，还是故意所为，文婷便按了接通键，电话里传出她慷慨激昂的声音，好像告诉曹兴汉，她正忙，无暇跟他说话。

今天早晨，曹兴汉跟文婷通上了电话，文婷说话的声调叫他的思绪异常复杂起来。

曹兴汉说："妈去了敬老院。"

文婷压抑着愤怒说："你为什么不提前跟我商量?"

曹兴汉说："你工作太忙，根本无法跟你联系。"

文婷那边的电话武断地掐断了。

曹兴汉的心像高悬的木槌，敲打得胸腔嗵嗵闷响。他不打算再给文婷打电话，有些话文婷是听不进去的，话说得越多，越是撕扯起他与文婷之间的疼痛的裂痕。

公交车站离敬老院不到十分钟路程。路上的空气格外清新，阳光更是把这个清新的世界照得通体光亮。曹兴汉走进敬老院，看见闲散的老人无所事事地待在大堂里晒着毫无温暖的太阳，有几个老人年龄和自己差不了几岁，也许可能比自己还小。想一想自己已经到了进敬老院的年龄，还为母亲的事奔波，他心里有一种说不出口的慨叹。

敬老院在经济开发区南端，是个三层小楼。上个星期天曹兴汉从报纸广告栏里发现这个地方，打去咨询电话，得知每个老人每月需要一千八百元生活费，住的是单间，很有些吸引力，就去了一趟。第一次见到这座敬老院小楼，曹兴汉还是从心里排斥了一下，楼顶上飞檐琉璃瓦和方方正正的红色墙体，不知怎么，总让他联想到偌大的棺材。带着这种不好的想法，他的脚步沉重地走进这座红色小楼。敬老院大堂宽敞，阳光充足，暖气热得让眼镜片立刻罩上一层白雾，他稍微低下头，眼睛从镜框上方打量晃动的人影，那种不好的想法忽然彻底地从脑子里剔除了。母亲住进了敬老院，曹兴汉规定自己每周日都来看望一次，雷打不动。自从退休，学校返聘他继续教物理，教完课每个星期六还收三个学生在家补课，挣的费用正好是母亲在敬老院每个月的支出。曹兴汉计算了一下，去敬老院最好是早晨七点钟准时从家里出发，先乘 227 路，行驶五站下车，再改乘587路，再换乘260路在南方市场下车，加上行走的十分钟，到敬老院大约一个小时零四十分，如果路上不堵车，还能提前十分二十分，赶上雪天路滑，也许要搭上一个上午才能到达目的地。

曹兴汉在大堂里，蹭了蹭脚底下的泥冰水，跟一个干活的护理打了招呼，推开母亲房间的门，见母亲盘腿坐在床上，神气活现和一个什么人聊天。那人见到曹兴汉，身子晃动了几下，从椅子上迟缓地站起，僵硬地不知下一个动作要干什么，明显一副大脑萎缩的症状。曹兴汉说："请坐请坐。"那人仍不知所措僵硬地立在那里。曹兴汉这才看清楚了，这是个干瘦的老头儿，八十多岁的样子，像个风干已久的树干，将要无可挽回地走到岁月的尽头。曹兴汉再次说："请坐请坐。"那老头竟然笑了，又一副十足的傻态，待了一会儿，挪动起脚步准备离开房间。

母亲对老头说："他不是外人，是我儿子，在大学教书。"

曹兴汉奇怪地看着母亲，见母亲并没有糊涂征兆，纠正说："在中学教书……"

母亲脸上漾起异样的表情，很不好意思打断曹兴汉的话，固执地说："以前教中学，现在教大学，我大孙子在美国，下个月还要去英国。"

那老头好像听见了，却不作回答，思维像飞到另一个世界似的慢吞吞地扶着门框走出房间。

母亲拉下脸来，不高兴地对曹兴汉说："我说你是教大学，你为什么偏说是中学？"

曹兴汉好像忽然明白了母亲的那点儿心思，笑笑说："教中学，除了忙，没什么不好。"

母亲嘴一歪说："这是在外面，不是在家里，他们看我肯定不一样。"

曹兴汉打开床头柜门，拿出水果盘和刀子，又从床底一只塑料袋里取出苹果，拉过刚才那老头用过的椅子，坐下来慢慢削苹果。这是通常他与母亲说话无法进行时的习惯动作，当然有时候他会给母亲剥一个香蕉，香蕉能很好调解人的情绪。自从母亲得了一次轻微脑梗，性格也随之古怪，情绪不好时会歇斯底里，无道理可讲。以前母亲凡事都非常通情达理，在父亲没去世之前，母亲性格一直比父亲好，家里有什么事都是母亲拿主意，往往母亲的主意很容易让人接受。父亲去世后的几年里，母亲所处理的问题也一向周全妥当。现在母亲忽然老了，老得已不是先前的母亲，这让他黯然神伤。很久以前曹兴汉听人说，有许多老人临近离开这个世界时，都糊里糊涂、颠三倒四、脾气暴躁，把儿女折腾得放弃所有的耐心，身心疲惫地听任自然的安排。母亲去年年底显示了反常症状，但又不是十分明显，主要是看不惯他妻子桂凤，又不直接说，总是拐弯抹角折腾一些事情。比方那一阵儿母亲便秘，在吃麻仁润肠丸，有一天吃了麻仁润肠丸对桂凤说："我想上厕所。"桂凤说："那你就去吧。"那天曹兴汉有晚课，八点三十分才能回家，母亲跟桂凤说："我又不想去了。"桂凤说，"不去就不去吧，啥时想去，再去。"当时桂凤并没有把母亲的话放在心里，等曹兴汉回家，母亲发起脾气，说："桂凤你说我到底去不去厕所，你让我去我就去，你不让我去，我今天拉到裤子里给你看。"桂凤瞠目结舌了，她看着曹兴汉，心里委屈得要命，却一句道理讲不出来。其实老人到了这种岁数是没道理可讲的，当晚辈的只能把所有的话都烂在肚子里。那一阵文婷来过几次电话，说请母亲到她家住一阶段，换换环境也许会好一些。母亲说人老了，就靠儿子养活，到闺女家算怎么回事？说出去怕是让人笑掉大牙。文婷平时上班，家里没人照管，曹兴汉也不放心，这事就这么没头没尾地折腾了半年。上个星期天曹兴汉送母亲到敬老院，母亲又变得通情达理，来到这陌生的住处，还长了不少心眼，有了不少虚荣心，好像孩子上了幼儿园增长了智力一样。

才短短几天时间，母亲眼神摄入了很多内容，她压低嗓音，很神秘地冲着曹兴汉耳根子说：“你知道刚才离开这个屋的人是谁吗？是我以前的老熟人。”

曹兴汉点点头，表示出善解人意的笑。

母亲又朝屋门看了一眼，说：“你知道这个老熟人是谁吗？是冰棍厂的肖科长，过去专门管批发冰棍的，我卖冰棍的时候，经常跟他打交道，别看他现在傻乎乎的，年轻时可是个精明人，见啥人使啥眼色。”

曹兴汉知道母亲卖了一辈子冰棍，卖出的冰棍能装满几卡车。那时父亲在工厂里上班每个月工资三十几块，家里一半花销靠母亲卖冰棍挣钱。曹兴汉读小学时，有几次跟母亲去冰棍厂领取冰棍，一大早排了很长的队，取来的冰棍装进蓝箱子里，蓝箱子是这个城市街头巷尾最显著的标志。那时，哪个路口可以摆放这样的箱子，都有固定的位置，决不可推着蓝箱子随便到别人的地盘卖冰棍，卖了，被人家看见，就会吵架，母亲从来不到别人的地盘卖冰棍，即便自己的摊位不好，一天冰棍卖不了，化了，推回家给孩子吃，也不抢占别人的地盘。每次母亲要从冰棍厂领取二百支冰棍，卖三分钱的取一百支，卖五分钱的取一百支，一支冰棍挣二厘钱。有时也会三分钱的取五十支，一角钱的取五十支，但都没有五分钱的好卖。主要是三分钱的冰棍都是冰块加糖精，不是穷得不行没人愿意买，一角钱的奶油多，价钱还是贵了，也很少有人狠心花钱奢侈一回。

母亲说：“毛主席逝世那年，全市有四十万人在地质广场开追悼会，天热，哭的人多，有不少人晕倒在广场上，那天卖冰棍的也不分摊点，都向地质广场赶去，我推的一箱冰棍，不一会儿就被一群戴黑胳膊箍的孩子抢光了，我黑胳膊箍不知啥时被挤掉了，我推着空冰棍箱子回到冰棍厂，想再批发一些冰棍赶过去卖，哪承想，肖科长看我没戴黑胳膊箍，当场把我批评一顿。我想这下肖科长无论如何不能批发给我冰棍了，心难受，眼泪就出来了，肖科长问我哭啥？我说我想毛主席。这么一说我的眼泪珠子止不住往下掉，我真的是为毛主席掉泪了，接着，肖科长也掉泪了，特批给我二百支冰棍，还安慰我化悲痛为力量。”

曹兴汉惊奇地发现，母亲讲起过去的事情条理格外清晰，像刚刚发生过的事情，可她怎么总对眼前的事情颠三倒四。

母亲忽然诡异地说：“你千万别跟这儿的人说我是卖冰棍的，不然就把肖科长卖出去了，肖科长说自己以前在省委大院工作，我们跟别人都说我们是在省委大院认识的，这么说，人家看我们的眼神跟看别人不一样。”

曹兴汉想笑，心里诸多无奈又使他笑不出来。母亲生出这种想法，就让她想去吧！

这时屋门被神秘地推开，曹兴汉和母亲愣怔地看去，见肖科长哆哆嗦嗦拎着两瓶水果罐头进来，听母亲正兴致勃勃讲着什么，将罐头放在床头，很不好意思地转身就走。

母亲说：“你这是干啥呢，真是客气了！”

肖科长说：“孩子送来的，是这点儿心意。”

还没等曹兴汉搞明白是怎么回事，肖科长已经走出了屋门。

母亲说：“你看这个人，就是热心肠，有什么好东西都往我这送。”

猛然，门外有人“叭”的一声摔倒，曹兴汉赶紧出门，见肖科长趴在地上，四肢不停地抖动。

肖科长躺在担架上，被人从 120 救护车抬下来，回到了敬老院。

他身上盖着厚厚的棉被，像死人一样。紧跟着，他的女儿也从救护车下来，一只胳膊挎着包，另一手还给肖科长掖了掖被角。可以看出她的情绪很不好，一双桃花眼四处寻找敬老院的领导，想义愤填膺地理论一番。不一会儿，一名护理员成了她发泄的对象，那位护理员说："肖科长这几天总往103室那里跑，管也管不住。"103室是曹兴汉母亲的寝室，出了这种事，曹兴汉心里很内疚，还没来得及向肖科长女儿道歉。

肖科长刚刚在医院做了CT，身上筋骨无大碍，只是受了惊吓，是不幸中的万幸。在医院观察了三个小时，见没有继续住院观察的必要，肖科长女儿决定把他送回敬老院。在敬老院走廊里，那一双桃花眼显得格外引人注目。她说："我工作很忙，根本没时间守候父亲，雇人看护也很麻烦的，出这种事，你们说我该怎么办？"曹兴汉走上前去，想跟肖科长女儿搭话，详细问问肖科长的情况，这时，他看见敬老院的门突然开了，一股白花花的冷气汹涌地钻进大堂，令大堂里所有的人禁不住缩紧脖子。冷气散去，包裹在冷气中的人竟是妹妹文婷。

曹兴汉转身迎向突如其来的文婷。文婷这时肯定也看见了曹兴汉，但她又不想主动说话，神情哀怨地四下张望。曹兴汉问："你怎么来了？"

文婷一张嘴，从情绪中挤出的酸味就溜到嘴边儿了，她说："我怎么不能来？"

曹兴汉没有在乎文婷的情绪，说："今天敬老院出了点事故。"

文婷显然不愿听曹兴汉说什么事故，一直向母亲屋子那边走去，嘴里还问："妈在哪儿？"

曹兴汉的脚步有点跟不上文婷，他说："妈在屋里，在屋里。"

文婷说："送妈妈到这鬼地方，你为什么不跟我商量再做决定，你太不把我放在眼里，你太独断专行，是不是嫂子出的歪主意?万一出现什么问题，你能负责任吗?”

曹兴汉说：“你说什么呐，别把不往好想的事，都推到你嫂子身上。”

文婷这种态度让曹兴汉很气愤，他又不想跟她一般见识，这几天心里本来就上火，一憋闷，牙就不好受，发酸，发胀，发痒，隐隐约约的，又说不清道不明。其实文婷心里的怨气半年来就积蓄已久，只是一直藏在心里。半年来，母亲的病情似乎有所加重，情绪也喜怒无常，曹兴汉只好给文婷打电话，文婷来了，母亲立刻情绪就好，好像曹兴汉在家亏待了母亲。母亲好了几天，不知道什么事又让她不顺心，老毛病又犯了，折腾了半天还是劝不好，曹兴汉还得求助文婷，文婷虽说再次来了，心里却有了许多不痛快，抱怨家里兄弟姊妹太少。曹兴汉在家排行老三，大哥去世得早，二哥在建筑公司工作，十年前随着单位把家搬到了北京郊区。在这个城市里，只有他和文婷，妹夫是个没啥说道的人，两家一直关系很好，过年过节，曹兴汉还要把文婷一家叫来，在一起吃顿饭，当然也有文婷请他们一家人的时候。每次聚会，都把母亲捧得心里乐开了花，其乐融融的，曹兴汉也摆出哥哥的样子，任文婷耍个小脾气什么的。小时候，曹兴汉就有袒护文婷的习惯，总是怕有人欺负文婷，上学放学保护文婷成了他每天必须完成的事情。文婷对这个哥哥无形中存在依赖心理，手里缺什么东西不向父母张嘴，而是向他要。曹兴汉刚参加工作时，从每月工资拿出一部分钱交给母亲存进银行，还有一部分零花钱攥在手里，这部分零花钱多半让文婷花掉了，花得他心里无怨无悔。有时想想，是老天把他和妹妹纠结在一起的，当年妹妹读完夜大在家没工作，他硬着头皮找校长帮忙，送礼的钱他没少花，校长终于帮妹妹找了一所中学当英语老师。文婷在工作中明显比他灵活，也会处关系，没几年成了市里优秀教师，又没几年提拔到学校中层领导，就这样一步步走上了副校长岗位，从副校长调到了区教育局，当上了副科长、科长，现在又成了副局长后备人选，竟然没一点儿流言蜚语，不能不说明文婷在这方面有着过人之处。文婷平步青云反衬了曹兴汉迂腐木讷，他当了三十多年物理老师，头发都熬白了，还干得乐此不疲，要是听到领导几句好话，恨不能把命搭进去。现在的文婷不再是小时候需要他呵护的妹妹，相反，随着职务的不断变化，文婷的眼界也不断改变，看问题也高瞻远瞩入木三分，无形中会把趾高气扬的气势带到家里，有点里外不分，让曹兴汉很不舒服。

文婷带着满眼挑剔走进母亲的屋子。文婷说："妈，你如果在我哥家待得不舒服，你可以去我们家。"

母亲说："我哪儿也不去，我就喜欢这里。"

曹兴汉说："妈真的喜欢这里，妈来到这里情绪跟以前大不一样，和很多老年人交流，她不觉得憋闷。"

文婷忽然捂住脸哭了，哭得莫名其妙。文婷说："我知道妈想什么，妈是怕给我添麻烦才安心在这鬼地方，妈是最心疼我了，妈不想让我遭罪，妈其实你这样让我心里很不安，妈我不想让人家说我是不孝顺的女儿，妈我知道你现在是一阵糊涂一阵明白，你现在比什么人都明白，妈我说你什么好呢！"

曹兴汉心里酸酸的，此时他好像分辨不出送母亲来敬老院是对还是错。他心如乱麻焦头烂额无所适从了，他说："文婷，我最初并没想送妈妈来这个地方。我记得你说过，你和你们同事聊天的时候你说，一个人老了的时候，敬老院是最好的去处，我们现在每家一个孩子，等孩子成家立业再照顾两家四个老人，那是多大的拖累。那时我觉得你是开明的人，把事情想明白的人，可实际做起来，为什么会障碍重重。”

文婷说：“可妈妈和我们不一样。”

曹兴汉问：“怎么不一样？”

文婷说：“就是不一样。”

走廊里忽然生起了嘈杂，一个女人的叫喊声又压过了那片嘈杂，声音很大，好像再增加一分贝就会撕裂人的耳膜。很多人跑出去观看，走廊里挤满了人，都莫名其妙地瞪着眼睛想看个究竟。曹兴汉将脑袋探出门外，转了两圈，才看明白听明白是怎么回事。原来肖科长的女儿终于找到了敬老院里管事的，她要让敬老院赔偿因对肖科长看护不利而给她带来的损失。

文婷站在走廊中，对曹兴汉说：“我现在有事，等我有时间找你好好谈谈，这件事不能这么简单过去。”

曹兴汉推开母亲的房门，不见母亲的身影。剧烈上升的血压拱得后脑勺疼痛难忍，脚跟像踩在云朵之上，身子飘飘忽忽地直打晃儿，他小心翼翼地抓住门框，保持身体平衡。又是一个周日的中午，曹兴汉的腮帮子鼓起了一个大包，牙床化脓了，吃饭都费劲儿，他忍着牙痛折磨走出家门，乘车赶往敬老院。天空稀稀拉拉下起清雪，清雪飘落在地面，形影不定，跟着风打起一个又一个旋涡儿，如鬼神的驱赶，横扫在人身上，格外地有力，恨不能把人们厚重的棉衣掀开。路上行走的艰难，至少耽误了曹兴汉一个小时。曹兴汉站在母亲的屋门前，大脑一片空白，他不知道是否因为耽误了时间，让他犯下了天大的错误。

母亲安然无恙。护工告诉曹兴汉：“你母亲去了肖科长的房间。”

曹兴汉不停地拍打后脑勺，他很生气，又不知生谁的气，平和了一下情绪，手捂着腮帮子无奈地唉声叹气，走出房门。

肖科长比以前懒了，喜欢躺在床上，本来有时间可以下床走一走，可他总说累，护工也不愿意肖科长随便走动。还是母亲耐不住自己性子，主动跑到肖科长这边屋子。

母亲见到曹兴汉，脸上现出了一丝不好意思，见曹兴汉脸上没什么反应，马上泰然自若了。

母亲好像有意跟曹兴汉掩盖着什么，说："肖科长因为咱们出了这事，我总感觉过意不去。"

肖科长冲曹兴汉笑着，因为傻，就满脸特别幸福。

曹兴汉问："文婷来过没有？"

母亲说："她来过是来过了，可什么都没说，走了。"

曹兴汉说："我应该跟文婷商量商量，她如果实在不同意你来这里，我们另想办法。"

母亲说："你别折腾了，我哪儿也不去，我就喜欢在这里。"

曹兴汉带母亲回到她自己的房间。

母亲说："这几天便秘问题好像比以前减轻了不少。"

曹兴汉问："麻仁润肠丸还坚持吃吗？"

母亲说："吃和不吃都比以前减轻了不少。"

母亲肯定习惯了这里，喜欢了这里，如果在这个时候再给母亲调换个住处，说不定又会搞得母亲心情不顺，生出什么是非。母亲不需要折腾，所有的人都无力折腾了，曹兴汉真想见文婷一面，跟她好好谈谈，说服她，让她站在母亲的角度看待这件事。

把母亲领回屋里不长时间，肖科长女儿跑过来，慌慌张张的样子。这个女人不但长了一双桃花眼，还多少有些神经质，她说她去了那么一会儿厕所的工夫，肖科长自己在屋里痛哭流涕，让她一定要找回曹兴汉的母亲。

曹兴汉忽然觉得不是滋味，心里堵，牙痛更加重了，钻心一般，有点儿忍无可忍了。他发现这里的人怎么一个比一个不正常！

母亲没有在乎曹兴汉的感受，拨开他不由分说往外走，脑袋像变成了一根筋。

曹兴汉喊道："慢点儿，别摔着。"

母亲的手抓向肖科长，肖科长反手把母亲的手紧紧抓住，或者说母亲在奔向肖科长床前的瞬间，并没做出与肖科长抓手的动作，她的手只是向前伸了一下，就被肖科长抓住了。肖科长情绪过于激动，此时，因为母亲的到来，他更加老泪纵横。

母亲说："我怎么能不理你呢？"

肖科长说："我就知道你不能不理我。"

曹兴汉浑身上下全是不自在，好像有一条毛毛虫在脊背处上下爬行。肖科长女儿似乎也有同感，她扭动了几下身子，生硬地对曹兴汉说："我爸在单位相当于高干待遇，退休金是单位里最高的，一个月拿四五千块，吃不了用不了的，平时还能给我补贴一大半生活费。"随后，那一双桃花眼笑了笑说，"谁家有这样一个老人都是个宝，就凭这个，我也让我老爸活着，只要他喘一口气儿，单位就不能不给他开退休金，你说是不？"曹兴汉无话可说，他眼睛直直地看着那双桃花眼，心里蓦地生出一句成语——厚颜无耻。

母亲并没过多地想着自己的事，她的注意力完全集中在肖科长身上。曹兴汉觉得自己陷在两位老人毫无意义的纠结上，简直会把人气疯。这样一想，牙就疼得更加要命，他双手捂着腮帮子在原地不停地走动，最后决定去一趟医院，把牙床的脓包挑开，或者拔掉那颗坏牙。

曹兴汉原有的想法动摇了，早晨刚起床，他忍不住给文婷打电话，商量着怎样从敬老院接回母亲。几天来，母亲和肖科长毫无意义的纠缠，平添了他许多烦恼，如果再不像他拔掉那颗坏牙似的采取点措施，任由事态继续发展，说不定会闹出什么啼笑皆非的事情。

文婷说："我已经想好了，母亲的事我不插手，你怎么处理我都同意。"

曹兴汉说："那里不是母亲待的地方。"

文婷说："你后悔了，你想改变主意是不是？"

曹兴汉说："是的是的，所以我要找你商量。"

文婷说："可我又有什么办法？"

曹兴汉说："我们现在见面好不好，见面商量商量，总比电话能说清楚。"

文婷说："我在朝阳公园，一会儿要上班，没时间，今天我还有个会议。"

曹兴汉的心从头凉到脚，他为母亲操了这么多心，到头来没人会理解，好像他的所作所为有点两面不是人了。

他决定去朝阳公园。朝阳公园在文婷单位西侧，离单位两三公里。文婷每天早晨起床收拾完毕，穿上太极服到公园打起太极拳，什么陈式杨式吴式武式孙式太极剑太极刀太极扇，换着样地打，然后脱掉太极服穿上正装徒步上班，在单位吃早餐，每天如此，即使是冰天雪地，也从不耽搁。母亲的病情改变了文婷不少生活习惯和方式，这段时间她对自己的身体格外上心，关注各种保健品，看上去，活得潇洒明白又时尚。尽管如此，文婷已不像头几年的文婷，她的身上明显现出苍老的迹象，真是岁月催人老，年龄不饶人啊。

曹兴汉在朝阳公园转了一大圈也没见到文婷，他决定去她单位。

曹兴汉去文婷单位的路上绕了一个不该绕的小弯儿，有点像没睡醒似的神情恍惚。几天来，母亲的事在他的脑中理不出头绪，精力就不够用，给学生上课总是出错，他恨不能辞去学校的返聘。其实，人到了退休年龄，就应该心安理得回家颐养天年，没必要再苦命地挣扎。但曹兴汉又好像不是在挣扎，有母亲健在，他就不觉得自己老，他要找点事干干，填补富余的时光。每当他上课出错被认真听课的学生指出来的时候，他总是豁达地当场表扬纠错的学生，还要带点幽默和诙谐，几十年的教学经验告诉他，这是与学生融洽相处必不可少的手段。今天早晨教室窗玻璃上的冰凌花格外耀眼，奇特的花纹如梦如幻，完全超出人的想象思维，让曹兴汉的眼神不断地飞离教室，使他的幽默和诙谐少得可怜。太阳出来的时候，玻璃上方的冰凌花开始融化，融化处慢慢扩散放大，曹兴汉从恍惚的情绪中挣脱出来，又重新想起母亲。母亲以前太寂寞了，需要与人交流，需要碰撞，需要属于自己的生活。曹兴汉不是没想过单独为母亲找个保姆，可依仗母亲的性格，她不会接受任何陌生人闯进她细微琐碎的生活。

曹兴汉在文婷的单位也没有见到文婷。

此时，文婷正从市教育局会场出来，她把电话拿出来又装进包里，心里也同样不好受，她从心里跟哥哥赌气，跟嫂子赌气，单位的各种事情她处理起来有条不紊，游刃有余，为什么家里的事情却偏偏成了一团乱麻？思来想去她不得不将问题归结在嫂子桂凤身上，如果嫂子对母亲有足够的耐心，母亲还会毫无缘由地闹？如今事情走到这种地步，哥哥无法收拾了，又求救于她，她又有什么办法？有一段时间，她问过自己，对待母亲的事她是否插手过多？母亲去敬老院之前，只要她有时间，每周都会买些水果去看母亲，还给嫂子带点药品和食物，每当母亲闹人的时候，她都会马上赶过去，把鼻涕一把泪一把的母亲搂在怀里，像搂抱着一个没长大的孩子。她还会找来木梳给母亲梳头，哄得母亲竟不知刚才因为什么事哭闹。

回到单位，处理完手头急等着处理的工作，文婷给哥哥打去电话，她决定跟他商量一下母亲的事，不管这种商量有没有意义，她有必要打去这个电话。

寒冷好像就这么几天的事，在人们感觉冷得受不了的时候，天气忽地一下转变了。敬老院屋顶的积雪开始融化，雪水顺着房檐往下流淌。毕竟是冬天，寒冷依然主宰着这个世界，房檐结满了晶莹剔透长短大小不一的冰溜子，预示着这一年的一月份马上将过去。文婷做出一个重大决定，毅然把母亲接到她的家里，态度坚定而决绝，没有任何商量的余地。

母亲在文婷家居住的日子，也是曹兴汉最为轻松的时候，他不用每个星期天往敬老院跑，也见不到那些烦心事，可他总觉得生活缺少了什么，原来母亲已经占据了他一大半生活，没有母亲在身边，他的生活是不完整的，是形销骨立的。他每天按部就班给学生上早晚课，没有晚课的时候，他也能去公园走两圈，呼吸一下新鲜空气，却又觉得嘴里干涩，没有滋味，生活的改变总会带来种种不适应。

都是因为长时间绷紧的神经放松了，病才找上门来。上火，紧张，忙碌，心情不顺而潜伏下来的病毒，悄无声息地在曹兴汉身上蠢蠢欲动，又以排山倒海般的势头找到了突破口，向曹兴汉身体发起了总攻。曹兴汉先是感觉嗓门干燥奇痒，不到半天工夫，眼皮发沉，浑身酸软，他真的病了，重感冒。桂凤赶紧跑出家门买回一瓶醋精，倒在铁盆里，打开煤气，把铁盆放在点燃的煤气灶上。醋精慢慢升起热气，达到沸点时，全屋子已是呛鼻子的酸味。桂凤不住地打喷嚏，眼泪都呛出来了，还舍不得打开窗户。这一忙，她脑门子开始出汗了。桂凤的身体明显比以前虚弱，身体整整瘦了一圈，脸上的皮肤没有了以前的光泽，肉也松懈下来，她还在不停地干着家务。生活的惯性让她像一台磨损过度的发动机，又无法停下来。

接下来的几天里，曹兴汉躺在床上不停地昏睡、吃药，还是抵挡不住浑身酸疼寒冷发烧。病倒在床上，免不了胡思乱想，有时曹兴汉感觉自己挺不住了，要死过去，可他又告诫自己不能死，母亲还活得好好的，他怎能死呢！最近半年来，曹兴汉心里总有一种恐惧，生怕母亲某一天离开这个世界。母亲兄弟姊妹堂兄弟十几人都已故去，她那一代人只有母亲顽强地活到今天，不能不说是他的幸事。母亲活着，他才感觉不老，还能张罗各种事情，母亲一旦离去，他会责无旁贷地被人推到老人的行列，唠唠叨叨，无所事事，这是一件难以承认但又不可回避的现实。

文婷来过几次电话，都是桂凤接的，她说母亲头几天在她家还算好，这几天开始闹了，张罗回敬老院，还问肖科长这几天是不是出了什么事？文婷告诉母亲："你别总想人家，你把自己管好就行了。"母亲开始在文婷家砸东西，说文婷骗她，说全世界的人都在骗她，她要跟肖科长通个电话。文婷往敬老院里打了好几次电话，希望母亲跟那个肖科长说上几句，也许母亲只有跟肖科长说上几句话，就可以安稳下来。这时的文婷对母亲心里有无数个猜测，但作为女儿的，什么事都会想得开，为了母亲，她就不停地往敬老院打电话，后来终于有人接通了电话，说肖科长不在了。

曹兴汉从床上爬起来后第一件事，便去照镜子，他脸上的肌肉难看地下坠着，身上轻飘飘的，好像一不小心就会被大风刮倒。他给母亲打去电话，尽量以缓和亲切的口气对母亲说："你要是待不惯，我接你回咱家，反正敬老院不能去了。"

母亲那边"啪"地摔掉电话。这一摔，曹兴汉心里不停地翻腾，听筒贴在耳朵上无休止地嗡嗡响着他也不知放下，他似乎听见母亲在那边的哭闹声。也许是母子连心啊，母亲的哭声异常清晰地响在耳边，搞得他坐也不是，站也不是，他在屋中烦躁地不停走动，走得桂凤跟着心烦起来。曹兴汉重新拿起电话，刚给文婷家里拨了两个数字，手指停下来，把电话放下了。他这样打去电话，根本解决不了任何问题，也许还会加重那边不好的心情。曹兴汉决定去一趟文婷家，他要当面说些劝解的话，给母亲点安慰。

曹兴汉从柜里取出鸭绒棉袄，穿上外裤，就出门了。他在门口等了十多分钟，叫了一辆出租车。夜晚的风，寒冷刺骨，吹得脸颊有些麻木。到了文婷家楼下，曹兴汉不自觉地停下来，向文婷家窗口望了望，窗口漆黑，屋里没有一点儿亮灯的意思。曹兴汉很奇怪，掏出包里的手机，看了一下时间，还不到十点，这时他反倒不急于按门铃了，而是绕到楼的前面，再次向上望去，文婷家窗口依然没有亮灯，阒寂无声的样子。也许母亲没发生什么事，他过于担心了，文婷他们早早地睡了，不便打扰。曹兴汉就这么在文婷家楼下绕了一圈，走到附近一个十字路口，重新叫了一辆出租车回家。

第二天早上，曹兴汉还是放心不下，给文婷打去电话，他问："母亲昨晚还好吧？"

文婷说："好什么好，你打过电话后，她就一直哭闹。"

曹兴汉说："我昨晚去了你家，我看你家几个窗口都没亮灯。"

文婷说："昨晚我们去了医院。"

曹兴汉急忙问："去医院干什么？"

文婷说："我领妈妈打了一针镇静剂，我担心她一晚都不会睡的。"

曹兴汉忽然气急败坏地大喊："你真能胡扯！你决不能再做这种蠢事！"

曹兴汉和文婷再次僵住了，几天来他一直生文婷的气，坚持不给文婷打电话。文婷也犟劲儿十足，不来电话。日子绕了一圈回到原处，他跟文婷稍有缓和的关系又降入冰点。

曹兴汉打开电视，电视里正播放新闻故事，一家哥仨因为老人赡养问题闹起矛盾，老人奄奄一息倒在炕上，三个儿媳妇唇枪舌剑，互不相让。矛盾的焦点是老人的房产归属问题，事情并不复杂，可记者却像个长舌妇一样在三个兄弟间游走传话，激起兄弟间的火气，矛盾一下子升级，三个兄弟大打出手，记者期待的看点出来了。曹兴汉愤然关掉电视，连看其他频道的心情都没有了。他知道他跟文婷的矛盾远没有电视中的那么低俗，他们的出发点都是为母亲好，他不想把事情激化到那种程度。

转眼间，早春来了，远远望去，地上的枯草呈现出不易发现的嫩绿，一场暖风过后，树枝冒出了绿芽，伸出了绿叶，这个城市的气候像刀切的一样四季分明，没有一点儿含糊。曹兴汉去了几趟敬老院，院门前摆了几盆鲜花，盆花也赶在春天里提前伸展开了腰肢。曹兴汉打听敬老院的情况，除了护理费用上涨了一些，其他条件还是很不错。从敬老院出来，他又赶往文婷的单位，他要当着文婷的面，把话说在明处，多些彼此的理解和沟通。

他敲开文婷办公室的门，两个下属向正襟危坐的文婷汇报工作，文婷看见曹兴汉，先是吃惊，接着很快三两句打发走下属。文婷明显瘦了，老了，鬓角出现了一抹白发，仪态更像五六十岁时的母亲。曹兴汉心里有一种说不出来的悲凉，人老了怎么是眨眼之间的事？文婷见到曹兴汉，一句话也不肯说，可她的脸上已经写着很多话。虽然是在办公室，但文婷很快从工作状态中摆脱出来，变成一个妹妹样子的文婷。

曹兴汉说：“我去了几趟敬老院，那里的情况比过去好得多。”

文婷就那么看着曹兴汉，还是没说话。

曹兴汉说：“你的脸色很不好，要多注意身体。”

文婷眼圈忽地有些发红，她好像支撑不住了，赶紧起身拿起脸盆去水房打了一盆水，哗哗啦啦大把大把地洗脸。曹兴汉所有的话又都吞咽回去了，文婷没有给他说话的机会，他只好默默地离开。

晚上，曹兴汉回到家，晚饭吃得也不多，他一直在想文婷，文婷不肯跟他说话，说明内心的积怨一时半会也无法化解，天长日久也许还会成为仇恨，疼痛在骨子里面。门铃意外地响了，他打开门，以为眼前出现了幻影，文婷居然站在了面前。曹兴汉愣怔了片刻，好半天才缓过劲来，不知所措地说："进，进，请进。"曹兴汉给文婷倒了一杯水，冲文婷尴尬地笑笑，很感激文婷的到来。文婷伸手拢了拢自己的头发说："还有饭吗，我想吃一口。"曹兴汉赶紧说："有，有。"文婷不再客气，大大方方去了餐厅。文婷走路的姿势也酷似母亲，难道做女儿的，年龄越大越会将母亲已有的形象还原？看来，他们兄妹真的老了，眨眼工夫就会走向母亲今天这一步。吃过饭，文婷说："我知道你今天要跟我谈妈妈的事。"话一出口，文婷的眼圈又红了，她好像无法控制住自己，泪水噼里啪啦地往下掉，几次迫使自己憋回去，都无法完成。

母亲返回了敬老院。敬老院搞了一场小型欢迎仪式，很多老人站在大厅里为母亲的归来鼓起了掌。母亲又住进了原来的房间，东摸摸西瞧瞧，好像这里才是她真正熟悉的地方。春天总是给人不一样的感受，脱掉厚重的棉衣，心情释然，在盎然的春光里，曹兴汉感觉自己也比平日年轻了许多。正当人们准备舒张一下筋骨，尽情享受这个季节别样气息的时候，一场大规模的流感风暴一般袭击了这个城市。曹兴汉在给学生上课的时候，心里一直惦记着母亲，母亲在敬老院染上了流感，几天来一直高烧不退，曹兴汉心急如焚上着课，打算下了课就去敬老院看母亲，忽然就看到文婷打来的电话，曹兴汉冲着电话喂喂喂了好几声，也听不见文婷说话，曹兴汉的心猛地提到了嗓子眼，就听见文婷喊了一句：“妈！”

“妈怎么了，你快说！”

“妈，妈，妈她……”文婷已泣不成声了！

原载《作家》2011 年第 11 期

去铁岭

我必须在当天晚上赶到铁岭市。在这之前，我跟铁岭的网友通了电话，他对我的时间安排多少产生忧虑，担心我在天黑后仍赶不到铁岭市。我告诉他没问题，火车票已经买好了。网友说，既然如此，到时间他去接站。按当时的推算，还有足够的时间赶往火车站，我正好利用这段空闲处理一下手头急等着的事。处理完手头的事情，看了一眼表，离开车时间还有四十五分钟，我可以提前十分钟到达车站。问题就出在我这份从容上，当我坐着出租车到市中心，发现前面堵车，我不以为意地把头伸出窗外向前看了看，点上一支烟，开始耐心等待。冰雪路面光滑如镜，各种车辆小心翼翼地向前移动。后面的车排起了长龙，而我们的车一点儿也没有再向前移动的迹象。时间分分秒秒过去，让车掉转车头已经不可能了，我只好就此下车。我重新叫了辆出租车，告诉司机加快速度去火车站。车刚驶入另一条马路，发现前面仍然堵车，我不敢再犹豫，指挥司机试试另一个路口。我对堵车的严重性实在估计不足，我心痛地盯着不停向前跑动的表针，想不出更好的办法。离开车时间只有十分钟了，无论如何十分钟之内我也赶不到车站。在我改变主意的时候扭头看了司机一眼说："算了，火车肯定赶不上了，改去长途汽车站。"这个司机始终不说话，见我看了他一眼，便有了友好的表示。他说："现在汽车恐怕不安全吧！”我说：“没什么不安全。”他说：“听说前几天开往四平去的一辆小客车发生了一起抢劫案，一个当兵的三千块转业费被洗劫一空。”

不管这位司机是否好意，他的谈话让我不快。我现在要乘坐长途汽车去铁岭，中途也肯定得经过四平，我的心情被这层阴影笼罩着，有些呼吸不畅。我没有必要跟他讲我要去的地方是铁岭，中间路过四平，不然他不知又会说什么。时间尚早，也许我在天黑之前会赶到铁岭市，再赶往火车站，与接站的网友会面。现在没有任何力量能够阻止我踏上通往铁岭的长途汽车，而且汽车肯定要比火车提前几个小时到达。

想一想，人没准就会迷上什么事。一个偶然的机会我跟几个朋友闯进网吧，后来我遇到了名叫果果的网友，就像遇到了倒霉事，时常被他败坏的情绪纠缠着。有几次我拒绝接收他的来信，但我发现越是拒绝，越是在把他推向绝望的境地。昨天他打来电话，让我必须在今晚九点之前赶到铁岭市，不然他就会永远地跟我断绝联系。我感到事情的严重，我不希望网友的意外与我有关。今天我必须在九点之前赶到铁岭市。

来到长途汽车站，买票上车，不长时间车就开动了。我开始打量四周的环境，有人还在不住地调整行李架上的物品，没有任何迹象表明这辆车上潜伏着不法分子。我的眼睛时常落在一个穿着时髦的年轻女子身上，她的一举一动都很耐看。我想要是她的同座健谈，撩起这女子的兴趣，旅途决不会寂寞，也许会感到时间过得很快。但这种情况很危险，如果有一方是骗子，另一方就要遭殃，如果两人都是骗子，结局肯定要超出人们的想象。正当我在这女子身上驰骋想象的时候，她的同座站起身，开始四下张望，我的注意力转到他身上，看来他有些无聊了，张望了一圈又坐下。大家在旅途中打起瞌睡，我没有丝毫睡意，邻座的老伙计不一会儿便鼾声响起，我真担心他不通畅的喉咙会把他憋死过去。车一颠簸，他醒了，张开大手胡乱地抓了一把嘴角的涎液，瞅瞅窗外问到哪儿了。我说刚过四平，他就又响亮地睡去。长途汽车不像我想象的那么节省时间，为了躲避收费和警察盘查，有两次绕道行驶，快到铁岭市，天也就黑下来了。窗外几点橘黄的神秘的灯光从几座平房里闪现出来，让人睡意蒙眬。汽车减速行驶，到了铁岭市边儿停下来，售票员提醒我下车。打开车门，四周空旷，寒气袭身，看来汽车不打算进市内，而由此直奔沈阳。我提出不满，那位时髦女子的同座也提着包下来，接着我的话说："算了，他们每次都这样。"车门关上了，售票员从窗里探出头，态度蛮好地说："正好你俩是个伴儿，打个出租车一块进市内吧！"

我在路边停顿了一下，四周广阔田野的风扎得我脚跟好像要丧失根基，远处有几个黑黢黢孤零零的苞米秸垛，更加重了我心里的恐惧。我第一次来铁岭，必须和那陌生男人结伴而行。于是我主动表示友好，问："你是本市人吗？"

他说："从小儿长在铁岭，你是来铁岭出差？"看来他很愿意我跟他搭话。

我说："就算出差吧，要到铁岭见一位朋友。"

"从四平上的车？"他马上对我作出判断。

我说："我们一同在长春上的车。"我断定他在车上四处张望时没注意到我。

他不再说话，逐渐加快了脚步。

我问："从这里到市区还有多远？"

他说："挺远呢，还得走一段才能有出租车。"他有意跟我拉开距离。

我自觉地放慢了步伐，但我发现那男人不想把我们的距离拉得太远。也许刚才一句话引起了他的戒备。从口音上听出他的确是本地人，我的戒备要高于他，而且我的身上背着一只连自己都觉得扎眼的皮包，如果他对我产生歹心，吃亏的是我。不管怎么说，从行进的位置上讲我占优势，他在前面，如果他想做出某种动作，我有充分的时间做出反应。也许他感觉我们之间的位置给他增添了很多不安全因素，他走路时常半侧着身，好像随时准备回头。我想减轻他精神负担的办法就是应该进一步拉大行走距离。路面黑得深不可测，远处有一簇灯光闪闪烁烁。在这黑夜的郊外，一个人行走是件可怕的事，不然他完全可以凭借熟悉的马路不顾前后一直往前走。这时，我忽然感觉从一开始我就犯了一个错误，就是我一直跟他在一条线上行走，这样行走的方式有碍他观察我的视线，于是，我边走边穿到马路的另一侧。这一点儿似乎被我猜中，他不再计较我们之间的距离。为了彻底消除他对我的顾虑，在我们接近平行的时候，我决定超过他，我逐渐加大步伐，没有跟他说些什么，我像熟路人似的直奔那灯光走去。同时我发现马路另一侧的他开始紧跟在后面。后来，我们来到一簇灯光跟前。这里是个汽车收费站，出了收费站，前面是个岔路，我停下，茫然四顾，希望能从什么地方开来一辆出租车。那男人赶上来，在另一个岔路口停下。看来这地方是等出租车的最佳地点了。

我看看表，我们大概走了三十分钟的路程。我的网友现在也许正站在车站出口，手举着《现代心理学》杂志焦急地张望每位出站台的人。再隔十多分钟，出站的人流散去，他是否还在那里等我？我希望那趟火车晚点，节省我的网友焦急等待的时间。顺便说一下，以前我每次打开电脑与这位网友交流，总被他辛辣犀利的文笔所吸引，我对他来说是个陌生人，他把很多想法都告诉我。作为《现代心理学》的主编，那时我正在搞市民心态调查，他的一些想法，能够为我提供一个实例，这也是我不能摆脱他的另一个原因。尽管他的来信会把我的情绪搞得一团糟，但我还是耐着性子倾听他的述说。他说他几年前通过考试从彼机关来到此机关，其实他在彼机关很受领导赏识，而且面临着被提拔，正当领导无期限地考验他的时候，赶上此机关招收公务员，为了证实一下自己的能力，也为了敲一下领导，他偷偷报名考上了。他调走的前两天，领导找他谈了话，再三挽留，并许愿马上提拔。尽管如此，他还是来到了此机关，不久他的工作能力显露出来，同样得到领导的赏识，但接踵而来的是同科室人的嫉恨和围攻，他发现脚跟未稳显露锋芒为时过早，就夹起尾巴做人。他爱人是一个中学的物理老师，整天早出晚归，后来被提拔为副校长，他就对爱人表示怀疑，他甚至觉得爱人的副校长的官职不是走好道来的。爱人的变化，对他的精神产生很大压力，他意志消沉，不愿跟任何人说话，他只想干好工作，在很短的时间内得到提拔，改善目前的处境。你知道吧，我的要求并不高，只提一个副科长管两三个人就行，可我这点要求都实现不了，我还能干什么？要知道这样，我还不如在彼机关，要是在彼机关，也许早成为副科长了。他的来信时常有这样的话语，我感觉他正一天天走向绝望，他说他们科室的人总用一种古怪的眼神窥视他，风言冷语地讥笑他，他忍受不了，就不再与他们说话，他越是这样，他们就越拿他取笑，甚至往他茶杯里弹烟灰。他愤怒极了，奋起反抗，他们就说他有精神病。他说：我知道我的脑袋清醒得很，我没病，可他们都像看一个精神病人一样看我，我只有用沉默来对付他们，可他们整天窃窃私语，内容大多与我有关。我看到他们那样脑袋就发涨，我没病，他们硬说我有病，我现在也搞不清自己是不是有病了。

那男人不愧是本地人，他占据的位置比我有利，一辆出租车从远处的岔路驶来，缓缓地在他身边停下。那男人上了车，“嘭”的一声关上车门，声音沉闷而悠远。我心一下冷了下来，唯一的出租车被他搭乘了，在这偏僻的地方能不能迎来第二辆出租车还是未知数。我的网友也许正心急如焚……车驶出一百多米，忽然停下来，又重新转回车头向我这边驶来，我变得异常警觉，而且镇定自若，迎着刺眼的灯光傲然站立。出租车在我跟前停下来，那男人打开车门说：“这地方一时半会儿来不了车，咱们一起走吧！”

我问：“你到市里吗？”

那男人说：“我到 ××× 下车。”

那男人说的地点我不知道，也记不住。我推断那大概是市中心什么大厦。我点头说：“谢谢。”便上了车。

出租车向市内飞奔，马路上空旷无人，那男人与司机有一搭无一搭地谈论南联盟最新情况。我竟看不出他们是老相识，还是萍水相逢。狭小的空间，远比路上危险了，如果两人忽生歹心合谋对我下手，我将无计可施。幸好此时我坐在车后，看着他们的后脑勺随车摇摇摆摆，他们每个动作都在我的视野中完成。比方那男人翻兜掏烟，比方司机抬手抓耳朵。我默不作声地看着他们，无心加入他们的谈话当中。后来我对那男人说：“等你到地点，咱们一起下车。”提出这样的想法，有两层意思：第一，我与那男人萍水相逢，既然两人同乘一趟车，一同下车，车费平摊，免遭挨宰；第二，给司机一个错觉，我与那男人是同路人。那男人听出我的疑虑，只含糊其辞地说了一句没关系。又对出租车司机说：“他是外地人，第一次来铁岭。”我的头嗡的一下变得无比警觉。我可以把这句话理解成他向司机传达某种不祥的信号！

我不希望出现什么闪失。现在我的网友在车站肯定心急如焚，可我们又无法取得联系。他如果等不到我，会不会绝望地离开车站？

是的，在晚上九点之前我无论如何要见到他。现在我不能不说，我的行为已偏离了我的选题。我为了拯救一位素不相识的人来到铁岭，我不知道我的到来会起多大作用，但至少可以阻止他走入绝境。在这之前，我为了搞清他的处境，特意跟他通了几次电话，我感觉他的精神或多或少出现了点儿问题。问题的根源就是那职位上，假如他的上司真给他一个副科长，他的精神很快就会恢复，但事实上，那个副科长位置不会这么轻率地给他。他说他今晚九点之前一定要见到我，不然他就永远地与我断绝联系。我觉得这是一个不祥的信号，我怕他出现异常行为。

前面一辆自行车摇摇摆摆行驶在马路当中，出租车不得不放慢速度，紧按喇叭，到了跟前，猛然急刹车，司机把头伸出窗外冲那骑车人破口大骂。骑车人好像喝了很多酒，不灵便地退回马路边，也大声骂起来。车驶进一幢幢楼房之间，随意可见零星的行人。我心释然，我心里盘算起一上车就开始盘算的事情，这辆车没有计程表，走了这么长的一段路不知要多少钱，而我一直不见那男人与司机讨价还价。莫非那男人把最麻烦的事留给我处理？我再次提醒那男人："等你到地点，咱们一起下车。"

那男人说："我在前面下车，你到哪儿？"

我说："火车站。"

那男人说："你没必要下车，再往左拐两个路口就是了。"

听他的口气，火车站离这儿不远，我没必要在这里强行下车。

司机看出我的顾虑，说："放心，我一定把你送到车站。"

那男人下了车，我们轻描淡写地互道再见。那男人一点儿也没有和我商量车费的事。我想他能把我带到市内我就很感激了，没必要在这方面与他计较，只是希望司机少宰我几十元车费。

出租车继续往前行驶，我无心与司机搭话。凭经验，这一路我们需要十五至二十元的车费，如果司机向我要三十元，虽然挨宰，我也不必跟他磨嘴。如果司机向我要八十或一百多元，那就要理论理论。车拐过两个路口，不久就到了火车站，停下车，我口气不软不硬地问："多少钱？"

司机转过头说："下车吧，他已经交完了。"

"谁交的？"

"刚才你那位下车的朋友。"

我拎起皮包，心好像一下子转不过弯儿来。那男人什么时候把钱交给了司机？那男人为什么不把交钱的事推给我？这些的确让我一时转不过弯儿来。

很远处，我看见一个人双手举着一本《现代心理学》杂志执着地站在车站出口，我直奔那人，那人放下手里杂志，愣愣地看着我，然后大步流星向我跑来。

他说："终于把你等来了，我就觉得你不会不来。"

我说："让你着急了。"

他说："这样很好，我已经想通了，你不来我也不会主动跟你断绝联系。"

我说："我很感动。"

他说："看样子你比我心事还重。"

我说："与心情有关。我们走吧。"

那一路，我们都很感动。

原载于《人民文学》1999 年第 12 期

天高云淡

一

早晨四点，父亲打来电话，铃声在寂静的清晨尖厉刺耳，还有些急躁，不依不饶地咆哮，我光着屁股冲出被窝，慌张把它接起。

父亲说："户口本没了！"

我的心忽悠一晃，不是因为紧张，而是知道麻烦事来了。

现在很少有人使用户口本，父亲的户口本放在家里长年不动的抽屉里，是家里的重中之重，怎么会没了呢？

胡乱穿上衣服，赶到父亲家，看见德信和德惠先于我到了。也就是说，父亲一大早把他的三个儿女都折腾了过来。

德信闷头一句话也不说，脸上一块肌肉一抽一抽，悻悻的样子好像有很多话在心里喋喋不休。

德惠说："没我事吧？没我事我走了。"

父亲说："案子还没破呢，谁都不能走！"

除了自己家人，外人很难知道，那个抽屉是家里的核心，一切秘密所在。现在出了这么大的事，说明那个地方没什么秘密可言了。其实，母亲去世那天，德信从抽屉里翻出酱红色的户口本，去派出所为母亲注销户口时，我就预感家里要出什么事。

父亲说："就因为那户口本，我昨晚一宿没睡好觉，折磨得够呛，也气个够呛，你说怎么办吧？"

我说："不会没有吧，你好好找找。"

父亲的火气终于得以发泄，他说："我找个屁，就是你们三个搞的鬼，赶快给我送来！"

还头一次听父亲骂粗话，看来他真的生气了。

二

母亲去世三个月，父亲召集我们开了一个家庭会议，就他以后归属问题进行了严格细致的讨论。父亲退休前是国营商场经理，他对组织会议一点儿不发愁，而且是信手拈来，反倒是应邀参加会议的我们，诚惶诚恐，生怕出现什么差错。会上，父亲先是开门见山讲了一通大道理，讲了国内外大好形势，最后落脚点是，他今后如何生活，让我们兄妹三人表个态度。

我说："爹要是孤单，可以到我那里去住。"

父亲说："临时住住可以，可时间长了，矛盾就出来，兄弟之间拿老人踢球似的踢来踢去，我不是没见过。"

我说："我们兄妹绝不是那种人。"

父亲说："这一点儿，我相信。"

德信说："要不然我过来住？"

德信冷不丁冒出一句话，实属难得。在大家都不作声的时候，他伸出两手，用劲搓了一把脸，将棱角分明的皮肉搓得七拧八挣。

父亲说："我受不了你那臭脾气。"

德信跟父亲不和由来已久，俩人在一起，摩擦斗嘴，是常有的事儿。

德惠说："爹到我那儿去，再合适不过了。"

我的心像照进了一缕阳光。德惠是家里最小的妹妹，心细，腿勤，每个星期跑父亲这里不少于三四趟，妈在世的时候，他们的内衣内裤，外衣外裤都是她买的，是名副其实的爹妈"小棉袄"。德惠最大的特点，做饭做菜很合乎父亲的口味，特别是炖鸡炖鱼，那香味常常弥漫在门外走廊，惹得经此路过的人，恨不能顺着门缝钻进屋子里，坐上餐桌。只是，只是头些日子，德惠跑过来的劲头儿减少了，也不见她热火朝天地炖香喷喷的鸡和鱼了，有一种漫不经心的懈怠，偶尔来，也就在屋里看两眼，很快走了。

究其原因，是父亲在跳广场舞。跳舞锻炼身体，放松心情，无可厚非，我们没有反对过，可跳过舞的父亲，像着魔了一般，对我们来与不来，毫不上心。也就是说，他的兴奋点不在我们身上。德信管那种舞叫僵尸行走，几百上千号人集中在一起，排成声势浩大的长队，音响声浪压过一切嘈杂，又成为另一种噪音。父亲混在那群人中，乐不可支，不到散场，决不会捕捉到他的身影儿。我知道，父亲是孤单的，有一段时间非常颓废，广场舞让他心里有了明媚的阳光，重新快乐起来。

有一天，德信打来电话问："爹是不是有女人了？"

我问："怎么见得？"

德信说："昨天我回家，还没进门，看见一个老妖精挽着爹的胳膊往家里走，吓得我没敢进屋。"

我说："天黑路滑，老人之间相互搀扶也很正常。"

见我如此想法，德信就不再跟我提起这件事。

父亲召集开会最终目的是，他要独自生活，三个孩子谁都不要干涉，最好没事也少来。

父亲外面有人了？我们似乎都有共同的疑问。

晚上，德信不辞辛苦，悄悄对父亲进行了跟踪。我劝他放弃这种行为，有点下作。他不以为然，好像他对跟踪一事有着天然的热爱。大黑天，东北的小北风像刀片似的削着脸上的皮肉，他站在雪地里打来电话说："我见到那老妖精了，起码比爹小十几岁。"

德信一再强调："人走路的两条腿，最能判断出实际年龄，没错，至少比爹小十几岁。"

父亲今年七十八岁，如此推断，那老妖精也就是六十出头，或者五十八九也未尝不可。父亲人老心不老，都这个岁数了，还遇上桃花运，实在是可以啊。德信生气地说："很明显，那老妖精是冲着爹的钱去的，我们不能坐视不管。"

父亲每月退休金四千多块，平时他省吃俭用，花不上一千，母亲去世前，家里还有十来万存款，日子挺好的！这回，那老妖精突然出现，我们都慌了神，有些措手不及了。德信绝望地断言，我们发现晚了，父亲很可能早已鬼迷心窍，恐怕十套马车也拽不回来。

不难看出，这几天父亲一改往日的节俭，花钱开始大手大脚，不知什么时候，厨房新添了一套德国钢锅，几只精致的花瓷碗，筷筒里还戳一把庙香一样的新筷子，预示家里添丁进口了。

德信串通德惠，向父亲提出那十来万存款的事，据说那十万块是母亲生前省吃俭用攒下来的，直到母亲去世，那笔钱也没花出去。父亲眼睛瞪得如牛，一口否认说："所有存款都给你妈看病了，还哪来的存款？"

德信让德惠打开柜底下的抽屉。德惠言听计从，却搜查无果。

走出父亲家门，我劝德信说："也许爹不会跟那老妖精怎样，他只是寂寞临时找个伙伴，说不定过几天就分手了，再说他也不至于糊涂到把所有的钱都交给老妖精。"

德信愣眉愣眼盯着我说："我查过爹的工资卡，他现在基本上是月光族！"

我说："这也许不是坏事，爹是节俭的人，他长时间这么花钱，肯定不堪重负，矛盾早晚出现，分手是必然的。"

三

我的判断出现了严重的失误。父亲不但没有收敛，竟公然将那老妖精领回家来，一改以前的含蓄和遮掩。德信火烧腚似的打来电话问："怎么办？咱们总该干预一下，让老爷子这样胡作非为下去，我们的脸都没地方放了，况且那老妖精是什么样的人，她抱着什么目的来咱家，我们一无所知。"

事情非同小可。我让德信沉住气，不要慌张，自己却慌张起来，心抖，手也抖。我是家中的老大，慌不得，必须稳住阵脚，才能很好把握住弟弟德信和小妹德惠。稍作平静，我说："观察一段再说，有时间再透露透露父亲的想法。"

德信说："不用问，爹肯定是鬼迷心窍，无可救药了。据我这几天观察，那老妖精也不是总来跳广场舞，这说明，她根本不在附近住，很可能专门勾引老年人，才出入广场。"

果真如此，那还了得？星期天我起个大早，带着疑惑特意去了一趟父亲家。今冬暖气烧得好，父亲在屋里穿了件崭新的白衬衫，气度不凡的衣袖恰到好处地挽起。浑身上下透着亮光，头发也梳得如同大地上细密的田垄。最扎眼的是，他白衬衫衣领上打着领带，虽然不怎么得体，但可以看出是用过心思的，只是手上的功夫差点，我想。我想的时候，他眼睛出神地打量着我，我不得不回避他目光的炙烤。

父亲满满的书架都是过去的旧书。打开书架门，陈年纸张的辣味飘飞而出。我侧头躲闪一下，从里面抽出一本书，是关于满族史诗的作品——《乌布西奔妈妈》，来回翻弄，以此来掩饰内心的忐忑。父亲很久之前就对萨满文化情有独钟，以此来看人、断事超乎寻常。

父亲轻手轻脚跟过来，吓了我一跳。他狐疑地问：“我的事，你们都知道了？”见我没什么反应，又说：“你们都长大成人了，各有自己的家，我的生活也应该有个安排。”

我说：“你多虑了。”

父亲说：“别跟我装糊涂，你是家里的老大，他们不明白事，你总该明白，我不可能靠你们养我一辈子。”

将书塞回书堆里，转身离开书架，我必须认真跟父亲谈谈了。

我说：“我支持你。”

父亲眼睛颇为意外地闪动，如火炬瞬间点燃。他抬手摸了摸领带结，往下拉了拉，好像紧绷的情绪也如释重负地松开。

我说：“不过，家里这么大的事，你总该跟我们商量商量，现在那老妖精，不，是那女人……”

父亲打断道：“是你阿姨。”

我的喉咙干涩地滚动，说：“行，就叫阿姨。那阿姨姓什么，叫什么，以前是干什么的，家境如何，我们却一无所知。”

父亲问：“这很重要吗？”

我说：“很重要。”

想不到父亲说出一句：“我只关注现在和未来，以前的事，我不知道，我也不想知道。”

我说：“现在社会很复杂，人们的观念千种百样千差万别，我们还是慎重为好！”

父亲说："这不用你提醒！"

这时，德信的电话不合时宜地打来。

德信说："爹现在跟我们离心离德，他开始跟我们耍花招儿，你千万不能被他骗了。"

我说："你没必要把事情想得那么糟糕，我看没那么严重。"

德信说："怎么不严重？昨晚我又跟踪了那老妖精，那老妖精鬼得很，不知怎么知道我跟踪了她，她坐起公交车跟我绕了几圈大弯子，最终让我一无所获。你说，她要是正常，能害怕跟踪吗？况且她的警惕性那么高，不是一般人所能流露出的心态。"

我说："你不要过早下结论，观察观察再说。"

德信说："你别离开，我马上过去，咱们必须把这事搞个水落石出。"

放下电话，父亲问："德信要来？"

我说："来就来吧，腿长在他身上，我们谁都管不了。"

父亲说："他只会惹我生气，恨不得我早死！"

我劝道："都是你亲儿子，他有什么想法，也都是为你好！"

父亲开始穿外衣，他是故意要躲开德信了。父亲的外衣也是新的，大方合体，穿在身上看上去至少比过去年轻了五六岁，焕然一新。

我说："外面天冷路滑多加小心！"

父亲说："不走远，我已跟你阿姨约好，她一会儿过来，我下楼接她，没什么事，你也早点儿回去。"

我说："我等一会儿德信，他来时，我再做他思想工作。"

父亲下楼半个多小时，不多不少，正好半个小时，德信敲门来了，身上散发着户外的寒气，连嘴里的喘气，都是寒冷无比。脱掉厚重的外衣，站在门口换鞋的工夫，他往屋里张望了一下，额头堆积的抬头纹，分明在问，父亲干什么呢？

我说："爹去接阿姨了，你在门口没看见他？"

德信一惊，问："你说什么？"

我忙立马反应过来，纠正说："去接那老妖精。"

德信的脸，口斜眼歪地扭曲着，神经麻痹后遗症形象一览无余。他说："想不到你这么快被洗脑！你说，妈活着的时候，出外回家，爹啥时接过？犯贱了是吧！"

我说："别说没用的，快进来。"

德信说："接她也好，我给德惠打电话，让她也过来，咱们今天坐在一起，把话掰扯清楚，省着往后留罗乱。"

电话打过去，德惠表示一会儿就到。德信进厨房找吃的，他说："我从早晨到现在，还没吃饭，有什么好吃的千万别客气，你省，都省给老妖精了。"

费了半天劲儿，翻出个紫皮地瓜，凉的，德信说："凉的也吃。"

我说："你应该热热，不然吃了胃疼！"

德信说："顾不了那么多。爹怎么还不上楼？不会被那老妖精拐跑了吧？拐跑了不要紧，我怕那老妖精图财害命把爹害了！"

我给父亲打电话。

父亲说："我跟你阿姨在超市，你们要走，随手带上门就是了，不要等我。"

德信说："看看吧，那老妖精不敢见我们，躲着呐，他们不回来，我们就不走，耗，跟他们耗到底。"

我说："算了吧，我给德惠打电话，让她不要过来，咱们现在就走。"

德信说："等等！"他开始抱着膀子在屋里走来走去，还抬起手，不停捏动鼻尖，贼眉鼠眼的，好像随时准备发现什么重要线索，一举攻破父亲日夜守护的防线。

我给德惠打过了电话，又跟父亲联系上，告诉他说：“我和德信走了。”

户口本大概就是在那天失踪的，我想。

四

几天来，我总是做着同样的梦，梦里的母亲出现在我跟前，我心里一阵喜悦，觉得母亲还活着，她并没有离开我们，她的脸上没有去世前的痛苦和焦灼，而是异常地平静。有时她离我很近，近得我伸手能摸到她苍老的皱褶和头上的发丝；有时她又离我很远，远得我们之间如隔着一层模糊的纱幔，看不清她的面部。母亲似乎告诉我：要照顾好你父亲，你父亲这个人任性，孩子气，如果不把他看好了，说不定会惹出什么祸端。我确认母亲还活在世上，她在遥远的天边每时每刻都注视着我们。我常常因梦中的母亲，而泪流满脸。

虽然那女人的身世，我无法搞清，但背后我们称她为老妖精，有些言过其实了。有一天，我在父亲家楼下，借着夜晚的路灯，终于见到了那女人。父亲没有发现我，我也没必要上前打招呼，只是愁肠百结地选择离开。那是一个普通而本分的女人，绝没有我们脑中概念化的风尘女子形象。从举止上看，她年轻时也没有被风尘感染过。

父亲跟这个女人走在一起，是偶然相遇，还是早已相识？作为国营商店经理的父亲，社交圈肯定广泛，而且不乏女营业员的推崇和追随。记忆中，母亲早年好像跟父亲因一个长得好看的女营业员闹过一次家庭风波，但事情太小，像风吹过草尖儿，一下就刮过去，小草反倒长得更加直挺茂盛。父亲说，那纯属是母亲无中生有，胡乱猜疑。因为那个长得好看的营业员，总喜欢来我们家抱德惠，还为德惠买冰棍糖果，一次两次还可以，来的次数多了，母亲本能地开始排斥。母亲说，那女营业员还是个姑娘，她对孩子这种亲法，很不正常，有一种想当后妈讨好孩子的意思。父亲说：净是胡扯，她讨好德惠无非是想讨好你，她讨好你，无非是想讨好我，她讨好我，无非是想让我给她批两张条子，买永久凤凰自行车，买两斤猪蹄子回家孝敬父母。

事情吵吵嚷嚷过去了，但我总觉得母亲的直觉不会差，即便那女营业员没有跟父亲发生过什么实质性的内容，但是彼此心里肯定有过心照不宣的痒痒。

这女人会不会就是当年那个女营业员？我除了听说那女营业员长得好看外，对她毫无记忆。我发现我有些无中生有了，这种想法未免可笑，当经理的父亲这一辈子不知要接触过多少女性，不知要与多少女营业员促膝谈心做思想工作，我怎么偏偏盯上那个女营业员？当年父亲的经理干得实在不容易，不但要管理单位里的一大摊子事情，还要管理职工的家庭生活，有的女营业员意外怀孕、和公婆闹矛盾，父亲总要插手解决。父亲干工作很负责，往往是上班忙了一天，下班还要走访出问题的女营业员家庭，亲自将问题解决在炕头上。第二天女营业员会欢天喜地来上班，不刁难顾客，更不与顾客吵嘴打架。

当过经理的父亲处理什么事都占位高，看人准，具有战略眼光，这种职业习惯已经深深渗透到骨子里，融化在血液中。对于这样一个人，能说是为了排遣寂寞空虚，随随便便从广场上认识一个女人，跟人家好上了？这女人会不会是父亲在某一工作阶段上相遇的、交情较好的红颜知己？

但父亲的不爽，着实让人难以接受。假使他说出自己年轻时有过要好的女友或秘密情人之类的，反倒叫我放心了，我也许会理解父亲，以积极的态度帮助他成全这桩美事。

回到家里，我给德信打电话，他正在中医院针灸，这几天他总感觉右边半个脸有点发木，怕神经麻痹毛病再犯了，提前进入预防治疗。现在他脸上扎了十多根针，不方便接电话。

我问起那户口本。

德信供认不讳，说："的确在我这儿，我怕父亲跟那老妖精做出傻事，防患于未然。"

我说："你这样做适得其反，激化矛盾。"

德信嗫嚅了一会儿，不再表态。

我又给父亲打去电话说："德信只是使用一下户口本，明天他会给你送回去。"

父亲明显听出我在撒谎，他问："他使我户口本干吗？他的户口早就迁出去了，根本用不着我的户口本！"

我说："你就别较真儿了，明天给你送去就是了。"

放下电话，心乱得很，父亲为一个户口本发这么大脾气，像很多脑萎缩的老人，不可理喻，有什么办法？家家都有本难念的经，人人都有难唱的曲儿！不想了，我早早上床睡觉。好不容易睡着，又迷迷糊糊被尿憋醒。整个晚上，我去了三四趟厕所，喝了两三杯水，加起来睡了不到四五个小时，煎熬啊！第二天头昏脑涨出门，神情恍惚得周身如同纸人，飘忽的当口，被地面冰冻的黄痰滑个趔趄。

父亲又打来电话："昨天我相信你的话，可户口本怎么到这时候还没送来？"

我说："我现在打电话催催。"

给德信打电话，他说他换到一家老中医诊所，昨天的针灸，不但没缓解症状，反倒嘴角歪得严重了，不得不起早跑到这里来，他的右半部脸贴满了黑乎乎膏药，一动不敢动。我一筹莫展，父亲这边的事情正闹腾得一团糟，德信这边又出了毛病，雪上加霜！

德信说："不凑巧，刚才户口本让德惠拿走了。"

我很生气，问："她拿走干什么？"

德信说："这不关我的事。"

事情看来要闹大，还不断地发酵，复杂得不受我掌控。头顶着早晨的冰冷的细风，从农贸市场买来豆浆油条，踩着咯咯吱吱的积雪，心想，如果我失信于父亲，以后什么事都别想沟通了。

回到家里，把买来的早餐放在桌上，还没想好怎么给德惠打电话，德惠的电话就打过来了。看来德信和德惠私下里通气儿比较勤，有点珠联璧合的意思。

德惠说："这户口本绝不能送回去。现在爹每月工资都被那老妖精糟蹋了，我们唯一能控制他们的，就是这户口本，假如我们不控制住户口本，万一爹哪天脑袋一热，跟那老妖精登记结婚，家就不是我们的家了，这还其次，主要是爹这一百八十平米的房子。想想啊，那老妖精比爹小十多岁，肯定死在爹后面，爹万一哪天不行，房子落入那老妖精手里，我们就两手空空，一分钱也捞不到。"

我说："你控制住户口本，控制不住他的心，到头来都一样。"

德惠说："那我就让他们永远当野鸳鸯！"

五

在我百般劝说下，德惠答应星期六去父亲家。

星期六早晨，下起了雪，天空灰蒙蒙一片混沌，十几米之外看不清人影和车影，无论是人还是车，行进在路上都要比平时迟缓，整个世界都在小心翼翼。在这样恶劣的环境里，我早早在父亲家里等候德惠，心里酸甜苦辣啥都有了。

德惠上午十点钟来的，她的眉毛和外衣帽子毛边儿挂着不知是白霜还是雪花，因室内的温度，很快凝成一颗颗晶亮密布的小水珠。她满脸委屈地从包里拿出户口本，轻轻放在茶几上。那个酱红色的户口本，立马引起了父亲的注意，他好像不相信德惠会这么轻而易举送来。德惠看着父亲，一言不发，牙齿咬住的下唇失去了血色。我问："你吃饭了吗?"她的牙齿微微松开，说："在家吃了。"我说："你坐下休息一会儿吧!"德惠没有坐下来的意思，好像生怕在屋里待久了，听到哪句不顺耳的话，生起气来。大家都不想生气。

父亲还不放心，他翻开户口本，一页页查找，从头查到尾，又从尾查到头，像个疑心重重的破案人员，想在上面发现点什么疑点。确定万无一失了，父亲心满意足地合上户口本，当着我们的面儿，慢吞吞解开裤腰带，脱起了裤子，还好，裤子退下一截，被他扯住了，翻开裤腰，露出一个用粗针大线缝制的口袋。

父亲慢慢将户口本塞进那兜里，然后心安理得地提上裤子，扎紧腰带，嘴里念念有词道："我真怕哪天再被你们拿走了。"

拿到户口本的父亲，郑重宣布道："不管你们有何想法，我马上跟你阿姨登记结婚。"

我傻眼了。看来德信和德惠判断得不无道理，只是想不到父亲竟这么快不近情义地亮出底牌。我变得极为被动，无言以对，更不知接下来如何向德信和德惠交代。

回家冷静思考。

德信电话跟过来，也许他刚从老中医门诊那儿出来，脸上还贴着膏药，说话声别别扭扭。他问："爹刚才给我打了电话，你说我们该怎么办吧？"

我说："如果那老妖精不是别有用心，结婚不一定是坏事，我们做儿女的，照顾得再周到，也无法代替婚姻给他带来的幸福。"

德信手里的电话好像被气得东倒西歪，我真担心他面部神经麻痹的毛病再犯了。他说："你脑袋怎么长的，到现在还没转过弯来？我们根本不在一条道儿上说话。"

我知道，德信心眼多，性格急，不然不会年纪轻轻患上脸部神经麻痹症。这几天因为父亲的事，我们毅然决然成了攻守同盟的人。我知道，这种状况很不牢固，像不稳定的化学物体，随时在变，好像眨眼的工夫，德信和德惠又站在了一起，我无形中成了父亲这一边儿的人。在这件事情上，我虽然左右摇摆、顾虑重重，但我相信自己还是有立场的，那就是，尽量把事情处理得周全。

有必要给德惠通个电话，听听她的声音，哪怕听到一番诉苦，也是对我心情的一种缓解。

德惠说："上午我从爹那里出来的时候，看见那老妖精了，爹肯定打电话告诉她我们在屋里，那老妖精才不肯上楼。她一直在门口徘徊，我就主动上前跟她搭话……"

我莫名其妙紧张起来，问："你们说了什么？"

德惠说："我跟她开门见山，说能不能不登记结婚就这么过下去，咱爹每个月工资全归她支配，就当她是个全职保姆，有什么特殊情况，我们兄妹会出面。"

我急忙打断德惠的话，问："她什么态度？"

德惠说："想不到，她眼圈一红，眼睛就那么死盯盯看着我，说：孩子，我跟你爹是真感情，与钱没关系。啊呸，她竟然管我叫孩子！"

雪后的天气，格外地冷，早晨窗玻璃上升起的霜花，形状如山峦沟壑，如野草花卉，这是自然界无法临摹的纹理，像来自梦境，来自天外魔幻的世界。我听着德惠的讲述，手指不自觉地按向一块霜花，没有冰凉的感觉，倒是霜花在我手指肚里渐渐融化，有水珠，眼泪一样汩汩流淌。

德惠说："我看她是天才表演家，弄不好，我们兄妹仨都被那老妖精耍了，你猜她接下来说啥？她说：我们这一代人跟你们不同，不登记结婚就在一起，总不是那么回事，名不正言不顺。你听听，还要脸不？啊呸！"

我说："事情到了这一步，我们真应该商量商量，拿出解决问题的最佳方案。"

德惠说："没什么好商量的，一商量，你又跑到爹那边去了，我轻信你一次，绝不能轻信第二次！"

德惠的脾气跟父亲一样任性，又是女人的那种任性，我无法说服她，更无法说服德信，或者说，事到如今，我谁都不想说服，只是想彻底找出解决问题的办法，化干戈为玉帛。

六

父亲的户口本又没了。

他自己缝制的那个裤兜，开了线，露出一个大窟窿。我问："是不是丢在外面了？"父亲几乎是暴跳如雷，说："不可能，这几天我根本没出屋。"我怎么劝，父亲的火气也不见消，他非让我找回户口本不可，哪怕是挖地三尺也要找回来。

我问："裤子内兜，那么保险的地方，怎么说没就没了呢？"

父亲说："肯定是那两个东西搞的鬼！"

我赶紧奔赴父亲那儿，这事就像从絮叨女人嘴里生长出来的枝枝杈杈，电话里一句两句说不完。

冬天的太阳落得早，这一天人们还没怎么忙，还忙得不够劲儿呢，天就把脸一抹，黑下来。马路上到处是奔忙的声音，拥堵的汽车灯光，像眨着无数只眼睛，聚拢在一起，将路面裹成一条首尾不见、缓慢蠕动的火龙。我站在户外二十几分钟也见不到空载的出租车，只能跑向公交站点，站了三十分钟，公交车来了，车门如两张敞开的大嘴，前门吞进一团人群的同时，后门又吐出一堆人来。站台转眼间清冷了，车厢里的人热火朝天地拧动个不停。父亲电话又打来了，问："怎么还没过来？"我的话有些不着调了，生气地说："去公安局报案。"父亲急了，说："报什么案？这肯定是内盗！"父亲的口气明显软下来，又说："这也不算是内盗，肯定是德惠拿走了，你给我要回来就行，不要兴师动众啊！"

到父亲家已是晚上八点。父亲跟那女人早已吃完饭，坐在沙发里悠闲自在地看电视。我饥肠辘辘，怨气顿生，搓起冻得麻木胀疼的手，进厨房找吃的，还好，有一盘没有被筷子动过的土豆烧牛肉，用一只搪瓷碗扣着。我将这盘土豆烧牛肉送到微波炉里稍微加热，胡乱往嘴里塞了三四口，走回大厅，发现沙发跟前摆着一只木盆。那女人双脚浸泡在木盆里，见我来到跟前，脚不好意思地从木盆里拿出来，分开，踩在盆沿上，晶莹的水滴落在地板上，花朵一样炸开。父亲赶紧递去擦脚巾，端起木盆跑向卫生间，烫脚水吼声如雷地倒入厕所，放下木盆，父亲跑回来，献媚般抢过擦脚巾，为老妖精擦起脚来。

我的心像被尖硬的物体猛刺了一下。若不是亲眼所见，真不敢相信眼前发生的一切。

父亲说："锅里有饭，你自己吃吧！"

我什么都不想吃。父亲真是变了，变得这么贱！过去母亲活着的时候，我从未见父亲对母亲这么殷勤过，也没见过他为母亲倒过一次烫脚水，他对母亲永远是领导对下属的态度，公事公办，不徇私情。倒是母亲完全接受了他的习惯，心甘情愿为他倒去每次的烫脚水。我很怀疑父亲这辈子是否真心爱过母亲，体恤过母亲，麻木不仁的字眼儿，不应该安在老夫老妻身上。

德惠来了，父亲快步跑过去，着急忙慌打开房门，把手伸了过去。不言自明，他要户口本。

德惠说："我拿走了户口本，这不假，但我怕把握不住自己，放到德信那儿了，在问题没有彻底解决之前，德信不会露面。"

父亲给德信打电话，他的手如同干巴巴冬眠的柳树枝，摇晃在冷风里。找出德信的手机号，拨了出去，德信手机居然关闭。那冬眠的柳枝怎肯善罢甘休，顽强地寻找德信坐机号码。

那女人去了一趟厨房，忙活了一阵儿，端出那盘土豆烧牛肉和一碗热米饭，米饭香气四溢，悠悠地飘荡在餐厅里。

那女人见父亲急得像热锅上的蚂蚁，说："你也别太难为孩子，什么事都得一点儿一点儿解决，急不得。"

德惠不客气地一屁股坐在餐桌边，摆出一副不吃白不吃的架势，狼吞虎咽起来。那女人高兴地从冰箱拿出一瓶辣椒酱说："今天晚上刚炸的，你尝尝咋样？"

讨好德惠，也许是暂时的，说不定达到目的她马上就变脸。

我身不由己地站在德惠这边，以集聚多年的经验冷眼审视眼前的一切，忽然觉得，面对父亲的变化，德惠适当闹一闹也不是不可以。父亲自从有了那女人，变得越来越飞扬跋扈，这也许是我一再妥协，一再委曲求全造成的结果。

我说："婚姻大事，不是儿戏，它涉及两个家庭，我们应该心平气和地商量一下，再做决定。"

德惠说："户口本的事好办，只要你们尊重我的意见，我立马想办法让德信把户口本送过来。"

父亲问："你啥意见，说！"

德惠放下碗筷，不紧不慢地瞥着那女人，眼睛转悠一下，好像内视到自己的心，一副刁蛮的模样，说："要想结婚可以，你们必须进行婚前财产公证，对家里的财物逐项登记。另外，我妈去世前是否有一张大额存折，必须搞个水落石出。"

父亲一跃而起，咣当当绊倒屁股底下无辜的木椅，厉声吼道："放你妈个屁！"

德惠抬起身，拉开房门跑了。父亲真动怒了，坐在我扶起的木椅上，直挺挺说不出话来。那女人慌张着取来速效救心丸，塞进父亲嘴里，又觉得不妥，伸出一根手指，将药丸重新在父亲嘴里摆布。我拿起电话打120救护车，父亲伸手向我阻拦。谢天谢地，看来父亲无大碍，别无打扰地让他休息一会儿吧。

这天晚上，我住在了父亲家里。

把父亲搀扶到卧室，父亲对我说："你阿姨有自己的退休金，她不占我什么便宜。"我说："好好，什么都别想，休息吧！"熄掉大厅的灯，已经是半夜十二点。我倒在沙发上，心如刀绞，家里的事儿闹大了，完全跑出我所能控制的范围。德信和德惠铁了心似的站在同一联盟上，轻易不会拿出户口本。当然，父亲也不会进行什么财产公证，现在他的身体很好，还能为那女人端一木盆洗脚水，还有力量吼，争斗的日子必将要旷日持久。

这一宿，我一直处于浅睡眠，松软的沙发，让人很不舒服，翻个身，也要费一番力气。四周的漆黑严严实实罩住眼睛，睡意来临，窗口却揭开面纱般露出熹微。我睁开眼睛起身，轻声走向窗口，户外楼宇、树木以及林林总总的物体，瞬间梳妆一样打扮一新。我蹑手蹑脚转身走回大厅，见父亲卧室的门居然开着，我无意看向父亲的卧室，可还是看见父亲光着膀子趴在床上，贪婪地享受着那女人的手从他腰椎、胸椎、颈椎，揪起一把把皮肉。按摩呢。

七

事情就这么时缓时疾一天天折腾着，德信和德惠虽然同在一个阵营，有时也互相推诿、抵赖，大家都好像无所适从。

父亲每天定时拿着一只布兜跟那女人逛早市，磨磨蹭蹭地去，磨磨蹭蹭地回来，不厌其烦跟卖菜的商贩一分一角地讨价还价，乐此不疲地拎回大包小裹。每隔一段时间，我都去看看父亲，开导父亲。父亲也想开了，整天静静地趴在书桌上练习满文书法，好像什么事都无所谓，不再逼我向德信和德惠施压。父亲是为数不多懂满语的人，词汇量已达三千多，以前他很想让我们兄妹把他的满语继承下来，但我们都不感兴趣。父亲的孤独可想而知。

现在，那女人跟父亲义无反顾地生活在一起。我必须接受这个现实。前一段如临大敌的折腾，那女人不会看不明白，我有必要从中一点点消除与她形成的隔阂，让父亲渐行渐远的脚步放慢速度。

我鬼使神差地给他们送去一张体检卡。

父亲见到这份礼物，欢欣鼓舞，当着那女人的面夸奖我说："他从小就比那俩孩子懂事，省心。"

体检卡并没有给他们带来快乐。十多天之后，我去父亲那里，吃着那女人的拿手好菜——土豆烧牛肉，就见父亲犹犹豫豫凑到我跟前，悄声地说："你阿姨肺部长的东西已经转移到脑部了。"

黏糊糊的土豆烧牛肉长时间地粘在我嘴里，确切地说，是横在我腮帮子上。

父亲说："其实，这事以前我就应该告诉你。"

我用舌头费力挪动牛肉，放到牙齿部位嘎吱吱慢慢切割，惊愕于我还有很多不知道的事情。

女人住进医院那天，外面下起了清雪，雪薄薄地落在地面上，风一吹，打着旋儿漫天飞舞，搞得我们不时地左右转头，撞开一条条雪路。父亲拿起家里的棉被、暖水瓶、保温饭盒、筷子，装进了一只草绿色大编织袋里，随我们一起行动。毋庸置疑，他已做好长期奋战的准备。

这回摊上事了，像粘在手上的东西，甩都甩不掉，父亲这是自作自受。

本来一个活蹦乱跳的人，住进医院，马上就不行了，都是我那张体检卡惹的祸。那女人整天病歪歪倒在病床上，精神头也一天天垮掉。父亲没白没夜当上陪护。我心疼父亲，有时间就到医院替换一下，从良心和道义上讲，事到如今，我们对那女人也不能坐视不管。每次去，我都在家做好饭菜，装进保温饭盒，提到他们跟前。父亲看着我，慈眉善目地打开饭盒，将饭菜凑到鼻了前闻了闻，对她说："嗯，香！"

不管话是真是假，父亲心里肯定是香的。

父亲先是把一勺饭菜往自己嘴唇上碰一碰，极有耐心地慢慢放进她的嘴里。她张着雏鸟等食一样的口型，接住饭菜，两唇合拢，聚集细密的条纹如同篦齿。

德信和德惠是一起来到医院的。说话间，两人不知是谁，将户口本放在她的枕头旁。也许因为心里的平静，德信脸上那块抽动的肌肉，要比以前有了明显好转。

父亲没有张罗与她进行婚姻登记。也许他们觉得没这个必要了。

我很担心父亲被拖垮。看他走路的样子，膝盖弯曲，脚掌与大理石地面摩擦的声音，如同在我的心中划过一道道疼痛的伤痕。

东北最冷的一天来到了，冷到什么程度？这么说吧，吐一口唾沫，落地就是一块冰坨。天地冻得到处硬邦邦，不时生起冰动的脆响。风，透过肉皮，一个劲儿地往骨头缝里钻，仿佛骨髓里也结满了冰碴。那女人不行了。接到父亲的电话，我顾不上几天来奔跑的疲惫，穿上厚重的棉衣，赶紧奔赴医院。

用了很久的氧气已经摘掉了，其他病人早已退出这间病房，整间屋子只有护士和我们家人。那女人的手紧紧握着父亲的手，嘴里总是呼气，很少有吸气，人也直挺挺的。一个陌生大男孩哭喊："妈，您就咽气吧，没什么舍不得的，你这样我心疼，你不要遭这份罪了。"那女人并没有听从那大男孩的召唤，时间就这么一分一秒地过去，生命的无常，在这里得到了充分的验证。那大男孩还在哭，他说："我求你了，妈，我的好妈妈，我知道我对不起你。"站在床边的护士说："我还很少见到这么顽强的老太太，她心里是不是有什么事啊！"父亲说："她儿子也赶来了，还能有什么事？"是啊，我们已经接纳了她，拿她当亲人对待，她应该安心、知足，不会有什么事。这时，我看见她的手动了，微微地动了，似乎把父亲的手抓得更紧。父亲侧起耳朵，贴向她的嘴边："你想说什么吗？你告诉我，你想说什么，我听着呢！"她嘴中的气流急剧地推开父亲。大男孩说："妈，我现在就给你跪下，我跪下了，你就咽下这口气吧！"她的手再次动了一下，好像指甲要抠进父亲的皮肤，我感觉这是她用尽了全身的力量。父亲突然喊："哎呀，我怎么这么糊涂！"他用他那只没被抓住的手，使劲伸向她的枕下，摸、摸、摸，很快就摸到了他要的东西，拽出来，是两个户口本。我有点晕，考虑父亲是否还能拽出第三个户口本的时候，两本红红的结婚证书出现在我眼前。父亲牵引着她的手，触到了它，它夹在两只合在一起的手之间，缓缓地，缓缓地移向她的面前……大男孩忽然一头栽倒在床上，泣不成声。

她离开这个世界的方式，没什么特别之处，但最后出现的结婚证书，着实让我惊讶了，就好像我小时候看过某个电影的场景。办完丧事，父亲再次郑重其事地召开了家庭会议，这次会议多了那个大男孩，他始终低头摆弄手机，一言不发。父亲对我们兄妹说："今天我把话说在明处，你们谁都不要有意见，给你阿姨治病的费用都是我拿的，我们在一起生活的时候，你阿姨每个月的退休金，我们分文没用，这次全交给她的儿子。"

散会后，德惠竟然哭了。

她对我说："阿姨去世前，有一天，你们都不在跟前，她向我提出一个请求，说要再抱一次。你说，什么叫再抱一次？"

德惠又说："本来我对她从心里排斥，可我不知道为什么没有拒绝，被她抱了一下，那一抱，我好像想起了什么！"

我问："想起了什么？"

德惠赶紧把脸转开，哽咽着说："没什么，都怪我瞎猜！"

八

那女人走了一个多月，父亲的屋里还残存着她的气味。我从药店里买来消毒液，喷洒在屋里每个角角落落。父亲坐在沙发上，被刺鼻的消毒液呛得不住地咳嗽，他向我摆摆手，表示阻止。我拿起抹布，擦起那些消毒液，抬起身，舒缓一下因劳累而酸痛的腰部，发现我已擦到父亲卧室衣柜跟前，下面那个抽屉，带有磁性的力量再次吸引着我的手伸向了那里。户口本规规矩矩放在抽屉左角，外面罩了一只蓝色塑料袋，我拉动了一下塑料袋，见到了户口本下面压着那两本结婚证书，打开塑料袋，我有一种翻看的冲动。

他们到底登记了。不知是亲自去的，还是在医院里有人上门服务。

我时常来到父亲这里，鼓励他到外面走走。父亲很长时间没去跳广场舞，理由是，外面天寒地冻，不便出行。他每天在家看电视的时候，都坐成一个姿势，偶尔从沙发里起身，腰竟是弯的，他习惯于以这种姿势在屋里走路。我说："在萨满文化中，人做了坏事，是要遭受报应的！"

想不到，父亲瞪起牛一样的眼睛盯住我。

我自知言语过重，不着边际，而且不应该当着他的面这样刺激他。

父亲沉吟了一下，说："你说得对，我是犯过错误的人！"

我的心跳猛然加速。

父亲说："男女错误在我们那个年代不可饶恕，可我却偏偏犯了一次那样的错误，相当严重的错误。那个女人找到了我，摸到了咱家，想和你妈摊牌谈判，让我离婚。可她见到你妈，看到咱们一大家子人，她退缩了。她说：一看到你女人的那种善良，我无论如何也张不开这嘴。

"后来，那女人选择了自动离开，我没想到她是那样的果断，一点儿也没拖泥带水，更没找我任何麻烦，这是我始终对她念念不忘的原因。你妈去世那年，我四处打听，寻找，终于得到了她的音讯。我以为我找回了旧梦，急迫想见到她，没想到，现实要比我预想的残酷，她刚刚被查出肺癌。”

父亲悄悄抹了一把眼泪，我赶紧递过去一张餐巾纸，父亲拿着餐巾纸，擦了眼睛，再擦擦手，说：“那些日子，为了让她忘掉病情，为了她开心，我领她到处转，我们跳遍了全市几乎所有的广场舞。在频繁的接触中，她揭开了一个隐瞒了我三十年的秘密，我们有了一个共同的孩子，我却一无所知。为了孩子，她忍受着三十年的孤寂，始终未嫁。我问她：当时你为什么不找我，告诉我真相。她说：那时你正是事业高峰，我不想让你分心，更不想让你为了这事坏了名声。三十年啊——”父亲老泪纵横了。

我问：“就是那天我们见到的那个大男孩儿？”

父亲说：“对，就是他，他是你们的弟弟，叫德生！”

原载《民族文学》2016年第8期

《中华文学选刊》2016年第9期转载

收入《中国短篇小说年度佳作2016》（孟繁华主编）

小　赖

小赖所在的单位是这个城市比较扎眼的机关。小赖出入机关大门，总会看见街上蹬自行车的人不住地看他们单位的大牌子，看小赖。小赖不以为然，他知道有很多人羡慕像他这样坐机关的，丰衣足食，旱涝保收，用小赖的话来说，这是个撑不着饿不死人的地方，没啥让人羡慕。

小赖现在是机关业务大拿，独当一面，政策法规倒背如流烂熟于心，领导向上级汇报工作，总要向小赖索取各种数据，几次三番加以核对，方可得出正确结论。可以说，哪个处有小赖，哪个处的处长就不用过多地操心，就可以潇潇洒洒出色地完成工作。领导的青睐，自然增添了小赖的自信，现在小赖的脖子也比过去高出了两厘米。有时下班前十分钟，领导为了联系群众，到各处室看看，唠点闲嗑，小赖还能插上几句话。小赖是机关的老主任科员了，跟领导说句话，开个玩笑，很正常，当然小赖开玩笑很会把握分寸，既要让领导开心，又不要伤害同志，为此小赖人际关系非常好，平时在走廊见到其他处的同事，不管职务大小，他都笑哈哈地打个招呼，不咸不淡地幽默一下。年底机关民主考评政绩，小赖得到大家的普遍好评，理所当然地晋升为副处级调研员。

小赖刚上班那阵儿，可不是这样，他像一只羊羔掉进了大宫殿，倍感压抑。父母都是地地道道的农民，他被分配到这样的机关，完全是他个人努力的结果。在校期间，小赖是学经济的，他跟辅导员关系不错，每年寒假回来，都给辅导员背半面袋子豆包，辅导员跟系主任关系不错，舍不得吃，又把这半面袋子豆包直接背到系主任家里。这样，小赖通过辅导员，跟系主任建立了关系，后来寒假回来，他就背两个半面袋子豆包，送给辅导员和系主任。毕业分配，辅导员和系主任力荐，小赖就来到了这个机关。机关和学校的情况不大一样，很多想法在机关都不切合实际，他拼命改变自己，但时常露出马脚，小赖是个很顾家的人，这不免引起同屋里的人善意的笑声。小赖心里很难受，这笑声虽然不含有别的用意，但至少把他看成另一类人，一个农村来的土包子。小赖想，在机关要有发展，必须有一个很硬的靠山，也就在这时，他选择了郝处长。郝处长在机关颇有年头，属于资深年高那一类处长。小赖第一次接触郝处长便有一种高山仰止的感觉，特别是开会时，郝处长讲话总带有一种手势，小赖觉得那手势的确给郝处长增添了不少的风度。小赖曾经暗中学过那手势——把掌从脸部一侧向外劈出，劈得要有力，而且在空中达到一定位置收回来，划个圆弧，再重新劈。小赖照着镜子试验无数次，但怎么也劈不出郝处长那样的风度来。也就是因为那手势，小赖非常敬仰郝处长，并不惜一切代价要靠住郝处长。那时郝处长爱抽一种叫“良友”牌子的香烟，小赖上烟摊上买了两条送给郝处长，郝处长非常吃惊地问：“你刚上班，怎么买这个？”小赖说：“我不是花钱买的，是别人送给我爸，我爸不会抽烟就让我拿来了。”郝处长问：“你爸在家做什么？”小赖说：“乡里当书记。”郝处长嗯了一声就心安理得地把烟放进了抽屉。小赖想，当初他要不这么撒谎，郝处长决不会很痛快地把烟收下，而且决不会这么重视他。

小赖转身刚要走出郝处长办公室的时候，郝处长从椅子上站了起来，伸手在小赖肩膀上拍了拍，这一点儿小赖是没想到的，那手的分量强劲有力，好像是鼓励、是鞭策，又好像是说，哥们儿好好干吧，没说的。总之，那一拍，差点儿把小赖激动的眼泪拍下来。小赖知道郝处长不会轻易拍一个人的肩膀的，这一拍，皆在不言中。

郝处长的确是对下属很负责的处长，小赖的科员职级不到一年就评上了，比他先来的同志还早半年。小赖的“良友”烟供应一年就有点支持不住了，他在这个城市里吃住要花钱，父母又是老实巴交的农民，他们虽然不向小赖要钱，但小赖知道每年春天买种子的钱他还要往家寄的。郝处长显然不是爱小的人，小赖断绝了“良友”烟，他也并没有怎么样，依然语重心长地拍拍小赖的肩。这时小赖多么希望郝处长多拍拍他的肩，郝处长每一拍，就是对他最大的安慰和信任。郝处长拍肩是另一种手势，和讲话时的手势一样充满着力量和美感，同样是他风度的一次展现。

小赖没想到郝处长正值事业辉煌时期急流勇退了，那是社会上第一次下海浪潮席卷大地的时候，郝处长信誓旦旦地搞起了投机倒把的行当。郝处长就这么下海了，有好长一段时间，小赖觉得后背肩膀空落落地不踏实，他不能没有郝处长那坚实的一拍。

新来的处长比郝处长年轻，是个矮胖子，干起工作雷厉风行。他讲话没有更多的手势，只是两只手放在肚子跟前，不停地轮换着挠手背。开始时，小赖以为这位处长患有什么皮肤病，经过一段时间观察，小赖看见新处长手背白胖细嫩，根本没什么毛病，而且也不见挠动过的手背留下什么疤痕。新处长没有拍过一次小赖的肩膀，但他同样很欣赏小赖。小赖很快适应了新处长的处世方式，工作起来如鱼得水。

这些都是十几年前的事了，现在小赖娶妻生子，在机关打下牢固的根基，虽然迎来送往好几任处长，每一任处长，小赖都不同程度地在他们身上学会了一些处理问题的方式方法，把各种关系搞得八面玲珑，成了十足的机关油子。每遇到问题，他不急不忙，无论办什么事，小赖都要矜持一些，要朋友感到他的分量。

现在小赖早已忘记了郝处长那种手势，他平时大会小会上的发言，也无形中有了自己的手势，当然这种手势不是刻意学来的，而是多年工作养成的习惯，好像没有手势，他就不能很好地表达所要表达的意思，没想过自己的手势是否还有潇洒的成分。

有时工作之余，小赖还要打听一些有关郝处长的消息，听说郝处长这几年除了不倒卖人口、军火和白面儿外，什么都倒腾。小赖还听说郝处长有意要回机关，但机关已不能接收他了，看来郝处长在外面混得很不理想。有几次，小赖接到郝处长给他偷偷打来的电话，托他办一些小事，小赖自然给办了，郝处长毕竟对自己有恩，而且他能为郝处长办事，也感到自己这几年没白挣扎，就感到自己很自豪。小赖想，他好几年没见着郝处长了。

郝处长下海后，仍然住在机关宿舍，有事没事小赖都想不起来去看看郝处长。机关调过几次房，处长们都搬到更新更大的楼里去了，郝处长已无法享受处长的待遇，年底单位再次调房，小赖的房子调到郝处长家的楼上。那天小赖去看房子，下楼时遇上了郝处长，小赖自然要跟郝处长寒暄几句。从气色上看，郝处长已经失去了原有的风度，就像现在街头随处可见的普通人一样，那些人时常用羡慕的眼神看他出入机关大门。小赖亲切地握着郝处长的手，这里面有关怀，有安慰，但他更多地表达的一层意思是：不管你如今处境怎样，你依然是我心中高山仰止的郝处长。

后来小赖觉得没什么话可说了，他们就分手了，小赖转身下楼，郝处长忽然从背后拍了拍他的肩膀：“好好干吧，你很有发展前途！”

小赖不觉有点愣住了，十多年来，还没人拍过他的肩膀。回到家里，他使劲用拳头敲了敲被郝处长拍过的肩膀，觉得很不自在，妻子问他肩膀怎么了，他就又用拳头敲了敲。妻子说："可能着了风寒。"便扯开他的衣领，在他的肩膀上扣上了三个玻璃瓶火罐，晚上睡觉时仍不见好转。妻子躺在床上快要睡着时，小赖翻了个身，后来就听见小赖叹了一口气："我的肩膀怎么能随便说拍就拍呢！"

原载于《作家》2000 年第 11 期

中学校长

一

得到消息这天中午，王文志正在食堂里从众多萝卜块中夹出一块牛肉。牛肉切得四四方方，塞进嘴里，经过牙齿的切割，早已预料的香味就出来了。单位食堂的伙食始终不错，牛肉炖萝卜是常有的菜，而且那牛肉炖得烂，偶尔出现筋头巴脑也有嚼头儿。在几番揣摩康利刚刚发来的这条短信之后，工文志的味蕾关闭了，再往嘴里塞进什么东西，都食之不知其味。

嘴片子吧唧吧唧的响声压不下食堂乱哄哄的吵嚷。没人注意到王文志的变化，更没人知道王文志味蕾发生了关闭。坐在身边的女教师还笑盈盈地夸奖王文志身上的西装。西装是藏蓝色的，与他平日穿夹克衫时那种随随便便的样子有些不同——精神！老婆对今天的事似乎早有先见之明，说："你务必把西装穿上，说不定这西服能改变你身上的风水，招来喜气儿，喜气儿上来了，你就会所向披靡。"

再次看着短信，嘴里的饭菜不仅食之不知其味，而且是反复在嘴里转悠，怎么也咽不下去。平时他神情紧张，过分激动，嗓子眼儿立马也跟着紧缩。

今天与以往不同，是预期的喜讯让他的胃口突然发生了变化。

王文志压制住心中的兴奋，不声不响地离开了食堂，踌躇满志地来到操场，背起手，沐浴着户外明媚的阳光，想尽快平复一下起伏不定的心绪。没什么值得大惊小怪的，一切都会很快恢复常态，以后他还要在这种常态下继续工作。有两个青年女教师来到他跟前，讳莫如深地冲他莞尔一笑，又意味深长地同声问好。王文志也以同样的口吻回敬了她们。

从现在起，他必须对自己的身份有个重新认定和转换，如果真的成为五六十名教职员工和一千多名学生的实验中学一把手校长，他必须对未来有一个重新的规划和设想，天降大任于斯人也，任重而道远啊。

算起来，王文志当副校长已整整八年，这八年他每天安排教学，处理学生纠纷，到各个教室听老师讲课，检查教案，总是平平淡淡碌碌无为。除了以前的老校长，这八年他经历了张王李赵四任校长，每任校长个个性格不同，禀赋迥然，可他们都有一个共同的特点——对当官有着天然的悟性。这让王文志慨叹多年之后，得出的结论是——望尘莫及。王文志是上世纪一九八五年数学专业大本毕业生，在教学上奋斗了三十年，业务炉火纯青，桃李满天下。康利就是他二十几年前教过的学生，如今在区教育局当人事科科长，时常下来检查工作，虽然是上级领导，见到王文志还是毕恭毕敬，一点儿官架子都不敢用。正因为在教学中的一点儿成绩，加上在教师中的一点儿威望，王文志八年前被提拔为主管教学的副校长。

当上了副校长的王文志没有放弃教学工作，曾担任两个班的数学老师，脑子似乎还没从老师的身份上解脱出来。可是不久他发现，副校长的荣光和所见过的世面，是一个普通老师一辈子都想象不到的。

王文志在副校长这个宝座上坐出瘾，他想象不出，自己不当官会是什么样子？当然这个位置，他不会满足的，人往高处走，水往低处流，有了副的，他还想正的，有了正的，还要想头顶上那个台阶的事。这么多年，他一直为实现这个目标挥汗如雨地任劳任怨干着，不辞辛苦。按理说，一个学校远离官场，没必要为一官半职耗费心思。可社会上官场思维无处不在，他不能假装清高。

二

人靠衣服马靠鞍，穿了一身崭新藏蓝色西装的王文志，像换了一个人，从里到外都透露着如空气一样的清新。对于副校长这个工作，他早已烂熟于心，从容应对，如果改变，他还不适应呢。王文志挺了挺弯曲的后背，想起这所学校曾有过的辉煌，不禁感慨万端起来。二十年前，他教过的班级，曾创造过整班搬入重点高中的纪录，那时实验中学红火啊，家长走门挖洞打破脑袋也要把孩子送进来，学校一时人满为患，每个班级学生多达七十人。那时王文志只是个普通老师，他教出的数学成绩，在全区排名第一，脸上有光不说，走到哪儿都被人围得里三层外三层，他是那样地意气风发啊，给他一个教育局局长，他也未必肯干。好几次他进饭店，刚坐下，就有人上来打招呼，王文志回应着，却想不起此人是何方神仙，在什么地方见过。吃过饭，前去结账，服务员告诉他，账早就被人结完了。王文志很不好意思，一个劲儿埋怨服务员没有帮他把好这个人情关。

这样的好景不长，随着老校长退休，学校教学质量每况愈下，像老太太过年——一年不如一年。一所学校想干好不容易，要是滑下来，就像过山车，一出溜就下来了。区教育局领导看着直着急，想阻止下滑，任命王文志担任教学主任。但冰冻三尺非一日之寒，下滑趋势还在蔓延，等王文志被提拔为副校长之时，实验中学已经淡出了领导的视线，彻头彻尾地成了锻炼各类校长的实验基地。

给王文志印象比较深刻的是，老校长退休头一个月，区教育局派来一名新校长，姓张，张校长在老校长完全退下去之后，开始在校园里栽花植树，把学校周围犄角旮旯都栽上了花花草草，操场中央还开拓出一个大花坛，花坛为立体结构，用不同颜色的花草摆布成一行楷体字：今日我以校为荣，明天校以我为荣。整个操场光彩照人，参观的人马络绎不绝，张校长由此调入更为重要的中学担任校长去了。

不久王校长来了，王校长不喜欢花花草草，更主要的是，张校长一走，那些花草开始衰败，有几个淘学生在操场戏闹，把立体花坛上的花盆碰掉，花土散落一地。王校长第一项工程便是雇人把那些花花草草全部清除，将露土的地方铺上地砖。这项工程说大不大，说小也不小，操场堆放的一摞摞地砖，挤对得学生上课间操只能圈在教室里。学校虽然乱腾了一阵，可地砖铺好后，校容校貌的确比从前大有改观，操场面积也好像一下子扩大了好几倍。学校就是学校，不是园林，学校操场就是供学生课间活动的地方。还原操场本来面目，不但及时，而且大有必要。王校长干了一年，不明原因地调走了，也许他看出，再这样干下去，也没什么前途，不如趁早远走高飞。

李校长到任时，正值初秋，过了秋天就是冬天，这常识谁都知道。冬天最大的问题是采暖，为了让全校师生度过一个没有寒冷的、充满祥和气氛的冬天，李校长决定对暖气进行大规模的改造，将老式粗大铸铁暖气片，改换成铝合金，这样不仅节省能源，还可以大大提高室内温度。李校长做事有章有法，有条不紊，既要进行有效的施工，又不能影响学生的正常上课，为此，学校利用农历八月十五和十一长假，将暖气片全部更换完毕。也许是施工进度过快难以保证质量，这年冬天，教室平均气温反倒比往年低了两度，害得老师们时常身披棉衣在办公室里走来走去，嘴里念念有词：“这到底是怎么回事，怎么回事呀？”面对那些爱嚼舌头的老师，李校长派王文志出面解释，王文志也不好推脱，硬着头皮来到老师们中间说：“今年冬天比往年气温低，室内温度自然要低。”但不管怎么说，老师们总是站在自己的角度看事情，想问题，李校长顶不住压力，在一个并不风高夜黑的晚上，辗转反侧，第二天做出重大决定，自己调离该校，大有走自己的路，让别人去说吧的凛然。

赵校长来时，先是安定人心，稳定教师队伍，他整天背着手，板着脸，专扒各教室门缝、门玻璃，看学生的学习状况，看老师台上的仪表，有时会突然闯进教室，当着正在上课的老师的面儿，拎出两个不认真听讲的学生。他是搞体育出身的，对教学一窍不通，又怕别人说他一窍不通，整天给中层领导开会，压制住那些带有轻蔑情绪的小头头，结果是，大家被搞得灰头土脸，谁都不玩活儿了，只看他一个人在众人面前张牙舞爪要大刀。好在春天很快来临，春天有新气象也有新举措，赵校长比李校长更狠，将李校长刚刚安装不到半年的铝合金暖气片全部拆掉，对采暖设施进行全方位升级，并入全市供热网，采取集中供热。学校不仅成为洗官儿的地方，好像也成了洗钱的场所。整个实验中学开始人心涣散，萎靡不振，所有教师似乎都抱着同一种态度，任尔东西南北风，当一天和尚撞一天钟。

对于这次提拔，王文志暗下决心，天降大任于斯人也，必先苦其心志，劳其筋骨，饿其体肤，然后带领全体教师把学校从低谷拉出来，从萧条中拯救出来。他是懂教学的人，他熟悉每位老师的性格秉性，有能力将实验中学带成一个全市一流学校。

三

王文志以为任命文件三五天就能下来。即使三五天没来，十天半个月总该下来。过了十天半个月，王文志那套整天不离身的藏蓝色西装已经挂灰了，出现了吃饭时不小心蹦上去的油点子。赶在星期五下班，他将这套西装送进了干洗店，星期日天黑前取回来，星期一上班时，照常穿在身上。一晃快一个月了，那任命文件还是迟迟没下来。他的心整天忽忽悠悠，七上八下，很想找个机会给康利打个电话，问问这到底是怎么回事。但他这电话始终没法打，不是没有机会打，而是他不想让康利认为自己是个官迷，在学生面前丢这个份子。

一个月在漫长的煎熬中过去了，现在他怎么都觉得，必须鼓足勇气，以最大的决心给康利打去一个电话，不然也太对不起那天吃着牛肉时突然关闭起来的味蕾。就这样，一不做，二不休，一狠心，一跺脚，王文志拿起手机，钻到学校走廊不易见到人的角落，做贼心虚似的拨下康利的电话号码。

康利的手机关机。

王文志皮球一样泄了气，颓然地蹲在墙角里，看手机的屏幕，看刚才拨出去的号码，有一种出师不利的挫败感。慢慢静下心来，等元气逐渐恢复，他才从墙角里慢慢仄身而出。自从上次康利透露了那么一点儿消息，他怎么再就没动静了？是捉弄老师玩儿呢，还是拿老师当猴耍？要是把老师整出病来，出了人命，你康利能负得了责吗？王文志决定接着把电话打下去，狠狠批评一下这个不靠谱的学生。

电话响了三声被对方掐断，掐得王文志脸红一阵白一阵的，想不到自己会遭受如此礼遇，实在是罪有应得。好在不一会儿，康利来了一条短信，语言干净利落：我在开会，有事来短信。王文志盯着短信，整个人好像又摇摇晃晃从灰心丧气中飘浮出来，面露喜色。康利并不是故意给他难堪呢，只是非常时期不便接电话而已。王文志深深地理解了康利，原谅了康利，手一遍遍不停地摩擦着手机，心里琢磨着，这事其实是不适合发短信的，最好的办法是当面去问。既然康利在开会，散会后肯定回办公室，他不妨去一趟区教育局，深入了解一下情况。

事不宜迟，趁热打铁，立即动身。

街上人不少，但各色人等皆面无表情，哪像王文志因怀揣着梦想而心事重重。混迹人群当中，他忽然感觉，这事其实远没那么重要，人怎么都是活着，没必要苦苦挣扎。王文志心情有了稍许的缓解，感到户外的阳光照在他身上，也照进了他心里。坐了两趟公交车，行走了二三百米，到了区教育局门口，停下来，冲着一堆人打听一下，楼里的人的确在开会，而且开了一上午，下午上班接着开。王文志心踏实下了，脸上折射出太阳的光辉，他要安心等下来，等会散了，再拜见康利。王文志不紧不慢地拿出手机，气定神闲地给康利发出一条短信：我在教育局门前等你，安心开会！

四

东瞅瞅，西逛逛，闲得实在无聊，他随手捡起地上一张售房广告，看房屋地点，看价钱，看户型，想着自己也应该换一套新房子了。老婆在家没事就跟他叨咕，谁谁又买房子了，好几百平米的，谁谁又搬家了，带花园的。王文志跟老婆买房子的打算已持续两年，但凡事都要有个轻重缓急，目前最重要的是解决好自己这步职位问题，等职位解决了，当上一把手校长，再考虑房子也不迟。老婆似乎也赞同这种观点，他的职位解决不好，买再好的房子也脸面无光，底气不足，人前人后总是会缺少点什么。所以当务之急，必须解决职务。

看了半天广告，发现自己站在太阳下已经好久，广告纸张的反光刺激得他眼睛生疼。王文志抬起头，看见左边柱子跟前有一块阴凉处，不动声色地迈开脚步移了过去，继续看广告。他不怕将这广告看得仔细，看得磨叽，越细越磨叽，耗费的时间越快。旁边有个人影总是在他跟前晃来晃去，王文志没心思搭理，那人影就定在他跟前不动了，王文志警惕地抬起头，看见眼前立着一个五十多岁的女人。女人问："你也是来上访？"王文志皱起眉头问："你怎么知道？"女人见王文志接了话，饶有兴趣地打开话匣子说："站在这里的人都是上访的。"王文志转头朝四周看了看，见身边站了十多个人，还真就像上访的。那女人问："你有啥冤？"王文志没作答。那女人瞥了一眼他手中的售房广告说："买房子被骗了？这得去政府那边告。"王文志躲开那女人，重新站在阳光里，想着自己一不小心，落在了上访人堆里，实在是晦气。

康利从楼里跑出来，正四下张望，王文志赶紧迎上去问："会散了？"

康利局促了两秒钟，匆忙说："还没呢。"

王文志问："没散你怎么出来了？"

康利说："我怎么能让老师在门外等着。"

王文志说："你赶快回去，等散会了，再出来接我。"

康利说："没关系，快散了。"

康利领王文志进了他的办公室。

办公室不大，只摆了一张办公桌，桌面整齐地放着文件和几本书，虽然看上去普通，但桌面总透露出一种权力的庄重和威严，王文志无形中感到了压力，有些透不过气来。康利让王文志坐在黑皮长沙发上，王文志应着，屁股坐下来，心却悬在了半空。康利拿出水杯，倒上茶水，王文志伸手扶住康利的手腕，不让他忙，说："说几句话就走。"

康利说："您来一趟不容易，怎么能急着走，晚上我请老师吃饭。"

王文志说："那，大可不必，大可不必！"

康利说："老师的事，现在还没消息啊！"

王文志心说：这正是我要问你的。但话溜达到嘴边却改了口，说："不急不急。"

王文志发现自己在学生面前显得无比的谦卑起来，有点低三下四了，这样可不行，他必须拿出老师的脸面和样子，稍稍调整了心绪，稳住心神，王文志便生拉硬扯地问："你成家了吗？"

康利说："还没呢。"

王文志问："有女朋友吗？"

康利说："还没呢。"

王文志说："抓紧时间处一个，差不多就行，千万不要挑三拣四的。"

康利说："我不挑。"

王文志想起，康利初三出现过一次早恋，那是一个连虫子都在谈情说爱的季节，王文志发现当天，就把康利批评得屁滚尿流，还找了家长。他不知道康利现在是不是还记得，还记恨自己。想想那事，王文志当时批评得的确有些重了，在那种学习压力下，出现早恋也是正常现象，他要是早预料有今天，完全可以换一种方式挽救这个学生，没必要小题大做，大动肝火，兴师动众。

康利说："看来事情有点麻烦！"

王文志汗毛惊起，问："怎么麻烦？"

康利说："八中有个叫刘强的刘副校长你知道吧？"

王文志当然知道了，那是全区有名的教学尖子，年年当先进，还经常到省外参观学习，交流经验。

王文志问："刘强怎么了？"

康利说："他成为你最强大的竞争对手，而且争得很厉害，好像势在必得，领导只好把这事放一放。"

王文志忽然明白了，浑身的汗毛渐渐萎靡下来，抚平了。他沉吟了片刻，磕磕巴巴地说："还能不能想点别的措施？比方说，你到领导那儿帮我说一说，或者你帮我牵线搭桥，我直接找领导。总之，你看我怎么做比较合适？"

康利说："这些都超出了我能力范围。"

王文志木在了沙发里。

五

刘强到实验中学任职已是两个月之后的事。王文志继续担任他的副校长。召开全校大会宣布人事任命决定那天，所有人都以为王文志不会露面，撂挑子了。可大家想不到的是，王文志像什么事都没发生似的跟在领导屁股后，笑容满面地展示在众人面前。那套多日不见的藏蓝色西装穿在身上，只是又送到干洗店重新洗过一次，不如从前那么扎眼。细心的人很快看出来，王文志脸虽然是笑，却有一种笑里藏刀似的别扭。人们好像从没见过他这种笑法。好在新来的刘强校长跟王文志不熟，以为这就是平时的王文志。会议快结束时，王文志代表实验中学全体教师做表态发言，只见他大步流星走上台，郑重其事从怀里掏出一张纸片，字正腔圆地朗读起来。那张带着数学味儿的嘴片子甩出的一粒唾沫星儿，忽地溅到台下第一排一名女教师鼻梁上，他浑然不觉，依旧朗读得有板有眼，让台下的人忍不住想笑，又找不到笑点在哪儿。

刘校长上任第一件事，就是与八中教师举办一场声势浩大的篮球比赛。他将全校体育老师和身材高大的男老师组织在一起，自己担任队长，集中培训，还给每位运动员买一套运动装，没参加培训的人员也都得到一件运动衫。培训结束后，租了一台大客车，赶赴八中进行比赛。八中是刘校长的老窝儿，这次比赛他有一种衣锦还乡的特殊意义，还有一种荡气回肠的情绪在里面。让实验中学全校教职员工振奋的是，他们与八中进行的二场比赛，每场必赢。八中有篮球比赛的传统，刘校长把这个传统带到实验中学，的确别开生面。这次赢球，全校教职员工都乐不可支忘乎所以，还晕了头，以为实验中学球技势不可挡，张罗向全区任何一家篮球队挑战。刘校长看着那份激昂的人群，高举双臂，无声地将他们压了下去。三场比赛尽管全胜，但并不代表实验中学篮球水平有多高，只是机遇和巧合罢了，在每场比赛最为关键的时刻，八中的队员总是恰到火候地把球误传给刘校长，但刘校长不认为这是误传，八中队员有着多年的比赛经验，刘校长目前属于哪个队，他们不会不知道。这只是明知故犯，给刘校长在实验中学全体教职员工面前制造威信，增长人气，以便于他更好地当这个校长。

刘校长做的第二件事，是对教学楼进行整体装修。学校以前改造暖气，等于头痛医头，脚痛医脚，没有从根本上解决问题。全校教学楼每个窗户都裂缝漏风，暖气再好，也留不住温度，难怪越改造越冷。要想将冬天室内温度提上来，必须把全楼窗户进行更换。更换窗户必将伤及墙皮，墙皮是水泥彩砂石墙，年久失修，有的地方裂了缝，缝隙落入尘土，钻进榆树种子，种子发芽生根，长出了小树苗，在缝里茁壮生长。按照整体规划，墙皮必须全部刨掉，贴上墙砖。面对这项兴师动众的工程，不管王文志因提拔之事与刘校长有多大恩怨，单从在实验中学工作了三十年的资历来说，他不能无动于衷了，必须表达全体教师的心愿，站出来说话，不然，让刘校长这么任意胡为下去，也太有辱于他这个副校长的身份。

装修一事拿到校长办公会议，王文志立刻跳出来，提出反对。

王文志说："这种装修势必影响正常教学工作。"

刘校长愣眉愣眼地看着王文志，他知道王文志经历了张王李赵几任校长，历来是逆来顺受言听计从，这次怎么了？明显是狗眼看人低，没把他看在眼里。刘校长以高度的涵养不想跟王文志一般见识，他说："这事我早就想好了，装修期间，全校师生都搬到八中。"

王文志说："八中有空教室吗？没有教室我们怎么上课？"

刘校长说："这只是暂时困难，克服一下就好了，我已经跟那边商量，我们分上下午上课，八中学生上午上课，我们呢，下午上课。"

王文志说："我坚决反对！"

会议不欢而散。搬迁的风声又飞快地跑出去，教师们更是坚决反对，说我们学校这几年已经被折腾得够呛，别再折腾了。怎么叫折腾？话传到刘校长耳朵里，实在叫他难以忍受，装修一事暂时搁置。但刘校长又是个很任性的人，自己想办的事，眼看办不成，心里总是系着疙瘩，有一天，他抬头看着墙缝里整天飘摇的小榆树，终于不动声色地找人搭上梯子，把那棵小榆树从墙缝里连根拔出。

六

王文志身上那套藏蓝色西装，自从上次宣布刘校长任命大会穿过一次，再也没在众人面前出现过。现在他每天穿着夹克衫，随随便便，又恢复了本来模样。有好长时间，大家好像记不起来王文志穿西装时是个什么样子了。

自从王文志否定了刘校长装修一事，他的胃口变得格外好，中午吃饭总是埋头吃得专心致志，吃得香气袭人，送进嘴里的牛肉块还没嚼几下，紧接着又把两个萝卜块塞进嘴里，狼吞虎咽似的。也就是这天中午，食堂里又疯传一则消息：王文志即将被调走，去八中担任副校长。这事听起来似乎不可思议，其实也在预料之中。

王文志一个人默默来到操场，思绪万千，微风掀起他那件夹克衫，掀起额头上的发丝，乱，思绪也跟着乱得不行。想想马上要离开工作了三十年的学校，有点像远走他乡似的难舍难分。教室里传出学生们的吵闹声，清晰地响在耳边，耳朵也不听话地跟着吵闹起来。以前他好像从没有注意过这种声音，因为这是他工作中的一部分，习以为常了。有一只足球落入脚下，他抬头看看那一群上体育课的男孩子，想把球踢给他们，由于用力不当，那足球并没有按照他指定的目标飞去，害得两个孩子不得不跑出很远去追赶那只足球。王文志想，要不，不去八中当这个副校长了？八中是刘校长的老窝儿，他到那里身单力孤，很可能遭受排挤，如果八中的老师都知道他跟刘校长这种关系，日子会不会更加难熬？果真如此，他还不如留在实验中学，像从前那样，教自己的课，干自己的事，无官一身轻。但这样似乎也不妥，落地的凤凰不如鸡，龙游浅水遭虾戏，虎落平阳被犬欺啊，他最终还是躲不过刘校长这只魔爪。

王文志给康利打去电话，想排解一下苦闷。

康利说："一山不能容二虎，你跟刘校长是竞争对手，在一起很难开展工作，你去八中继续担任副校长，也是权宜之计，这也许更有利于身心健康。"

王文志问："我要是不去呢？"

康利说："这不是闹情绪的事，你去八中，领导肯定会对你的职务问题有所考虑。"

王文志去八中报到的第二天，就听说施工队开进了实验中学。大有事不宜迟紧锣密鼓之势。教学楼四周围上了一圈铁架子，铁架四周又拉上了黑色遮物网，拆窗框和刨墙皮同时进行，叮当当好一阵忙乱，也不见学生们搬入八中。

窗框拆完了，墙皮也刨完了，刘校长又想起拆院墙，修院门，院墙院门要跟新装修的教学楼形成整体配套。当然，改造院墙只是个借口，醉翁之意不在酒，刘校长主要是想改造院门，院门是前几任留下的，他继续走似乎不吉利，必须推翻，按自己的意愿，重新建设一个院门。新院门是新标志，也是新起点，院门变了，路也会改变，全校教职员工会走一条新的路，一条刘校长为他们重新开辟的路。

当然，这些事都是从八中老师嘴里传出来的，刘校长在实验中学那边有什么动静，八中这边很快就知道。八中老师讲起刘校长总是眉飞色舞津津乐道，相反，王文志跟实验中学那边已彻底失去了联系。他没给实验中学任何人打过电话，那边也没人给他打过电话。大家都心知肚明，王文志跟刘校长有矛盾，联系不得。谁都是维护现任领导，不愿跟自己没什么瓜葛的人瞎联系。八中其实没有王文志想得那么糟糕，他们不受刘校长影响，该怎么样就怎么样，王文志小心翼翼地度过了几个月，心说，八中老师挺好的，各个踏实能干，老师之间偶尔发生小摩擦，也只是因为课时费和考勤奖金，别无大碍。八中的生源也比较好，也比较稳定，有老师自己的孩子，也有旁边大学职工子弟，剩下的就是学区内的学生，不像实验中学，学生家长各个有钱，动不动跑到学校跟老师吵架，要挟老师。王文志在八中工作得很舒心，各项工作有序推进，有的数学老师家里有事请假，王文志都要过去帮他们临时代几堂课。因为他身为副校长，上课时学生们都挺守规矩，一个个瞪着黑乎乎圆溜溜的小眼珠子，神情专注认真听讲。这种课也不能常代，有一次，他帮一名刚大学毕业女教师上课，学生一听，就听出与以往的水平差异，非让王文志继续给他们上课不可。那是个重点班级，学生们知道好坏，对老师格外挑剔，不但学生闹，家长也找到学校来了，王文志黏手的学生甩不掉了，搞得那位女教师很被动，无法再在这个班上课，最后不得不由一把手校长出面，调换老师，安慰学生和家长。家长也理解学校，王文志毕竟是副校长，还有副校长的工作，不能像普通老师那样全身心地投入到教学里。

总之，王文志已完全融入了八中，至于职务上的事，他也不想过多地考虑，至少目前还不是考虑这事的时候。

七

实验中学装修赶在暑假开学之前全部完工。校舍校貌焕然一新，变化是翻天覆地的，就拿院门来说，方圆十公里之内，没有哪个单位能像实验中学这么气派。就在这无比喜庆的日子里，实验中学上空飘来一抹不祥的浮云，刘校长忽然被免职了。据可靠消息透露，刘校长搞的工程预算与实际施工开支相差甚远，区里派来审计组对工程进行进一步审计，一笔一笔对账。刘校长摊上了大麻烦，他还想满怀豪情壮志凌云地大干一场呢，这下却完蛋了，搞不好，恐怕有地方去了。

康利说："这都不是最主要的，主要是区领导看不上刘校长，想当初领导让刘校长到实验中学，就有点勉强，想不到刘校长到了实验中学不但不夹着尾巴做人，还高调起来。"

康利说："这都不是主要的，主要是有人掌握了内部情况，对刘校长进行了实名举报，一查一个准儿。"

王文志问："那个举报人你知道吗？"

康利说："这已经超出了我工作范围，不好打听。"

王文志临危受命，重新返回实验中学主持工作。情况已经摆到这儿了，如同劫后余生的王文志这次总算看到了新希望，当一把校长的可能性近在咫尺。

学校已人是物非了，王文志第一次走进实验中学大门，若不是有几个熟悉的面孔陪伴，他还以为自己走进哪个陌生单位。崭新的墙砖让教学楼变得富丽堂皇，高大的院墙和高矗的院门显示着这个学校有着某种凌驾于一切之上的傲慢。王文志心情复杂地背着手站在操场中央，觉得自己正处在前所未有的尴尬，所有教职员工都以为他离开了实验中学，再也回不来了，先前的冷漠很难让人一下子变得热情，但他们要是继续冷漠又不合时宜。如果他主持了一段工作很快扶正，也许情况会大有改观，那些热情的人总会热情起来，不懂热情的人，你就是整天挠他们的胳肢窝，他们也热情不起来。人总是千差万别，不可千篇一律。

但何时能提拔，被重用，又是绕在他头顶的一块心病。

有一件事似乎比这更让他头疼。新学期刚开学，学校少招收了两个班级，生源不足是个严重的问题，实验中学今非昔比，现在不管什么样的学生，只要能把他们拉进校门，就是最大的胜利。择校费早已取消，这笔钱也不能再挣了，只要招来学生，不愁在他们身上挣不到钱。其实少招收两个班也不必大惊小怪，学生高峰期已经过去，两年前这种苗头已经显现出来，只是情况比他们预期的提前了。

学校不再像往年惯例给每个教师下达招生指标，生源是有限的，没有学生，挖地三尺也不能从地缝里拎出一个学生来。作为主持工作的王文志，也不想过多地难为老师。

本来好不容易凑齐了六个班级，开学不到两个月，学生们又被外校挖走了两个班级的人数，有的教师开始闲置，没课可教，很是难受。人有时候真是发贱，以前教学任务那么紧张，总有人请假泡病号，不是腰酸就是屁股疼，不给假还不高兴，现在没有多少课可上，竟然没有人张罗请假回家，还争先恐后抢着去上课。

下了两场雨，又下了两场雪，冬天也就到了。有暖气的冬天，身体是暖意的，舒服的，也出现了与以往季节不同的脂肪。有些发福发胖的王文志这天按部就班布置完工作，准备下到班里听几堂老师讲课，正要起身离开，办公桌上电话响了，王文志停顿了一会儿，觉得这电话响得有些奇怪，好像有什么事情要发生。能有什么事呢？王文志接起电话，是康利的声音。康利说："告诉您一个重大消息，区领导刚刚开完班子会，实验中学随着形势的发展，已不适合继续生存下去了，马上并入八中！也就是说……喂喂，你听见我说话了吗？"

王文志怎么也无法缓过神来，有一种悲凉的气息从心底里渐渐涌起，在周身弥漫开来，整个办公室都暗无天日了。不知过了多久，他静下心，悄悄坐回原来的座位上，拿起电话给康利回拨过去，回答是："实验中学的教学楼已转让给一个房地产商，那里即将被夷为一片平地，成为一个大型超市的停车场。”

八

实验中学的撤销，让他的扶正想法变成了泡影。皮之不存，毛将焉附？王文志很想在学校与老师们留几张合影。但实验中学已不是原来的样子，合影也没有多大意思，像身在异乡，找不到归属感。

没下班呢，王文志一个人跑到学校旁边的小酒馆，临窗坐下，点了一盘油炸花生米和一盘拍黄瓜，看着窗外川流不息的学生和老师，心像掉进了酸菜缸。他端起酒杯，擎到嘴边，然后狠狠喝一口。酒是小烧，六十度，一溜烟儿地划过食道，有劲儿，又解恨，他不知道在恨谁，也许是恨自己。筷子已经不习惯用了，他喜欢拿手指捏向一粒花生，捻掉皮，塞到嘴里，牙一嚼，香味就出来了，满嘴在这香味中，还有一种再喝一口酒的欲望，于是又端起杯，狠狠地闷一口，照例是有劲，解恨。面前的人影儿开始模糊不清，重影儿叠叠，酒劲上来了，很好，他就需要这种感觉。天，扯下了黑幕，盖住了窗口，屋里亮起了灯，灯影也层层重叠，一圈一圈环套在一起，王文志看到自己的脸出现在玻璃上，古怪又难看。邻桌的客人眼看着来了，不知吃到什么时候，已经走了。现在酒馆里只有他一个客人，闲下来的服务员扎起堆来，说着无关紧要的话题，偶尔转过头，偷偷向他这边瞥上两眼，好像在问，什么时候喝完呐？他就冲那堆服务员喊：“拿酒！”有一个胖姑娘脚底像安了弹簧，腾地跳了起来，跑走。酒没拿来，老板却过来了，拉了一下椅子，坐在他跟前，手指一下一下拽起鼻毛，说：“谁都有心情不好的时候，心情不好喝点酒人之常情，昨天有一个小子也是，老婆被人家拐跑了，他还不知道，给老婆又买钻戒，又买鲜花，准备给她一个意外惊喜，谁知这天他老婆电话始终关机。到了晚上，他老婆电话开机了，却告诉他，她跟别人跑了，让他自行其便，你说现在这人怎么了？就是一个闹啊！看你这岁数，你老婆不至于被人拐跑了，当然现在人都喜欢老牛吃嫩草，讨小老婆，以前是为了生二胎，现在呢，也不全是，玩儿格调，二房嘛——小三儿，现在几大傻里有一条，养个小三生个娃，闹心啊，好事都让你占了，该有闹心的时候了。”

王文志真想拿起酒瓶子砸在老板的头上，他的手动了动，想象着这酒瓶子落在他脑袋上了，碎玻璃碴儿四溅，鲜血汩汩从老板脑瓜皮里流出来，模糊了他的双眼，血还不停地往下流，湿了脖颈，湿透了衣领，真叫个痛快。

王文志的手轻轻松开酒瓶子，他的酒喝得还不算多，没丧失理智，他鄙视的眼神一定让老板感到浑身发毛了。老板不拽鼻毛了，手里攥块抹布在桌上擦来擦去，说：“现在这人真是怪啊，我这里经常遇到这样一种人，白天到重庆路那边乞讨，晚上换上一身衣服，跑到我这里大吃大喝，那酒喝得实在腻人，从天黑一直能喝到半夜，当然我说的不是你啊，从你的眼神和脸上的表情，我看出你绝不是那种人。人不可貌相，海水不可斗量，有的人看上去文文明明，还像个老师呢，可一肚子男盗女娼，全是坏水。别多心，我说的不是你，你看着的确像个老师，你是这个学校的老师吗？不是，这个学校的老师从不到我这里喝酒，我这里总是来……你以为我说我们这里总来不三不四的人？我可没这么说啊……”

王文志一跃而起，拍着桌子大吼：“我是校长！”

老板终于拽下一根鼻毛，放在眼前看了看，手指反复捻着，嘿嘿笑了，说：“你可别逗我了，校长哪能光顾我的小店？再说了，校长总得有一帮女老师前呼后拥陪着，那场面，那场面大着呢，真叫人眼馋死了……昨天公安局的人找过我，让我看一张照片，说城北有一个人假扮老师，把一个女学生奸杀了，公安局正秘密搜集线索，见到可疑的人，立即汇报。”

王文志放下酒杯说：“结账！多少钱？”

老板抠了一下鼻孔说：“你别急，慢慢喝，我的话还没跟你唠完。”

王文志掏出钱包说：“结账！”

老板说：“你慌什么，再坐五分钟，就五分钟，现在才半夜十二点，急什么？”

王文志说：“你是不是拿我当成逃犯了，难道在你这儿喝酒喝到十二点的人都是老婆被拐、要饭花子、逃犯？”

老板又开始拽着鼻毛说：“我可没这么说，不过你真不能走，你一走，一会儿公安局的人来了，以为我谎报案情。”

王文志霍地跳起来，是的，跳起来。

老板一把抓住他的衣袖说：“别动，刚才我怎么看，你怎么跟照片里的人一样。现在看你，怎么又不像了呢！你真的不能走，你一走，我成了谎报案情的人了，你必须配合，跟他们解释清楚，对我也是个交代！我相信你不是罪犯，现在我怎么看，怎么不像，一会儿到了公安局，你可以找个证人，把你领出来。我肯定是认错人了，我不能让公安局的人认为我谎报案情，你有老婆吗，我现在给你老婆打个电话，帮你联系一下。”

王文志低头看看老板死不放松的手，不想与他撕扯，那样他真就被人误解成急于想逃走的犯罪嫌疑人了！实验中学离这儿太近，这事要是传出去，笑话可就传大了，他想起了老婆，拿着电话左翻右找，怎么也找不到老婆的电话。他有很多日子里不跟老婆通话了。时间一分一秒地过去，老板拽着他的衣袖怎么也不肯撒手，后厨大师傅戴着一顶高高的大白帽，身穿白上衣，手持两把菜刀已堵在门口，这叫咋回事呢？刚才还在扎堆的服务员早就作鸟兽散，那个胖服务员站在吧台里，哆哆嗦嗦还在不停拨动电话号码。警车灯随时会在门前亮起。他在电话里突然翻出了康利的手机号码。

康利有些情绪不好地说："到八中，明明是让你当一把手，你怎么还不明白？"

原载《鸭绿江》2015年第10期

机关书法

一

李丽娜接到那幅湿乎乎的“天道酬勤”，恨不得花处长立马嘎嘣一下死了，即使不死，瘫了也好，他倒在床上再也握不住那杆秃毛笔，给人“天道酬勤”了，然后这幅字很快在市场上一路飙升，她也能卖出个好价钱。可这么多年，花处长就是不死，也许在外面总是获奖，心情好，活得劲儿劲儿的，比谁都健康。

这幅“天道酬勤”是在一个星期五的午后，神经兮兮地出现在李丽娜办公桌上。当时，它装在单位常用的大信封里，特意露出一指宽的宣纸毛边儿，李丽娜从信封里抽出叠得中规中矩的宣纸，抽到一半儿，又塞了回去。她无需将这幅字全抖落开，也知道出自花处长之手。李丽娜随手打开抽屉，将字塞了进去，心虚地往办公室四周瞥了两眼，看是否有多余的目光窥视过来，没有。王爽正趴在办公桌上，还没有从午睡中苏醒，哈喇子从嘴角流出好长，堆积在桌面，如一摊清屎，根本不可能顾及她这边的事情。赵小红倒是没睡，她神情专注地嗑着瓜子，看手机上的泡沫剧。她离李丽娜比较远，在办公室最偏远的旮旯里。人在旮旯里待得时间久了，也就会边缘化，没有人注意她，她也自然不关心别人的事。

机关里写字好的人很多，能把字写到艺术层面上，就凤毛麟角了，假使那字又能卖钱，当属花处长。花处长在省书协还有个响当当的头衔，副主席，这头衔就像挂在脖子上的钱袋子，能给他带来真金白银，能招来徐娘半老的美女蝴蝶一样绕着他纷飞。有了这个头衔，他的字就论尺算价，每平尺怎么也得几千，甚至上万，因市场行情而定。花处长出了机关，就是社会名流，手便紧起来，给不到相应的价钱，他不会轻易给人家写字。字写多了，也就烂了，他死后，价格肯定很难上来。花处长不只是写字，他还想着生前死后的事。虽然手紧，但该出手时还是要出手的，看他那挥挥洒洒的劲头，谁都看不出花处长也很拿自己不当回事，特别是有头有脸的领导出现，上千上亿老板光顾，花处长就像打了鸡血，吸了大烟，亢奋无比，甩开他那支秃毛笔，立马投入到一派忘我境地，身子不由自主跟着桌上的字一顿一顿的。

李丽娜从没张口要过花处长的字，他的字一旦跟金钱挂上钩，她便免张尊口。这样一来，花处长在她面前就是一个脚踏实地，能说会干的老处长，她好像压根儿没想起他是个省书协副主席，用秃毛笔往纸上那么一“划拉”，就能变成衣钵满满声名显赫的人物。

花处长很懂得公私分明，在他的办公桌上，从来不见一支毛笔，也不见一张用来写字的纸张，他的办公桌上总是干净利落——除了文件、装订成册的法规条文，再就是用来签字的炭素笔。花处长干的工作，好像跟他追求的艺术搭不上边儿。可下了班，回到家里，他会变成另一副模样。据到过他家串过门的人说，花处长家三室房子里有一间屋子当作单独书房，书房中间，摆放着一张能躺下两条大汉睡觉的大案板，花处长每天晚上穿着睡衣，夏天干脆光着膀子，穿着一条大花裤衩，披了一头散发，在那大书案上一写就是两三个钟头，然后一个人坐在书房里抽烟、发呆，突然起身，一把抓起案板上刚刚写好的字，七扯八扯撕个稀巴烂，拧成一团，摔进纸篓。

自从李丽娜来到花处长手下，花处长就许诺送给她一幅字，一幅大大方方宽宽敞敞的字。那时，李丽娜的生活好像忽然有了盼头，既想尽快得到那字，又怕得到那字，得到字无疑是拿了人家的钱，就有点手短了，关系肯定不像从前。李丽娜发现花处长不但姓花，人也有点色，男人色不足为奇，可花处长身体里的力必多肯定要超出正常值，只有超出正常值，他的工作才干得比常人出色，才干出业绩，才在工作之余以旺盛的精力从事他的书法艺术，这是优秀男人特有的品质。花处长的色，总表现在嘴上，有点太显山露水，这不免让人感觉他有些轻浮，不像是在机关混了多年久经历练的老处长。他的嘴也不是说什么脏话，而是特别干净，只是见了女同事话就多，且多半是废话，若不是女同事生硬摆脱远离，说不定花处长嘴里的唾沫星子会一泻千里。

花处长没有意识到不受控制的嘴对自己有多大害处，不管他的工作干得多么出色，多么有成绩，这些年始终得不到重用和提拔，所以，他把剩下过多的力必多全部投入到书法艺术，顺理成章。

李丽娜不怕花处长的色，他的色是他的短处，也是他的长处。有好几次，她发现正是花处长那色眯眯的小眼睛，撩拨起她兴奋的神经，她也像整天打了鸡血，吃了兴奋剂，有事没事就往花处长办公室跑，离开时，背对着花处长，故意将脚下长短有度的高跟鞋踩出一个个笃定之声。花处长肯定被她迷得受不了了，不能自拔，颠三倒四，又不知如何处置应对，李丽娜眨眼间就飘然而去，没留下任何让他施展才能的机会。如此一来，李丽娜工作上的顺风顺水理所当然，即使有消极怠工的小毛病，也被花处长忽略不计，花处长甚至会不辞辛苦亲手代劳。李丽娜成了花处长身边不可替代的红人，让同屋的王爽、赵小红妒忌了那么一阵儿，又无可奈何。

李丽娜老公程林在北京常年做汽车销售，一年也回不来两次，她出现这样那样的想法情有可原，也在情理之中。她与程林结婚一直没要孩子，跟单位里单身女人没什么区别，甚至比单身女人多了一层保护伞，这一点儿花处长心知肚明，只是他不知道如何体面地在李丽娜身上打开缺口，让她昏倒在他烈火中烧的怀抱。有那么一段时间，花处长愚蠢地自掏腰包，召集处室的人员聚会吃饭。每次吃饭，花处长都要喝酒，喝得他摸着楼梯扶手才能走出酒店。花处长很享受这样的感觉，他就像是这伙人中的皇帝，被人拥着，抬举着，吹捧着，虽然言不由衷，但还是让他陶陶然。他还会借着酒劲儿给每个人指点江山，表现出诸多真知灼见，且语出不凡。这样的机会，李丽娜不能溜边儿，她会恰到好处地挽起花处长的胳膊，提醒花处长脚下每一个台阶，这一提醒，花处长脚下反倒踩不实了，身子有些飘，直往李丽娜这边撞，看似无意，其实每一次撞击都充满了蛊惑和蓄意而为。花处长心里一点儿也不糊涂，而且满是小伎俩和小聪明，他用他那常握秃笔的大手，紧紧箍住李丽娜的纤细无骨的小手，以防俩人随时在台阶上摔倒。李丽娜很会顺势而为，反倒把花处长粗大的硬手握得更牢更紧，两个人的手心与手心无缝连接了。她比谁都清楚，自己决不能在这个时候给花处长泼去冷水，浇去他心中烈烈燃烧的火焰。花处长的手心开始出汗，湿涔涔，在她的手心生满了蛆，胡乱地滚，实在受不了，就喊王爽，喊赵小红，让两位一左一右扶住花处长，说自己要去卫生间方便一下，算是脱身了。

走到酒店门口，大家欲作鸟兽散，各自叫出租车，花处长要送李丽娜，李丽娜哪能给他这样的机会，这是原则，也是底线，不能动摇。她拽起王爽或赵小红，像什么都没听见似的上了出租车，留下在寒风中孤苦伶仃的花处长。

二

十一长假，花处长要在北京搞一次个人书法展览，这是他半年前策划好的事情。在这之前，李丽娜从来没听说花处长有这样的举动。花处长在半年时间的酝酿中，将此事做得天衣无缝滴水不漏，保密意识何等了得？这回，花处长告诉全处的同事，能抽出时间去的，尽量去，往返飞机票、住宿吃饭全都由他个人承担，大家去了，也是给他撑个面子。这样的面子，谁都不会不给，况且是白吃白住，也算假期里的一次旅游。王爽和赵小红格外兴奋，花处长的话音刚落，两人马上举手报名，大家虽不懂书法，但热情高涨。李丽娜也参与到了报名的喊叫声中，这一喊，办公室里不免有些乱套，花处长乐不可支，告诉大家把身份证号码统一写在一张纸上，他要提前订机票。

事情就这么定了下来。

其实这次出行，李丽娜另有自己的小九九，她可借此跟老公程林见上一面，让程林陪她在北京转上几天，至于参不参与书法展览，临时再定。但又一想，为了对得起花处长那两张机票，她怎么着也得参加开幕式，等看过领导剪彩，给予应有的足够掌声后，再悄悄跟王爽或赵小红打个招呼，离开。

一切都按部就班进行。

处室人员的机票订在了“十一”的前一天，因为放假前，单位的工作基本松懈，已经没什么事可做，也没心做事，一切都推到了节后，他们莫不如抓紧时间，赶到展览会现场，处理一些应急的事情。

四个人登机牌是挨着的，登机前花处长选择了靠窗的座位，剩下三个座位可不分你我随便坐了。李丽娜责无旁贷地坐在了紧靠花处长身边那个座位，她心里明白，这是王爽和赵小红跟她耍的小心眼儿，她俩表面抬举她，实际上是为了避免与花处长肌肤碰撞。李丽娜心安理得地坐在那里，跟花处长说着一些无关痛痒的话，就有了很长一段时间沉默。沉默中，花处长漫不经心地抬起手指，在空中有意无意地比划起来，练上了书法。练着练着好像想起了什么事，又有话要说了，他嘴巴紧贴李丽娜的耳朵，喷出一股强劲有力的气流，李丽娜耳孔开始痒痒了，又不好躲闪，任凭气流携带着诸多杂菌的唾沫星子长驱直入。别以为花处长跟她谈什么艺术，花处长从来不跟手下的人谈工作之外的事情。他谈最近他对工作的打算和设想，谈他现在亟须在处室里培养一个助手，也就是副处长。花处长的话娓娓道来，步步推进，然后停顿一下，好像有意吊起她的胃口，又没话了。李丽娜眼里长时间发起了亮光，经久不息。要知道，哪个在机关工作的人不想在升迁这条路上飞黄腾达呢，即便你没有野心，没有太多的欲望，但一辈子总不能在那一张桌子上蜗牛一样原地不动吧？李丽娜深谙此理，又泰然处之，此时不免惶惶然了。这时，空姐分发饮料的车到了跟前，花处长的嘴离开她的耳朵，李丽娜迫不及待地伸出小手指，抠向耳孔，搅动几下，耳孔里真就灌满了水分，在快速的搅动中哗啦啦作响。李丽娜就想，如果今天王爽或赵小红坐在她这个位置，花处长会不会也道出这番心思呢？凭李丽娜的知觉，这种可能性不大。

飞机降落时，接站的主办方显然跟花处长早已相识，他们在一起有说有笑说个没完笑个没完，她们三位女性默不作声地当起了旁观者和倾听者，无形中被冷落了。上了一辆面包车，李丽娜想的是应不应该给老公程林打个电话。当然，她的想法只是一闪而过，她没必要在这狭小的空间说自己的事。车走走停停，不知开出了多远。王爽和赵小红俩人谁都没问起程林，这很不正常，她俩是那种最爱把自己老公和别人老公挂在嘴边随意咀嚼的人。

宾馆房间早就提前安排好了，一个人一个普间。李丽娜打开房门，拖着拉杆箱走进去，打量一眼，还算称心如意。第一件事要做的，是打开窗户，拉上窗帘，脱掉外衣，从箱子里扯出睡衣，穿上，到卫生间打开热水，扯下钢管上的毛巾，打上浴液，将浴盆刷洗一遍。做完这些，也不急着冲澡，她要走出卫生间，拿起座机，给程林拨电话，告诉他，她正在同他一起呼吸着同一城市的空气，吃同样的水，冲同样水的热水澡。电话接通了，程林气喘吁吁，好像正在进行着无法停止的马拉松，他不耐烦地喂喂，努力放平喘息，又喂喂了两声，愤怒地按掉电话。

也许程林身边还有一个陪跑者？刚才这个电话，无疑打乱了他们奔跑的步伐。李丽娜掂量着还用不用继续拨程林的电话时，竟不知不觉走进了卫生间。她打开水龙头，一股喷枪似的水柱，发泄般冲向了浴盆。

后来，她再次拨出了程林的手机号码。

"是我。"

"我现在很忙，正在跟客人签单，晚上还要吃饭，明天我去看你。"他说话的口气，像是撞上了一个想急于摆脱的难缠客户。

"好吧，明天再见。"

不知怎么放下了电话。李丽娜脱下睡衣，走进卫生间，想把自己痛痛快快冲洗一通。

房门铃意外响起，她抱住自己，原地不动。

房门铃又响了，她关掉水龙头。

"谁？"

"是我！"花处长的声音。

李丽娜松懈下来，嗓音柔和地问："有什么事吗，花处长？"

“不方便开门吗？没什么事，你准备一下，尽快下楼，跟我去机场接王局长，我在一楼大堂等你，尽快啊！”

房间里的气温要比卫生间冷三四摄氏度，像有凉风吹拂在她的身上，她马上收紧肩膀，感觉身上的水珠霎时凝固了。快速擦起身子，准备穿衣服，一件一件地穿，从里到外，不断地添加，那些衣服一层层包裹起她隐蔽的身体，无比得体。长时间在机关工作，李丽娜知道这世界不是你一个人的，你不能因为自己的事情耽搁别人太多的时间，你必须尽快穿好衣服，梳理头发。但不管怎么快，衣服也得一件一件地穿，手头的事还得有条不紊地做，慌张不得，急不得，不然露出慌乱的马脚，引出外人的窃笑，那脸面可就丢尽了。李丽娜绝不允许自己的身体某个角落生出是非，尽管急，必要的时间还是要花费的。衣服穿戴整齐了，她又到卫生间冲着那张大镜子照了照，重新整理衣领，抻抻前襟，确保万无一失，再转身照身后，后腰直挺挺，衣服也笔直，在腰部明显地凹陷下去一块，又在臀部凸起，翘翘的，很吸引人，也很甜乎人。但这个部位最容易露怯的，稍微整理不好，里面的内容就呈现出来，最要命的是翘臀上的衣物不能扭歪，不能出褶，扭歪了，出褶了，就会在紧绷绷的外裤上透露出来，所以她必须重新解开裤带，将两只手伸到翘臀上，摸摸里面每一层衣物是否有不当之处，是否很理顺地包裹住她的臀部。好了，她的双手从翘臀上抽离出来，对着镜子系好裤带，拿起梳子梳头，梳头的工夫，她的注意力并没有留意她姣好的发质上，她的发质无可挑剔，尽管头顶百汇穴有三根白发，也早就剪掉了。上个星期天，她还将满头黑发染成棕色，不易被人察觉的颜色，那颜色只会在太阳光下才能分辨出来。李丽娜现在全部心思都停留在自己的一张脸上，经过热气腾腾的沐浴过的脸，白里透红，红中生艳，鲜嫩无比，像正在盛开的桃花，让自己百看不厌。她冲着镜子抿了一下嘴唇，张开，这时外面的门又被敲响，还是耽搁时间了，让花处长等不及了。李丽娜应声走出卫生间，还在确认自己的判断，多余地问了一句："谁呀？"

"收拾完了吗？"

果然是花处长。花处长的声音不紧不慢，但他肯定是心急火燎，又以足够的涵养控制住自己。

"马上完事。"

李丽娜不知怎么嘴里就随便溜达出这么一句。其实，这也不算什么随便，每当她遇到忙乱的催促，总是这么习惯性地回答。

"我们马上去机场，时间快到了。"

再不开门，就不礼貌了，你是何人，让花处长反复敲门催促，李丽娜反正收拾妥当，她随手打开房门，然后回身取包包。

可是，她的身子还没转过去，一双臂膀张开在了门口，那臂膀张得太大，完全堵住了门口，李丽娜想重新关门，已经来不及了，那双臂膀收拢了一下，伸进了门框，横在她的跟前，向她的身体围拢过来。事出突然，李丽娜本能地架起了胳膊，抵挡住那双臂的合拢。也许那双臂并没急于合拢，她很快挣脱了。

花处长跟进了房间。

李丽娜的忤色和花处长的笑逐颜开形成了鲜明的反差。

花处长落下双臂，手伸到了背后，摸到了房门板，吧嗒，房门板不紧不慢轻轻地关上。

李丽娜问："你想干什么？"

花处长再次抬起双臂，张开，像是暗影中的特大蝙蝠。

李丽娜倒退几步，退到床边，她感到那只蝙蝠很快扑过来，把她扑倒在床上。

李丽娜头脑异常清醒，她斩钉截铁地说："别过来，再过来，我就喊人了！”

那双臂膀颓然落下，花处长收起笑容，一本正经地说：“看你吓成这样，跟你开玩笑呢，你怎么就经受不住了呢，走吧，我们下楼去接机。”

李丽娜仍然警觉地注视着花处长每个动作。花处长感觉到了，行为举止开始小心翼翼，摸索着向后退起脚步。他的脚步在地毯上表现得深浅不一，有些踉跄了，他说：“跟你开玩笑呢，你还当真了，我真没发现你是个不爱开玩笑的人。走吧，我们一块去接机。”

李丽娜心情稍稍有了缓解，但她必须生着气，给花处长看的那种气，她说：“我不去！”

花处长整个人坍塌了，他说：“你不去，我怎么向王局长交代，他特意点名让你去机场接机。”

李丽娜仍在生气，她说：“我不管，反正我不去，明天我提前回去！”

花处长急起来，他说：“我跟你说了嘛，开玩笑呢，要知道这样，我不跟你开这玩笑，好了，现在我收回。”

李丽娜说：“你可真会收放自如！”

三

在去机场的车里，李丽娜一句话也没说，她不是没话，而是不想说。这并不是因为刚才花处长对她虚晃一枪给她造成的伤害。那样的虚晃算不了什么，她似乎在很多年前就预料到他会对她有什么动作。让她难以接受的是，花处长的动作搞得太突然，没有任何征兆和铺垫，让她始料不及，所以尴尬在所难免。李丽娜感觉车里憋闷得很，她伸手去开车窗，车厢是全封闭的，空调也不十分好。她想叫司机是否调整一下，话到嘴边，又咽了回去，车里坐着花处长、王爽和赵小红，如果他们都没感觉到憋闷，那大伙都挺着吧。无聊之中，她拿出手机，像无聊的人犯了烟瘾，手机是她的瘾，她的瘾犯了，不拿出手机心就痒得难受。程林连一个短信都没发过来，看来他那边忙得已经应接不暇了。

接到王局长才知道，他们这一干人被折腾出来，不仅仅是接机，接下来还有更重要的工作，陪王局长喝酒。王局长是下班时乘坐飞机赶来的，他一个人形单影只地承受旅途劳顿之苦，也真够难为他了。王局长下了飞机不管有多晚，花处长都要为他举行隆重的欢迎仪式，让王局长从旅途的疲惫中振作起来，兴奋起来，所以这顿酒必不可少。

王局长看到李丽娜，眼神禁不住倏地一亮，握着她的那只手长时间忘了松开，有失领导身份了，好在谁都不好挑剔领导的小节，相反，这可以看成是领导对你的恩惠，对你的偏爱，这样想，轮到谁，谁心里都会有些小激动，释然了。最终王局长的手还是被王爽抢去，王爽那双细小的手紧紧握住王局长的那只粗大的手掌，不知深浅高低地来回摇晃，晃得脚跟也跟着颠起来。王局长很是沉稳，不管心里怎么高兴，都努力克制自己不动声色。现在，他太需要喝一顿酒了，假使花处长不安排酒局，他也要主动提出。到了宾馆酒店，李丽娜感觉肚子有些空落，来北京已经五六个小时了，她还没吃一顿饭，她以为今天这顿晚饭免了，以为身心轻松地在宾馆入睡，想不到她还是逃脱不过去，而且还要大吃大喝一顿。豁出去了，别再想什么血脂高低，别再想肚皮肥油如何堆积，王局长能跟大家坐在了一起，是对大家最大的恩赐，难道他不知道血脂和肥油的事吗？他肯定知道，只是在今天这样的夜晚忽略不计了。偶尔放纵不是不可以。

也许王局长旅途过于孤寂和疲劳，需要酒精的刺激，才能使整个人精神抖擞起来，昂扬起来，他大老远赶到北京，不是为了打盹，不是要蔫头蔫脑地听人摆布，他要不失局长的身份与体面，在短时间内聚拢起强大的气场，属于王局长特有的气场！菜还没上两道呢，王局长跟前上了一小碗酱油泡尖椒，尖椒有红有绿，看着就有胃口，李丽娜以为桌上每个人都有一份，其实不然，这是花处长特意给王局长安排的，王局长就喜欢这一口味。王局长急不可待了，桌上刚上来两盘菜，就不自觉地端起酒杯开喝了，喝了第一杯，就想喝第二杯，有些刹不住闸的意思，那架势就有点吓人了。要知道，大家都空着肚子呢，这样的喝法儿，没等菜上齐，人就会撂倒几个。李丽娜看出，今晚王局长有点馋酒了，他在飞机上肯定吃了点食品，不觉得肚子空，他没有想到大家为了他，已经空了五六个小时肚子。李丽娜趁大家说话的空当，不管不顾狠狠夹了两筷子菜，饕餮起来，在饥饿面前，她顾不得应有的体面，先把肚子填上东西再说，不然她的胃就会火烧火燎，像个滚烫的小炭炉，把全身从里到外都烤红了。当然动筷子的不仅她一个人，王爽和赵小红也行动了，大有大快朵颐之势。李丽娜发现王局长由始至终没有对跟前那只小碗里的尖椒动一筷子，原来那尖椒只是一个摆设，是他与他人区别的特权。如果谁不知好歹也要一小碗酱油泡尖椒，无疑是对王局长的冲撞。最可怜也最忙活的人还是花处长，他的心思不在吃上，他的嘴只是用于灌酒和说话，变着法儿跟王局长说话。王局长听得心不在焉，可能他还想喝酒，冷不丁地叫花处长提酒，花处长不提酒话就多，提起酒话匣子更止不住，王局长不耐烦了，说："你先把手里的酒喝完了再说！"花处长很知趣，一扬脖子，手里的酒就没了。杯里再次添上了酒，花处长不能再说了，他只能稍稍休息一下嘴巴，才讨王局长喜欢，才深得人心。这回，没等王局长提示，花处长主动请缨，又迅速干掉一杯，干得王局长心花怒放，与花处长勾肩搭背起来。

就因为这次饭局，李丽娜知道王局长也搞书法，还是全国书法评审委员会委员，只是他在机关里从来不显露山水，是深藏不露的高人。说起书法的辈分来，花处长还是王局长的学生，花处长因为王局长才搞起了书法。十几年前王局长一直练智永和尚的字，已经炉火纯青了，花处长也跟着练智永和尚，十几年，不曾改过。这几年王局长专攻张旭的草书，花处长也练起了怀素的真迹。花处长的人和字都颇受王局长的赏识，两人贴心贴肺，已成为难得的知己，不然王局长不会大老远不辞辛苦跑来为花处长擂鼓助威撑腰捧场，他很像个护犊子的老家长。

嗯？花处长不知什么时候嘴巴子闭住了，他怎么蔫了呢？可能是酒起反应了，让他不舒服了，可他还以顽强的意志顶住那迅猛攻击的酒劲儿。看来花处长也不是什么钢铁之躯，他好像挺不住，溃不成军了，李丽娜头一次看见花处长出现这种状况，真是奇怪了！

越看，花处长越晒脸了，只见他旁若无人地眼皮一瞌一睁，总想把自己从醉酒中挣扎出来，没想到，这一举动最终彻底挣断了自己，在大家的眼睁睁中扑通一声从桌面上消失了。所有的人都惊呆了，“扑通通”站起来，拉开花处长的座椅，掀开桌帘，花处长躺在桌子底下已经不省人事。王局长本来还四平八稳呢，想处乱不惊，看见桌子底下死猪一样的花处长，不得不起身推开座椅，猫腰将自己伸进桌底，去拉拽花处长。

“快叫服务员。”

“快叫 120！”

王爽、赵小红吓得早已不会动了，连操作手机打 120 的能力都没有了，她俩只会用嗓子眼儿发出一阵阵刺耳的尖叫。李丽娜觉得自己还算可以，她没有参与到尖叫声去，而是快速地帮助王局长把花处长从桌子底下拉出来，随手扯过椅子，让花处长重新体面地坐上去。

“叫通 120 了吗？”

这时，花处长奇迹般地睁开眼睛，他显然听见了有人要叫喊的声音，奋力摆手说：“没事，没事，再给我五分钟，我就起来，千万不要打！”

事已至此，酒席没法儿进行下去，饭也无法儿吃了，王局长说：“先把花处长扶回房间。”花处长似乎听懂了王局长的吩咐，挣扎着起身，王局长伸手帮他使了一把劲儿，花处长居然晃晃悠悠站起来了，站得很不稳，好像随时会一屁股坐在椅子上。李丽娜赶紧搀扶住花处长，花处长感觉到了李丽娜的存在，死死抓住李丽娜的手不想放开了，身子不住向她这边倾倒，那身子好沉，李丽娜根本支撑不住，她就喊王爽，喊赵小红，让她俩替换下王局长，可心里想着的是替换下自己。王爽和赵小红从惊慌中醒过神儿，脑子还有点木，很听话地奔过来。李丽娜的手用力从花处长手里挣脱，花处长不明事理地还要伸过来，正好赵小红走到跟前，李丽娜抓住了赵小红的手，像抓住了一根稻草或救生圈，狠劲儿地塞给花处长，花处长的手踏实了，抓住赵小红的手怎么也不放开，李丽娜突然有一种嫁祸于人的幸灾乐祸。

其实，这时王爽和赵小红都忽略了一个重大问题，这两个不长脑子的女人做事太感情用事，被花处长这出洋相折腾得完全忘记了王局长的存在，这使王局长再次陷入孤独，好在李丽娜手疾眼快，从花处长这边腾出手来，立马奔向王局长，她帮王局长查看手机是否落在饭桌上，衣服是否穿好。王局长还有一只包挂在衣架上，李丽娜随手摘下，送到王局长跟前。王局长也需要保护的，他若是像花处长那样一不小心摔倒了，事情可就闹大了，不可收拾了。

服务员匆忙赶过来，张嘴第一句话是："谁埋单？"

王局长脑袋还是清楚，说："我来。"

李丽娜顺手拿过账单说："等一会儿我来！"

四

李丽娜从王局长房间出来，随手轻轻带上门，就听见侧门开动的声响，然后挤出王爽和赵小红。宾馆走廊灯光黯淡，笼罩起深夜的阒寂，每个细微的声音似乎都被放大数倍，嗡嗡作响。最先见到的是王爽，她显得无比窘态，转身要把赵小红推回去，已经来不及了。李丽娜清晰地看到她俩慌张的表情，一时语塞。她迟疑了一下，反倒不想马上回到自己房间。是的，她要下楼，将饭费结算一下。

刚才，她扶王局长进入他的房间，打算放下王局长，帮他脱掉鞋，往他身上盖上被子，就离开。这天晚上王局长也喝了不少酒，李丽娜有点高估了王局长的酒量，大意了。王局长虽然不像花处长那样丑态百出，但他的腿也在地上画起了8字形，嘴也像没个把门的絮叨婆儿，若不是有李丽娜搀扶，他想摸回自己的房间肯定要费一番周折。进入房间，王局长超乎寻常地睁了睁眼，醒过来了。也许他喝得并不那么严重，只是看到花处长那出洋相，心里过意不去，有意画出8字步。李丽娜看着王局长，不知下一步该如何动身离开，只见王局长兴致勃勃地打开背包，掏出一个黄不拉叽的帆布卷，放在桌面上。桌面早已铺好了毛毡，备好了墨汁、毛笔和宣纸。王局长推走那些备用品，展开帆布，现出一排毛笔。原来那帆布卷是个大口袋，大口袋外面套着小口袋，小口袋里有印泥印章，还有一瓶跟雪糕一样大小的“一得阁”墨汁。王局长是个有心人，他又回身从包里抽出一张宣纸，铺在桌面毛毡上，伸手上下左右抚摸着，似乎在手上寻找着宣纸的感觉，又似乎在抚平多皱的折印，然后端起茶盘里两只水杯，压在宣纸上边左右两角，将一只杯盖掀起，反扣在杯口上。王局长再次审视宣纸，手不自觉地拧开“一得阁”瓶盖，将黏稠的墨汁倒入反扣的杯盖上，从帆布里抽出一只毛笔，向反扣的杯盖里的墨汁舔了舔，问：“我给你写什么？”

李丽娜不知写什么。

王局长说：“我一定要送你一幅字！”

李丽娜想起花处长送给她的那幅“天道酬勤”，难道这次王局长还来一次“天道酬勤”？她可不想咒王局长早死，怎么说王局长在她心中还有一定的位置，她希望王局长能够健康地活着，他活着不一定对李丽娜有什么好处，但至少没有坏处。

犹豫当口，王局长默默挥毫了，他不再征求李丽娜的意见，而是按着自己的套路和习惯，在宣纸上一挥而就：“天道酬勤。”李丽娜差点儿晕厥过去，王局长居然跟花处长如出一辙。在她几乎要惊叫的同时，王局长却一把团起宣纸，他对这幅字很不满意，那团“天道酬勤”不停地在他两只手里拧动着，恨不能拧得粉身碎骨，然后甩手扔进垃圾桶里。王局长又从包里抽出一张宣纸，在桌面上展开，抚平，压上茶杯，端详片刻，屏住呼吸，气沉丹田，猛地挥腕，宣纸上呈现出“上善若水”。这回，王局长比较满意了，从帆布包里拿出印章，打开印泥盒盖，将印章在印泥上不停地挤压，小心翼翼按在落款下面。

王局长放下长毫说：“水如女人。水润万物。水滴穿石。水能载舟亦能覆舟。在机关待久了，我愈发品出水的妙处！《易经》中曾说，水火相济，乃成大器！”

王局长的酒还是喝多了，说起话来颠三倒四，不分条理，他由水联想到单位，由单位说到人和事，由人和事说起机关，单位里可是暗藏着各种机关的，就看谁有本事找到，谁找到了，会开动了，谁的所有问题会就迎刃而解。

李丽娜无法从王局长跟前脱身了，王局长好像无形中在给她施定身术，她无论如何也不能生硬地进行挣脱。她耐心倾听着，恭恭敬敬倾听着。她忽然觉出王局长很害怕她提出离开，她要是离开这里，真就是给王局长一个最大的打击。王局长是否与花处长一个样呢？她感觉王局长没有花处长那么色，可现在王局长种种表现，很是黏人，这跟色没什么区别。王局长要是真跟她色起来，怎么办？还用问吗，很简单，这正是投怀送抱的好时刻，不要不识时务，不要错失良机，更不要不知好歹。李丽娜咬牙切齿等待王局长胆子大起来，色起来，她甚至有了鼓励王局长的冲动：来吧，没问题，勇敢一些，不要唯唯诺诺，不要瞻前顾后，我心里已经做好了准备，剩下的，只靠你向前迈一步，只要你稍微欠动一下身子，我就毫不犹豫扑到你的怀里。空气有点窒息，骤然紧张了，王局长不会看不出李丽娜的暗示，他思想肯定斗争得厉害，身子似乎颤抖了，好像一不留神，眼前的格局就会被打破。这是不是花处长有意为她和王局长腾出这样一个空间，一个属于王局长和李丽娜独有的空间？要不，他怎么醉成那样呢？李丽娜在晕眩中突然为自己的想法错愕不已，怎么会这样，这样？她的脑子一阵清醒，酝酿已久的感觉轰然坍塌，身子奋力一跃而起，如同一阵细风吹醒了醉酒的人。她说：“王局长，时间不早了，你也早点休息！”

从王局长房间出来，李丽娜记得当时是半夜十二点。她看见王爽和赵小红鬼鬼祟祟退回了房间，知道她们在想什么，她不需要掩盖，不需要躲避，更不需要解释。穿过灯光黯淡的走廊，她急火火地下楼。

寂静的夜晚，风来路不明，出租车也异常诡秘而安静地滑到她的跟前。

李丽娜知道程林住在今典花园，那是个让她产生无数联想的地方。出租车行驶四十多分钟，终于摸到准确位置，她下了车，走到了他的屋门口。是的，就是这个门口，不会错，楼栋、门牌号有着清晰的标注。在这样的夜晚，敲门是件讨厌的事，李丽娜拿出手机，号码呈现，她按下了绿键。

“是我。”

“我知道是你。”

“你在哪儿？”

“我已经跟你说过了。”

“那你给我开一下门。”

“别闹了，这么晚了，你不会专程到我这里！”

“我现在就在你门口！”

程林无声了，是惊骇让他思维短路。

“如果不方便，我走了。”

“别别！”程林终于张口了，“你稍等我一会儿，就一会儿，我给你开门。”

“不方便就算了，别硬撑着。”

“没，没撑着，就一会儿，就一会儿。”

这一会儿，李丽娜是按秒计算的，时间过去了五六分钟，门打开，程林手扶门框，瘸着一条腿，那脚着不了地，包裹着厚厚的纱布。

这是李丽娜无法想象的场景。她的心好像被沉重的物体猛烈地撞击了一下。

“怎么回事？”

“你进屋再说吧，前几天被车轮碰了一下，没多大事。”

“你为什么不早跟我说！”

“事情已经发生了，说也不能解决问题。”

这天晚上，李丽娜决定留在这里。

五

这次书法展览真忙坏了花处长，他根本没精力注意到李丽娜是否由始至终光顾那个展厅。在他们返程中，李丽娜发现花处长对她的行踪一无所知。书展的主办方是一家不出名的房地产公司，老板对书法一窍不通，却很愿意搞这类活动。展览结束，公司以三十万元的价格将花处长的展览作品全部收购。这是个精明的老板，他知道怎么跟花处长相处，下一步公司将到东北发展。更让老板喜出望外的是，他们结识了王局长，他准备在春节前后为王局长举办一次更大规模的书法展览。王局长是个谨慎的人，他客气地一笑，留下几张墨宝，婉言谢绝了。

李丽娜回家第二天，接到一个陌生女人的电话，女人在电话里哭诉道：“那天晚上，你害得我在厨房阳台蹲了一宿，我要是早认清他这个人，就应该勇敢地站出来，可我那时为什么那么软弱？”

李丽娜问：“你们吵架了？”

女人说：“他的脚根本没坏，他怕我粘住他，才做出那样拙劣的表演，被你看见，只是一个意外。”

李丽娜默言掐断电话。这之后的很多年里，她与程林没有离婚，程林也没有再婚的意思，他们的婚姻就像账本上的欠账，就那么挂着，谁都没有兴趣来解决。

从北京回来不到半年，机关举行一次副处级岗位竞选，副处长岗位三名，副处级调研员三名，此消息三个月之前就哄哄出来，方案正在拟订当中，不过有一条消息比较准确的，就是公开竞争，群众投票占相当大的比例。有人开始蠢蠢欲动了，平时同事之间有爱搭不理的，这会儿总有人向你主动搭话，跟你说外面的空气，说路上怎么堵车，反正都是一堆废话，废话体现对方跟你不陌生不见外，跟你没有敌意。正式文件下来那天，李丽娜认真阅读上面的条件、竞选的每一个步骤，越看越觉得这文件是为自己量身定做，她想起那次花处长在飞机上那阵耳语，想起喷进耳孔里的唾沫星，心里一阵颤抖，脸上不自觉地有些微微潮热。她不能按兵不动傻呆等了，必须行动，马上行动，她首先去了花处长办公室，让花处长帮助她解读文件上的字句，虽然此法多此一举，但她可以摸清花处长的口风。花处长十分坦诚真诚了，对她推心置腹地说："机会难得，你一定好好准备准备，虽然这次竞选程序复杂了些，笔试，面试，上台演讲，群众投票，领导班子集体讨论，但更规范了，更有利于优秀的人才脱颖而出，你千万不能掉以轻心，认真走好每一步！"花处长的话，也就是一锤定音了，给了她一个定心丸，那三个副处长的位置，明显是必有一个非她莫属！李丽娜心潮澎湃着，身不由己地离开花处长的办公室，脚下的高跟鞋又再踩得笃定有声，腰肢和臀部还扭出动人的波浪，肯定馋得花处长痛不欲生。为了保险起见，她有必要拜见一下王局长，探听他的口信，李丽娜在王局长那里得到如花处长同样的答复，甚至比花处长更确切更让她心潮澎湃，这还有什么说的？李丽娜胜券在握，胸有成竹着，剩下的就是对群众实施行之有效的攻略，比方什么人肯定能投她一票，什么人肯定不会投她，什么人又可以争取拉拢得到一票，她都做了一一甄别和盘算。比方王爽和赵小红，是最不稳定的分子，稍不小心就会被对手拉过去，她必须把这两人牢牢控制在自己的手心里，在行动上，又不能太明显，让人家一下看出她的企图和破绽，必须做到顺水推舟润物细无声。她先是在一个上班的早晨送给王爽一支唇膏，是有人从欧洲带回来的那种，过几天，她上街顺便给赵小红的七岁的女儿买了一件连衣裙，在下班的时候塞给了她。没过几天，李丽娜又在中午请王爽和赵小红吃了一次西餐，在餐桌上，那两个女人一中午不是讲自己的老公，就是讲孩子，再就是谁谁又在淘宝店淘到好看的衬衫胸罩和内裤，全都胸无大志，听得李丽娜都有点腻歪，还要装作饶有兴趣参与其中。两人吃相也可数可点，王爽一边吵吵减肥，一边又管不住自己，将一块块牛排不停地送进嘴巴，赵小红呢，盯着眼前的三文鱼一个劲儿挥动着筷子，吃得李丽娜不得不又为赵小红单独点了一份。这两人好像前世都是饿死鬼，今天终于抓到了李丽娜这个冤大头！

一切都在按部就班进行。能争取的都争取了，不能争取的，见面了也给人家一个笑脸，表示一下客气，什么事都心知肚明。静下心来，李丽娜想想自己还有什么做得不到位的地方，盘点还有哪处有所遗漏，没有，该想到的都做了，做不到的尽管放弃！

竞选的日子说到就到，单位里够条件的人都动员报了名，王爽和赵小红这两个没长脑子的女人，也参加其中。笔试，面试，上台演讲，群众投票，所有的人犹如过五关斩六将，活剥一层皮，整个办公楼霎时间犹如山呼海啸，又雷霆万钧的，人们都拼红了眼。每一环节下来，李丽娜都打探到一点儿消息，自己发挥得很好，效果不错，票数也与事前的估计没多大的出入。她狠狠攥了一下拳头，憋着劲儿对自己说："程林我是没什么指望了，要想出人头地混出个样来，必须靠自己，命运完全掌握在自己的手中。"这几天，副处长官职的竞选像一剂春药一改李丽娜从前的形象，她落落大方，雷厉风行，打扮得又是那么精致得体，如同单位里横空出世一位铁娘子，真正掌握了单位这部偌大机器的重要机关密码的人。

竞选结果不到一个星期出来，张榜公示消息传开那天早晨，李丽娜坐在办公室里没有急于下楼去大厅看结果，此时，她心里比任何人都想跑到楼下，但她好害怕。倒是王爽和赵小红活蹦乱跳没心没肺地奔出办公室，挤到那些看热闹的人群里了。

后来，李丽娜还是下楼，看了公示。那副处长三个位置，被王爽和赵小红分别占据了两个，李丽娜的名字被列入副调那一栏目中。

晴天霹雳吗？

在接下来的几年里，王爽由副处长很快晋升为处长、副局长，赵小红升为处长后，不知什么原因，跟花处长发生过不愉快的摩擦，传到领导耳朵里去了，她在处长那个位置上一干就再也没有挪动过窝儿。那次竞选后，李丽娜调离了这个单位，她在新单位里一路舒心地走上了副局长的宝座。

六

李丽娜工作的那个副局长办公室，虽不宽大，但很是敞亮，办公用品每天上下班前后都有人过来整理，整个房间窗明几净，一尘不染。窗台上摆满了花盆，种着不同样式的花草，茉莉花、水仙、吊兰，工作疲乏时，她总要起身，来到花草跟前，手指挑剔地收拾着枝叶。当然，这些花是有人定时定期帮着浇水修剪的，不用浪费她太多的时间。去年，她的下属帮她搞来装裱好的名人字画，准备挂在她的办公室墙壁上附庸风雅，她毫无来由地生气了，告诉下属把那些全搬走，她办公室的墙绝不允许挂任何东西。闲暇时，她还能跟王爽通通电话，保持着那么一点儿若即若离的关系，后来手机微信普及，她跟王爽相互加了微信，时时彼此知道点对方的消息。两人都是同一级别，过去又在一个单位同一办公室，关系自然比一般人亲近一些。

心态平和几年后，李丽娜有一次到省宾馆开会，从眼前不断向前涌动的人堆里，她一眼见到了花处长。花处长头发有些花白，背也驼了，除此之外，他的模样一点儿没变。她看着花处长，不自觉地笑了，真是有些年没见着花处长了，她很怀念和花处长相处的那段时光和花处长那些年真真假假的玩笑，尤其是花处长那勾人的眼神，看着多有趣啊！李丽娜忽然有了一种亲切的冲动，她上前紧赶几步，冲了过去，伸手在花处长后背狠狠拍上一巴掌。花处长一缩肩，赶紧停住脚步，双目对接中，李丽娜热切地展开手臂，准备做出一个大大的热烈的拥抱！就在她双臂张开的那一瞬间，花处长惊愕不已，他笨拙地退缩着脚步，规规矩矩地说："李局长，您好！"

李丽娜放下双臂，兴奋地问："你现在还搞书展吗？"

花处长缓过神来，说："我是来替王局长开会！"

李丽娜问："我知道，我知道，几年不见，你怎么不会开玩笑了？"

花处长涨红着脸，不好意思地说："自从那次北京醉酒，我脑子一直不太好使！"

两人进入会场，李丽娜陪着花处长找到了座位，花处长旁边有一个位置还空着，她干脆坐在了花处长身边，聊起天来，聊得两人之间气氛活络了，花处长渐渐原形毕露，嘴又凑到她的耳朵旁，她没有躲闪，而是打听起王局长，打听王爽，打听赵小红。李丽娜对过去的事情还耿耿于怀，那是她心里无法消失的一个痛点。她试探又好奇地打听当年王爽和赵小红是怎么人不知鬼不觉横空杀出来的。

花处长闪烁其词着，岔开话头问：“你听没听说，王爽这些年的一些事？”

李丽娜问：“什么事？”

花处长说：“怪事，都是一些你想不到的怪事。”

李丽娜胃口被吊了起来，问：“什么怪事？”

花处长说：“我先不说王爽，我跟你讲讲赵小红，你还记不记得那年我搞书展？咱们从北京回来的当天，是我的生日，在飞机上，赵小红让我晚上去她家，她要给我过生日。”

李丽娜好奇地问：“有这事？”

花处长说：“你别不相信，当时连我自己都不相信，我回到家放下东西，就去了她家里，你猜怎么的？她正在家等我。我进了屋，高兴得不得了，她让我坐在她家大厅沙发上，沏了茶，就神秘地回她的卧室去了。我坐在沙发上左等右等，就是不见她出来，我以为她不好意思，就决定亲自去她的卧室。她的门居然没上锁，我轻轻推开门，竟见卧室里点了一堆蜡烛，里面居然还有几个什么人，她们一起为我唱起了‘祝你生日快乐’！”

李丽娜问：“有这等好事？”

花处长说：“好什么好，当时我站在那儿，都不会动弹了！”

李丽娜一拳捶向了花处长，大笑起来，笑得差不多了，缓了口气问：“那你说说王爽吧，王爽肯定跟赵小红不一样！”

开会的人差不多都到齐了，四周座位坐满了黑压压的人，领导都端坐在台上，会议马上就要开始，花处长清了清嗓子，欲言又止。

原载《海燕》2018 年第 1 期

那　年

楔　子

我姥爷在河北老家差点死过一回。那是他们村子闹日本鬼子的年月，我姥爷被三四个荷枪实弹的日本鬼子逼出家门，跟全村一帮邋邋遢遢的壮劳力肩扛铁锹铁镐到指定地点挖壕沟。壕沟挖到晚上，日本鬼子回到岗楼，我姥爷那伙人也散伙回家。到了半夜，还是这伙人，又悄悄从家里出动，把白天挖出的那一堆土填回壕沟。壕沟是日本人的防御工事，我姥爷那伙人就是白天挖，晚上填，一直挺到有一批日本鬼子来了，大扫荡。

那是个尘土飞扬的秋季，我姥姥他们村子天空混沌一片，她领着我大舅跑出村子，站在十多里远的空旷的野地里。他们怎么也不会想到，野地的风更大，尘土更高，风卷尘土，撕扯起娘儿俩，似要将他们四分五裂。好一阵子，尘土刮过去，我姥姥以为这下可好了，心还没等松开两秒钟，野地里忽然现出蝗虫一般的日本鬼子，端着刺刀，杀气腾腾，四五米一个人并排走过来，老远就能闻到他们身上飘飞的血腥。

我姥姥说："你知道日本鬼子的刺刀为什么没刺进我的身子里吗？是我的魂儿救了我，我那魂儿跑到苍天大老爷那儿，苍天大老爷把日本鬼子的魂儿勾跑了，他们看不见我。”

日本鬼子呼呼跑过来，又跑过去，四周遮天蔽日狂风大作，风里不但有血腥，还有汗臭和脚臭。我姥姥的魂儿慢慢飞回来了，睁开眼睛，竟看见我姥爷被五花大绑地捆着，裹在日本鬼子堆里，心咯噔一声说，我姥爷活不成了！她脚步踉跄一下迷糊过去。等她醒来，那伙日本鬼子走出离她不到十几米远停下，拉成一排，木棍一样站立，转身，咔咔立正，每个五花大绑的人前面都立着一个日本鬼子，各就各位，只听到当官一声喊叫，一个个日本鬼子端着刺刀龇牙咧嘴一阵助跑，那么长的刺刀，咔嚓嚓嚓捅进那些五花大绑人的胸腔，血，柱子一样喷出来。我姥姥闭了眼睛，不知过了多长时间，她的眼睛睁开了，看见我姥爷竟然还站着，原来他前面少了一个日本鬼子。在那些五花大绑的人胸腔喷着血柱倒下去的时候，我姥爷身边有一个人，胸部挨了一刺刀，居然没喷出血柱，那当官的走到那个端刺刀的日本鬼子跟前，“啪啪”就是两个耳光，打得那日本鬼子一个劲儿地咔咔咔立正，再次端起刺刀，照着那个倒下去的人身上一顿猛刺。也就在这工夫，那日本鬼子忽然扬起脸，眯缝着眼睛看向我姥姥。寒光闪烁的刺刀，刺激得我姥姥的眼睛什么都看不见。那日本鬼子肯定想在我姥姥或者我大舅胸腔上捅出一个血柱子，挽回他杀人不利的过失。

我姥姥身上的魂儿又腾地飞走了，还没等飞到苍天大老爷那儿，只听到砰的一声枪响，又把我姥姥的魂儿勾回来。我姥姥看见所有的日本鬼子全趴在地上，左顾右看，见没动静，当官的哇啦一嗓子，所有的日本鬼子呼地从地上弹跳起来，向枪响的地方跑去。那个刚才要杀我姥姥或我大舅的日本鬼子，也顾不上跑过来了，伸手牵着五花大绑的我姥爷，跟着那帮日本鬼子一路狂奔。

我姥爷被日本鬼子牵走了。走出不远，他们开始安营扎寨。日本鬼子们早已累得不行，躺在地上，让我姥爷给他们烧火做饭。我姥爷拾柴的工夫，走得远了一点儿，眼看能逃掉，忽然被一个警觉的日本鬼子哇啦哇啦喊住。日本鬼子吃完饭，又开始扫荡，目标是我姥姥他们的村子。这时的我姥爷，已不再被五花大绑，日本鬼子用节省下来的绳子捆绑新抓来的人。抓的人多了，绳子不够用，再次站成一排，把先前抓来的一拨人用刺刀捅死，解下绳子，捆绑下拨新抓来的人。

凭感觉，日本鬼子随时会动杀机，我姥爷必须想办法跑掉。村子里每一块土坯，每个墙缝或每一枝墙头草，他都了如指掌。在行走的过程中，我姥爷趁身边一个日本鬼子打喷嚏的工夫，朝身边周围扫了两眼，转身跳过一个院墙，眨眼人就没影了。

我姥爷一路跑到了东北长春。这时的长春早已被日本人改为伪满新京。

我姥爷在新京日本人开的棺材铺做工后，将我姥姥和我大舅从关内接到了东北，安置在离棺材铺不远的一个叫小房身的地方住下了。我姥姥每天都能在自家院子看见棺材铺里的一堆堆圆木和一排排厚实实的红漆棺材，摆在一块大敞地上，晾晒在阳光下，光彩耀眼。

那一段时间，我姥爷在棺材铺里受尽了欺凌，决定跟几个拜把子兄弟与日本人大干一场。

那是个阴霾密布的晚上，我姥姥在昏暗的土坯屋里，借着油灯，翻箱倒柜找出一个个巴掌大的麻布条块，用细密的针线连接成了一块大布，准备晚上缝在我大舅的裤裆上。我大舅裤裆烂成一个破洞，像被狗掏了，没法替换，我姥姥只能事先将它缝制好，等我大舅钻进被窝，再缝补裤裆。也就在这时，她听到红房子那边响起了枪声。

据一个跑出来的兄弟讲，红房子那边死了十多个木匠，他们的暴动还没开始，就被日本宪兵发现了。我姥爷他们跑出棺材铺，跑向红房子，想夺取武器进行反击，哪承想，前面的机枪响了，我姥爷他们一干人，活活被打死在大野地里。那位兄弟还讲，我姥爷早就想联系到东北抗日联军，可他们始终没有联系上。

我姥爷死了，没死在大扫荡那会儿，死在了东北。

一

若干年之后，我姥姥为我大舅缝制秋天小棉袄的这天下午，院门外蜂拥起一股日本难民。我姥姥牙齿咬断一根线头儿，干涩的眼球盯起那些累得东倒西歪的行人问："唉，怎么又来了一帮？"

推开油纸窗，用一根油黑的木棍撑起窗框，我姥姥觑眼向外张望。

那些难民走得慌张，个个像裤兜里赘着一泡尿，两腿夹裆蹒跚而行，匆匆赶往我姥姥家后面的红房子。红房子离我姥姥家半里地，是光复前日本人的军火库和粮库，红砖墙围成的一个大红房子，如草甸子上一座孤零的坟茔。

新京里的日本居民早在头几天跑光了，能带的东西，都带在了身上，没有像现在这帮人这般狼狈。前几日，还有一伙儿从蛟河那边赶来的垦荒农民，大老远的来到长春，以为从这里可以回他们的日本国，可眼下的城市已不是伪满的新京，而是中国的长春了。一个个刚才还趾高气扬的日本人，转眼间便惶惶然，变成缩头乌龟，一窝蜂地赶往红房子，扎着堆儿怎么也不肯出来。

"眼下这一帮人，是哪儿来的呢？"我姥姥禁不住再次向院外望去。

有金发碧眼的苏联士兵，开着卡车虎虎生威地从那些日本人身边呼啸而过，轮下卷起旋风一样的尘土，瞬间吞掉了这些不规则的队伍。尘土跑进了院子里，我姥姥赶紧撤下油黑的木棍，放下油纸窗。

尘土渐渐回落下去，那些日本人轻声咳嗽着，吐起带有泥土的唾沫，缩头缩脑显露出脸、身子，还有背部七零八碎的东西。有一个小孩子嘤嘤地哭起来，我姥姥再次推开油纸窗，定睛瞅向窗外，见一个日本女人急急地猫腰，脚踏碎步，将手里牵着的小女孩儿拉扯得七拧八挣。小女孩儿的眼睛里好像进了沙子，那只没被攥住的手，不停地揉搓，泪水与尘土将小脸儿画成了一片污浊。

我姥姥实在看不下去了，大声喊那女人。那女人头都不抬，反倒加快了不规则的碎步，奔跑起来。小女孩儿摔倒了，摔得我姥姥心里扑棱一声，赶紧甩起小脚儿下炕，鞋还没完全穿上，就推开房门，奔到院门外。我姥姥强硬而武断地抢过日本女人手里的小女孩儿，手指翻开她的眼皮，嘴贴了上去。那日本女人瞪着惊恐万状的眼睛尖叫一声，挓挲着两只悬空的手，不知是要抢回孩子，还是自己马上逃掉。

我姥姥没等那日本女人做出反应，舌头已经舔完小女孩儿的眼球。小女孩儿眨巴眨巴湿润的眼睛，好了。日本女人站立在那里，愣眉愣眼看着她的孩子，看我姥姥，再次扯起那小女孩儿，一句话没说，碎步嗒嗒地赶路去了。

我姥姥回到屋里，伸开手指，丈量起刚刚为我大舅缝制完的秋天棉袄，感觉这股日本人比先前从蛟河来的那帮还要狼狈，半个时辰过去了，长长的队伍仍没断流儿。我姥姥低下头，看着炕上铺展开的棉袄，猜度着还是做肥了，喊我大舅进屋试试，我大舅说：“我要去卖瓜，没工夫。”

我姥姥说：“要是做肥了咋办？”

我大舅回答：“肥了不要紧，扎根麻绳就行了！”

我姥姥歪起头无可奈何地笑了，目光还在打量着棉袄，心说：“真是好呢，手摸着软软乎乎，如今光复了，我儿也应该正儿八经地穿一件新棉袄了。”

转眼间，红房子那边的日本人越聚越多，老远看去，像一大片腻虫，黑乎乎的一片，不声不响地倒在院子里。地面满是大大小小的蜡纸，红红绿绿的棉布垫儿，怪里怪气，五花八门。

让我大舅想不到的是，他挑着两筐香瓜来到红房子，竟然好半天没有人搭理。尽管我大舅在张望中喊破了嗓子，也没人肯离开屋子里半步。我大舅喊声太大了，震得两个香瓜滚出筐外，摔裂，瓜瓤里的黄水儿不紧不慢流出来，香味四溢，惹得趴在门槛上一个日本小男孩儿吧嗒起嘴巴，眼睛直勾勾盯过来。我大舅乐了，拿起了一只裂了缝的瓜，走过去，准备引逗那小男孩。鬼知道，引逗还没开始，那只瓜就被小男孩儿夺人手中，撒腿跑进了红房子里。我大舅垂头丧气走回到瓜筐旁边，抓起另一只摔坏的香瓜，擦巴了两下，咔嚓咔嚓吃起来。

二

“那挨饿的滋味真不好受哇！”

在头一拨日本人跑来的时候，我姥姥看见红房子饿得东倒西歪的人，熬了两桶稀黏的高粱米粥，小脚儿颤巍着让我大舅帮助挑到红房子。那些日本人看见两桶高粱粥，尽管一个个饿得不成样子，却没人凑过来回应，一个个木头人似的倒在地上。我姥姥看出他们心存芥蒂，好像她的粥里放了毒药似的，便脸色一变，扯起脖子使劲儿喊："你们不吃，我吃，别把好心当作驴肝肺！"我姥姥当着日本人的面儿，从两只桶里各舀了半勺稀粥，张嘴仰脖儿，咕咚咚倒进肚子里。抹了两下嘴巴子，见那帮人仍无动于衷，一脚踏进人堆里，看到地上有空碗，舀一勺粥，当地敲进人家碗里。过去我姥姥在关内老家，只要见到有讨饭的人进了她家门，家里有菜团子，给菜团子，有粥，给人家一口粥，绝没有让他们空手离开过。现在，我姥姥主动登门送高粱米粥，却不招人待见，心里那滋味，别提有多尴尬。好在我姥姥乐善好施，完全来自心中的不自觉，情绪也就放平和了一些。

此时，我姥姥家里有了足够的粮食，是从红房子里搬来的。光复那天，人们好像从一连串长梦中醒过来，懵懂地搓起眼皮，撒腿跑到街上，放开嗓门叫喊着，敲脸盆，砸铁桶，满大街都是叮叮咚咚激越之声，有人觉得不过瘾，脸盆铁桶举过头顶，狠狠摔向地面，脚跺下去，再跺下去，脸盆扁了，铁桶也扁了，这时，就听到有人喊："快到红房子扛粮食啊！"所有的人都愣了，手中的摔打戛然而止，疯了一样向红房子那边飞跑。我大舅在奔跑中被人踩掉了一只鞋，回身刚要捡，看见他家前院的大闺女推了他一把，然后从身边跑过去，屁股上的一大堆肉坨坨，一点儿也不显得累赘。真是开眼界了。长春里的日本人撤走那天，红房子里扔下了一麻袋一麻袋的米、豆油、榻榻米（床草垫）、洋火、洋油，整整一屋子，全是做梦都见不到的好东西。

我姥姥听到了喊声，抓不到我大舅的影儿，便急火火随着大伙儿一溜烟儿地跑到红房子，扛上半袋子大米就往家跑，那米真香啊，她还从来没有这么近距离闻到过大米的香。她早就听说东北有这种高级的粮食，放在锅里煮熟，满屋子会灌满了香气。那大米还会自动出油，油汪汪的大米吃起来，不用夹一口菜。

红房子里的人眨眼多起来，不管住在远处的，还是近边儿的，男女老少们全都行动起来。我姥姥把肩上的粮食往家院子里一摔，又想起找我大舅，哪知我大舅弯腰弓背扛着一麻袋大米破门而入，手里还拎着两桶豆油。我姥姥那个乐啊，她和我大舅再次返回红房子，看见成袋的大米瞬间被人扛光了。有人开始收拾地上撒落的大米。虽然米掺杂着土，白白的米粒变成了灰土色，那也有人要，那灰土色的大米扛回家，用井水一冲，白还是那个白，照样香喷喷地好吃。我大舅没工夫拾地上的大米，他直接奔到一麻袋高粱米跟前，抓起，往肩上一甩，腰一弓一挺，那只麻袋就上身了。我姥姥抓起三桶豆油，实在抓不住，心痛地扔下一桶，被我大舅随手拾起，啥也别说了，娘儿俩抓紧时间往回跑吧，跑回家再跑回来。

我大舅说："我从来没见过日本人吃高粱米，这些高粱米都喂牲口。"

我姥姥说："他们不吃，咱们吃，咱们哪顿不吃高粱米？高粱米对我们来说，也是好东西。"

再从犄角旮旯找出一些洋火、洋蜡、洋皂，还有一小桶可点油灯的洋油。洋油也叫煤油，是老百姓生活必备品，每到晚上，每家屋子里都要点上一盏煤油灯。为了使煤油灯发挥最大效能，也为了节省煤油，我姥姥往往要把煤油灯放在里屋与外屋之间的一尺见方的窗口上，一盏煤油灯同时照亮两个屋子。中国老百姓晚上照亮从来不用洋蜡，都说日本人的洋蜡是用死人的油脂做的，点着那东西，总感觉屋里有无数冤魂在跳动。

两桶稀粥很快分完了。红房子屋里到处是打碎的瓦罐、酒瓶，还有没被人收拾干净的大米高粱米粒。我大舅没目的地在红房子里走了两圈，无所事事的，他看见西墙根儿有个废弃的灶台，灶台旁竖着高粱秸。因为无所事事，脚在高粱秸上划拉，就这一脚，问题来了，那里面好像有什么东西。我大舅再用脚划拉一下，这回划倒了几根高粱秸，里面有个东西隐约出现了。我大舅拽走高粱秸，突然浑身一激灵，他的眼前出现了一个大活人。那人双手捂头，身上打着颤，从头到脚全是细碎高粱叶子。真是稀罕了，我大舅伸手去拽，发现是个女人。那女人惊恐地抬起脸，我大舅也同样惊恐起来，他不敢相信自己的眼睛，更不敢相信面前发生的一切，他看见了枝子。

我大舅轻声问："是枝子？"

枝子看着我大舅，混沌的眼神透露出无比的绝望。

三

光复之前，我大舅一直在加藤家当博役。加藤家住在长江町，那是新京城里一条狭窄的筒子巷，阴暗潮湿的街面，散发着发霉的气味、肥皂水的气味，还有一种说不清道不明隐隐约约的尿臊味。我大舅去加藤家当博役那天，长江町一直没完没了下着小雨，街面上的人少得可怜。我大舅跟着我姥姥头顶撑着一件布褂子去长江町买洋火，有个日本女人打着花油纸伞，踏着碎步走到他们跟前。也许是雨天视线不好，人心就焦躁，那日本女人的伞边忽然剐碰到姥姥的肩膀，还没等我姥姥来得及躲闪，那日本女人停下碎步，冲我姥姥喊了一通日本话。我姥姥没听懂，拉扯着我大舅就走，那日本女人踏着小碎步离去，还没走多远，身子忽然僵住，只见她提了一下裙子，蹲下去，细雨打湿的地面顿时热浪湍急，尿流溅起一溜儿白花花的泡沫，顺着木屐底儿流出来。

我大舅眼睛都看直了，他第一次看见日本女人这样如厕。

我大舅的呆相被加藤逮了个正着。加藤笑眯眯的眼珠一点儿没有责怪我大舅的意思，他扯掉我姥姥和我大舅头顶的湿布褂子，用半生不熟的中国话说："我看好你儿子了，你儿子必须、马上去我家做博役！"

我姥姥瞪着惊恐的眼睛问："什么叫博役？"

加藤说："用人！"

那个如厕完的日本女人折回来，抬手抿起一根耷拉在脖颈上的长发，掖到耳后，与加藤一阵哇啦哇啦，加藤对我姥姥说："反正我们看上你这孩子了，这事就这么定了。"

我姥姥拽起我大舅就跑，可她的脚像踩在了棉花团上，怎么也跑不动，腿一软就瘫了。

迎面走来一个人，看着我大舅说："看你这儿子，长得白白净净大个头儿，谁看谁相中，你这事十有八九是躲不过去了。"

我大舅在加藤家当上了博役。他每天早晨按时给那两口子端走积攒了一宿尿液的尿盆，倒在院子里的树根底下，将尿盆洗刷干净，扣在外屋门板后面。白天的时候，他还要给加藤家做饭洗碗，出外打酒。那酒曾一度引起我大舅的好奇，他始终搞不明白酒究竟是什么东西，加藤为什么喜欢喝。有一回，我大舅打酒回来，实在忍不住，悄悄拧开酒瓶盖，仰起脖子嘴对着瓶口，这一喝不要紧，我大舅满嘴的酒液像喷枪似的射了出去，脸红脖子粗地咳嗽个没完。酒抖落出半瓶，这样拎回去，肯定挨打，我大舅自作聪明找到自来水管，把酒瓶灌上了水，一路小跑地回到了加藤家里。

喝酒的时候到了，加藤打开酒瓶还没等喝呢，眯起小眼睛向我大舅招手，我大舅胆战心惊地走到他跟前，加藤欠起屁股，挥手打来一个耳光子。

就是那一次被打，我大舅彻底改变了，他不再是我姥姥所熟识的我大舅，而是成了地地道道的用人。他熟通加藤家一切习惯，各种活儿干得有板儿有眼儿，有条不紊。我大舅不久学会了几句日本话，穿起了加藤淘汰下来的和服。有一次，他领我姥姥在西安路乘摩电车，居然混进了日本人堆里，上了头等车厢。我姥姥想跟我大舅一起上车，被日本人一把拽扯下来，捶到后一节车厢。后一节车厢是中国人乘坐的，挤得我姥姥快要喘不上气儿了，她在车厢里拼命地往前面挤，想透过车窗看我大舅。让她惊讶的是，前面那头等车厢只坐着几个零星的日本人。

下了摩电，披头散发的我姥姥扯过我大舅，说："你把我甩到后面去，就不管了？"

我大舅说："我没想到你没上来，我以为你早上车了呢！"

回到家，我姥姥想不明白我大舅咋就变成了这样儿？日本人乘坐的车厢咋就叫头等？有时晚上做梦，感觉自己偷偷走进了头等车厢，还没等脚跟站稳，被日本人识别出来，吓得她出了一身冷汗。从那时起，我姥姥避讳逛街，她对出行总带有一种恐惧，有几次，不得不出门，没走多远，迎面碰上日本人，她马上低头让路，生怕躲让不及，遭受一顿叽里哇啦臭骂。我姥姥出门大多数是到北面大野地里挖野菜、拾煤核儿、捡破布。也不能走得太远，走远了，便是日本人的红房子，那里是中国人的禁忌，是让人望而却步的地方，一不小心冒犯了那里，会惹来杀身之祸。

为了能更多地见到我大舅，我姥姥常在红房子那边垃圾场捡些破布，用碱水洗了，搭在院子里的石头上晒干，再熬一碗糨糊，抹在破布上，两块破布粘在一起，再在两层布上抹一层糨糊，再贴上布。如此反复，我姥姥会将七八层破布粘住，放到平板石头上，用木槌轻轻敲匀，敲实，在太阳下彻底晾晒之后，用细密的麻线一针一针缝制，做成一双双大小不等的鞋垫。鞋垫拿到长江町卖掉，她就在加藤家门前开始了漫长的等待，直到看到我大舅匆忙的身影一闪而过，才悄悄离开，用手中的钱找到一家商铺换来毛线，回家织毛领、毛手套，再拿到长江町卖掉，再等我大舅。我姥姥很会精打细算，看着不可能的事，在她手里一倒腾，就变成了家里的煤盐酱醋，变成了家里的许多生活之需。

有一次我姥姥去长江町卖完东西，突然看见我大舅拎着酒瓶子从加藤家跑出来，他腰间肥大的和服上系了条麻绳子，别提有多狼狈，多难看了。我姥姥当时鼻子发酸，眼泪差点儿下来了，她不能再责怪我大舅，这孩子活得有多不容易。我姥姥使劲喊住我大舅，说："你跑啥呢？"

我大舅停下脚步问："我跑了吗？我没跑！"

我姥姥的眼神儿顺着我大舅腰上的麻绳，不由自主出溜到他脚上了，我姥姥问："你脚上的鞋是谁的？"

我大舅说："加藤。"

我姥姥问："合脚吗？"

我大舅说："还行。"

我姥姥说："明显大呢，不合脚吧？"

我大舅说："还行。"

我姥姥问："磨不磨脚？"

我大舅说："还行。"

我姥姥生气了，说："什么还行还行，你就不能跟我说一句正经话吗？”

我大舅说：“你别老跟着我，你要是被加藤看见了，我这一天的活儿就白干了。”

加藤家最难侍候的是他们的独女——枝子。枝子有一身臭脾气，饭来张口，衣来伸手，家里油瓶子倒了都不肯扶一下。就这臭脾气，我大舅每天给她洗袜子，洗衣服，洗她随便甩下的物品。枝子每天洗头，都是我大舅事先烧好水，倒上适度的冷水，枝子才慢慢腾腾散开自己的头发，低头扎进水盆里。这时候，我大舅会手拿毛巾站在枝子跟前，枝子的头从水盆里抬出来，我大舅及时递上毛巾。洗完头的枝子，从来不看我大舅一眼，头上散发出清凉透彻的气息，一溜烟儿地刮过去。枝子每个月的月经带都是扔给我大舅来洗，我大舅还会从枝子床头、床底搜集起一条条月经带，泡在水盆里，用洋皂打成泡沫，一下一下使劲揉搓。腥臊的月经带混杂着洋皂的气味，很容易钻进鼻孔，我大舅却浑然不觉。枝子每个月固定来月经的那几天，洗得洁白透亮的月经带时常搭在晾衣绳上，系上活扣，风吹来，如一条条灵幡在空中呼啦啦任意飘飞。

让我大舅百思不得其解的是，枝子也随她母亲，裙子里不穿裤衩。有时她走着走着，忽然定住，两手提了一把裙子，原地蹲下，脚跟处便淌起了黄色的尿流。尿完了，站起身，该干什么干什么。没多久，我大舅看着枝子如厕的方式，已见怪不怪了。

四

现在，怎么说呢？身上没有了娇气，没有了臭脾气的枝子，百般顺从的一只手扯住我大舅的衣袖，另一只手捂住脸，低头走出红房子。我大舅已顾不上周围奇怪的目光，反倒握住扯着他衣袖的那只手，行走在明晃晃的阳光里。阳光比人的眼睛还毒辣，很快让我大舅脑门子汗涔涔了，密麻麻的汗珠聚集在一起，在脸颊上形成一条弯曲的河，不停地流淌，流到脖颈子里，又顺着前胸后背扩展成更广阔的流域。

日本侨民撤退的那天，枝子跑到了一家中国戏园子。撤退的消息已经吵吵嚷嚷四五天了，加藤辞退了我大舅，开始收拾屋子。他把家里值钱的东西打成一个个包裹，最后发现包裹太多，根本不可能全部带走。枝子看着屋里堆积如山的物品，心就烦，想独自走出家门，转换掉抑郁已久的心情。加藤说："你去哪儿？我们接到命令，拔腿就走，你哪儿也不许去。"枝子踏出的脚步又缩了回来。加藤重新打开一个个包裹，将更值钱的东西集中在一起，放进一只皮箱里。枝子看着又是心烦，她总听加藤说："要撤，要撤。"可没见过他们有一次真正地动身。枝子又要溜出屋子了，那是一个大要黑还没完全黑下来的傍晚，所有的东西都变得模糊不清，枝子轻轻挪动起脚步，似乎一闪身就迈出了家门。

枝子对自己的行动颇为得意，还有点刺激，觉得人还是经历一点儿什么为好，不然日子该有多么乏味。枝子在戏园子玩耍的时候，始终感觉这里的气氛跟平时有点儿不一样，怎么不一样呢？她也说不好，好像头顶悬挂着一块大石头，不知什么时候会掉下来，像多日来不断做着的噩梦一样。就在这时，她听见有人小声说，日本侨民马上要撤退，这回该轮到日本人完蛋了。枝子听着，刚要发作，听见戏园子里突然响起了一阵骚动，还有脚步不停的嗒嗒嗒声，一只玻璃瓶不明真相地摔碎了，发出了巨大的响动，街上出现了一阵阵压抑已久的呼喊。枝子跑出戏园子，眼见一个日本少年光着脚踩进水坑，身上、脸上溅上好多泥点子。

“光复了，光复了，日本话不用学（xiáo），过了今天用不着！”

那日本少年从水坑里拔出脚，甩起散了花儿的分头，再次接着跑，边跑边回过头，抹了一把鼻涕，声嘶力竭地喊：“奴才们，听好了，再过三十年，我还要回来——”

光复了，光复了！

枝子跑回家里，屋子空了，到处是烧焦皮革的气味，纸张黑灰的气味，屋地一满瓦盆的灰烬早已冷却，有斑斑水迹落在地板上。父亲和母亲不知去了哪儿，大大小小的包裹散落一地，那只放贵重物品的皮箱子已经不见了踪影。桌子上放着一张纸条：“亲爱的枝子，我们等不了你回来了，接到命令，我们必须马上起身，你回来后，去铁路西侧那个叫红房子的地方找我们，如果我们在红房子仍无法见面，那说明我和你妈已经动身去日本国了，你在红房子不要乱动，等下一拨我们的人到达时，你跟随他们一起撤离。”

枝子在红房子里孤零零蹲了一天，才等来那头一拨的日本人。

现在，她只有老老实实跟我大舅回家。进了院门，也不知怎么，脚不小心绊到了门槛，险些跪在地上。我大舅一把拉住了枝子。枝子见到我姥姥，两手叠放在腹前，规规矩矩鞠了一躬，低眉顺目得已完全不像从前骄傲的枝子。人一旦落难了，身子和心都软得不行，好像我姥姥哪怕说一句无关紧要的话，枝子的眼泪都会扑簌簌落下来。

我姥姥明明知道枝子是加藤的独女，还要把她安排进了自己家的西屋，然后到院子井里摇了两桶水，拎回来，倒进大锅里，灶坑添了柴，点着，不一会儿，烧热锅里的水，舀进瓦盆里，端进西屋。过去日本人猖狂的时候，我姥姥对他们没什么好印象，知道那些人总是小算计，欺负人。眼下，面对跑过来的日本老百姓，我姥姥轻轻叹了一口气，还是做着她力所能及的善举。

拉上西屋窗帘，拉上门帘，枝子始终站立不动，她这是在等我大舅过来帮忙。哪知我姥姥一把将我大舅推进了东屋，说："女孩子洗澡，你不许过来。"

枝子的澡洗得足够漫长，好在她一两个小时后终于出来了，脸红乎乎，散乱着头发，来到了院子里，上身穿着我姥姥给她的衣服，下身用一只床单缠在腰上，浑身上下又透露出清凉的气息。她在院子里站住，忽然双手提起床单要蹲下，我姥姥手疾眼快，赶紧拉起枝子往房山头儿那个用高粱秸围起来的茅坑走。枝子进了茅坑，又忸怩地出来，她怎么也不肯在茅坑里如厕。枝子在茅坑外面走了半圈，趁我姥姥不备，猛地蹲下来，热烘烘的尿流散发出臊气熏天的气味，在高粱秸边儿蜿蜒流淌。

枝子在我姥姥家一住就是三天。她晚上在西屋睡觉，白天几乎跟我大舅形影不离。我大舅走到哪儿，她跟到哪儿。我大舅去茅坑，她站在茅坑外面等我大舅；我大舅躺在炕上睡午觉，她坐在我大舅跟前的炕沿边默默地等待；我大舅不小心裤裆里放了个屁，她就双手捂住嘴嗤嗤地笑。

我姥姥看出点问题，喊枝子："你把院子里水盆给我拿来，对，放在这儿，先别走，门后还有洗衣板，对，就这个洗衣板，先别走，我有重要的活儿交给你……"看见我大舅，又喊："你们自己干自己的事，不要总粘在一起啊！"

我大舅做博役的时候，枝子在他心里高不可攀，如今枝子落难了，从高处掉下来，我大舅那种超乎寻常的表情，无一漏掉地被我姥姥看见。

我姥姥拉我大舅进了东屋，她手劲儿太大，攥得我大舅生疼，也不肯松开。关上屋门，把枝子隔在了屋外，我姥姥对我大舅说："你也到了娶媳妇的年龄，赶明儿，妈给你找个中国姑娘，日本人咱不要，你要是娶了日本媳妇，非让人笑掉大牙不可，以为咱家没能耐呢。"

我大舅点点头，一脸凝重。

我姥姥问："你记住了？"

我大舅说："记住了。"

我大舅还记住的是，离新京相隔几百里，有个叫蛟河的地方，那里黑黝黝的土地和清澈的水源生长着大面积的优质水稻，日本军人把他们的老百姓带到那里开荒农垦，不知描绘了多少美好的愿景。如今，苏军打过来，日本人战败了，这些老百姓举目无亲地向长春逃来。他们逃向红房子时，正是半夜，我大舅听到院外的脚步声，起身扒向窗户，见一个个黑影围着红房子嗖嗖穿梭而行，然后走进去，没了动静。

听说又新来了一拨儿日本人，第二天早上，枝子迫不及待脱掉我姥姥给她穿的衣服和围在腰上的床单，换上她那套洗得干净的衣裙，赶往红房子。我大舅不放心，跟在枝子屁股后，一直护送着她。那一路，我大舅是一种怎样的心情，谁都不知道，他的脚一边不停地踢着枯黄的落叶，一边行走，始终不语。到了红房子，枝子低着头，轻声细语说了一句："谢谢！"带着清凉气息钻进了红房子里。我大舅呆呆地站着，看着那些蓬头垢面的人，心说，这些人还是来晚了一步，去日本方向的路已经走不通了，他们只能守候在这里，不知要等到何时。

我大舅每天都去红房子，站在外面，抻长着脖子张望，希望每天能跟枝子见上一面。哪怕什么也不说，只要见到枝子，就会心满意足。一开始，我大舅还以卖瓜为借口，在红房子外面逡巡又逡巡，后来，他连这个借口也不要了，整天站在红房子外面闲转悠。又看见那个吃了他一只裂缝香瓜的小男孩，我大舅兴奋不已，赶紧招手问：“你能进里面喊一下一个叫枝子的人吗？”那小男孩伸出手来，好像是要瓜，我大舅摸摸自己的衣裳，摸不出什么，说：“我一会儿回家给你拿吃的，你帮我叫出那个枝子。”男孩愣头愣脑撒腿跑回屋里，一直没有出来。我大舅失望地守候在红房子院外，耷拉着被秋日头晒蔫的脑袋，无精打采的。

尽管我大舅接连两天没看见枝子，第三天、第四天、第五天，我大舅还是站在红房子外面。他相信枝子每天都会看见他，每天都在跟他说话，虽然他什么也没听见。

新过来的这拨日本人已让红房子人满为患，他们身上带来的粮食所剩无几，红房子里的人开始缺水少食，枝子躲在那群人中还是没有出来的迹象。天忽然下了一场雨，大滴的雨水在地上砸成一个个水泡泡，所有的日本人都挤在红房子檐下，从怀里拿出干粮，伸向雨水，打湿的干粮捂在双手里，低头往嘴里塞，我大舅老远能闻出干粮渣散出的酸腐发霉的气味。

看热闹的中国老百姓都跑回家躲雨去了，唯独我大舅傻呵呵站在那里，任无数条雨鞭把他抽打成了落汤鸡，还岿然不动。好像红房子里随时会闪现出枝子，不容他错过。

五

谁都想不到，我姥姥在那次扛粮食回来的路上，捡到一支土炮，也就是土枪，是装火药铁砂的那种枪。枪托上挂着一只装满火药的葫芦和一袋铁砂。我姥姥倒出葫芦里的火药，看受没受潮，看铁砂各种形状。反正这时没什么事儿，我姥姥将火药倒进炮筒，用铁丝伸进筒管，将火药夯实，再将铁砂倒进半炮筒，塞上烂棉团，用铁丝再次捣了捣。这些铁砂要是打出去，就是一个特大扇面，会把并肩走在一起的三四个人身上打成蜂窝眼儿。我姥姥在这光复的热闹场景中，明目张胆扛着土炮，如获至宝地回家了。

我姥姥没忘了将那些大米、高粱米、豆油、洋火、洋油、榻榻米，还有手中这杆土炮塞进夹缝墙里。我姥姥家盖土坯房子时，在墙壁里面又砌了一层假墙，假墙与真墙当中有一米宽的空间，既能藏人，也能藏东西。每户人家的夹缝墙都不一样，有砌在东西墙壁上的，还有砌在北墙壁上的，很是隐蔽，外人一时难以看出来。

院门突然被人推开了，我姥姥向屋外望去，见一个女人一脚门里，一脚门外地立在门口，手里牵着一个小女孩儿。我姥姥看着这个女人，一脸的惊讶，冲着窗外喊："你怎么来了？"我姥姥记得，这个女人是那天新一拨儿日本人中的一位。她手里的孩子，我姥姥还用舌头舔过她被迷住的眼睛。

女人用流利的汉话说："我叫深泽惠。"

我姥姥没有应声，还在端详着这女人。

女人举止谦卑有度，彬彬有礼。

我姥姥说："你走错门儿了吧？"

女人说："你救救我们娘儿俩吧，我们要活不下去了。"

我姥姥说："那你就进来说。"

深泽惠踏着小碎步，低眉顺目牵引着她的孩子走进我姥姥家院子说："只要能给我们一口饭吃，你让我干什么都行。"

此时，我大舅在红房子外面已经站了一个时辰。他看见红房子里的人都饿得有气无力地倒在地上，担心枝子会被饿死，不免有些心烦意乱。他脚上的鞋不停地摩擦着地面，好像那脚也会深思熟虑，必须冲进红房子找出枝子了。我大舅停下所有多余的动作，真就往红房子里钻。他突如其来的举动，吓得那些倒在地上的日本女人纷纷竖起，大呼小叫，以为我大舅前来欺负她们。我大舅的行为的确让人害怕，只要看到地上有年轻的日本女人，他都要奔过去，把人家摇醒，仔细端详着。那些日本女人把我大舅当成了色鬼，当成了不怀好意的冒犯者。

我大舅走走停停，看看这个，瞅瞅那个，仅一会儿工夫，又在那个灶台跟前找到了枝子。枝子已经昏昏欲睡，神智一半清醒，一半糊涂，她看见我大舅，以为自己在做梦，使劲睁开双眼，却懵懂不知。我大舅拉起枝子的手，想拉她起身，枝子实在起不来了，她的腿被一个人头压住。我大舅把她的腿从那个人头下拉出来，可枝子还是站不起来，也许她的双腿被压得麻木了，也许她的身子没有了支撑的力量，我大舅一狠心抱起枝子，踏着人与人的身体空隙，走出红房子。

我姥姥听我大舅说红房子里的人饿得不行，又要往红房子送吃的。前天，我姥姥和了一瓦盆玉米面，放在炕头上，上面蒙上一个大被。瓦盆里的玉米面正在发酵，越发越膨胀，臭味已经出来了，这正是我姥姥希望的。发酵的玉米面黏稠，细腻，滑溜儿，我姥姥准备给全家人做一顿玉米臭馇子。这臭馇子做起来很有讲究，先是把一大锅水烧得滚开，拿着一只圆眼笊篱，将发酵过头的臭玉米面，团成一坨，放在笊篱里使劲儿挤压，笊篱下面出现一缕缕圆长条条，直接落到滚开的热水里。滚开的水落下去了，用笊篱搅动几下，平静的水在锅里一圈一圈地转，不一会儿又翻滚起来，馇条就可以捞出来，上下甩动几下，抛掉最后几滴水珠，盛在另一只瓦盆里，放入冷水，吃饭时盛入饭中，倒入大酱，真是闻着臭，吃着香啊。我姥姥召集深泽惠烧火做馇条了，她放了满满一大锅水，往锅里挤了一团又一团玉米面，一瓦盆玉米面全放进锅里，这些馇条捞出来，整整装了四只水桶。为避免馇条粘连，我姥姥往桶里倒进几舀冷水，又往每只水桶里倒进一勺勺大酱。大酱也是我姥姥自己做的，每年秋天，我姥姥都要烀一锅黄豆，黄豆烀熟了，在锅里捣烂，捣烂的黄豆从锅里一团团捧出来，拍成四四方方的酱块，用草纸包好，放到房梁上干燥发酵，我姥姥每年秋天都要做出十多个酱块。酱块在屋里房梁上存放一冬，第二年春天阴历四月初八、十八、二十八是下大酱的日子，我姥姥把发酵好的酱块从房梁上取下来，掰开，投入缸中，撒入大把大把的盐，浇上烧开后冷却的水，双脚洗干净了，蹋进缸里踩，踩得细碎的豆瓣从两只脚趾缝里一溜烟地挤出来，不存有一块细疙瘩，才心满意足地爬出缸来，扣上缸盖，让大酱继续发酵。我姥姥做大酱很是迷信，家里决不允许有例假的女人进来，如果一不小心被不干净的女人撞上了，这一缸大酱就发酵不好，甚至臭了。发酵的酱缸摆放在院子里，系上红布条，避邪。大酱发酵二十一天，再打开缸盖，收拾掉缸里白花花的蛆，扣上盖，再发酵，整个一夏天，一缸大酱成为我姥姥家人一日三餐不可缺少的食材。

有了深泽惠帮忙，这一锅臭馇子做得很快。找一根结实的粗木棍，串起四只桶把儿，我姥姥和深泽惠一前一后抬着，打开院门儿去红房子那边儿了。因为有了日本女人深泽惠，我姥姥四桶臭馇子很快分完，虽然每人一小勺，但人人都有份。我姥姥说：“只要红房子不饿死人，比什么都好。”

枝子来到我姥姥家第二天就缓过来了，她自己能洗脸，也能梳头，奇怪的是，这回枝子不再紧跟我大舅。有事没事，她都跟深泽惠凑在一起，没完没了说着日本话。有时枝子还跟深泽惠的女儿粘在一起，唱起日本歌谣：

樱花啊
樱花啊
阳春三月晴空下
一望无际樱花哟
花如云海似彩霞
芬芳无比美如画
快来吧
快来吧
快来看樱花

我姥姥最听不惯两人在一起哇啦哇啦，过去整个新京，日本人不让中国人说中国话，中国人一张嘴，必须说日语，不然会吃嘴巴子。现在我姥姥听见她们肆无忌惮哇啦哇啦，不满地对她们喊："你俩是不是有什么话瞒着我？"

深泽惠赶紧跑过来说："我们说的全是你的好话！"

我姥姥说："如今我们光复了，你知道吗？"

深泽惠说："知道，从现在起，我教她说中国话！"

两个日本女人凑到一起，我姥姥开始领着她们织毛衣、毛裤、毛袜子、毛衣领、毛手套，家里的院子忽然变成了一个毛活儿小作坊。每天早晨六点，深泽惠和枝子准时起床，我姥姥就在厨房做饭。饭做好了，她们急忙吃完，每个人便干起手中的毛活儿。深泽惠和枝子干活的能力悟性各有不同，但都很卖力，没有偷懒耍滑的。深泽惠手最巧，她在织一件紫红色毛衣，针线疏密有度，针码均匀大方，外表连一个接线头都看不出来。手还快，不到一天工夫，已织成一大片，毛衣的基本形状已经出来了，上面还不断改变针法，织成得体的图案，一看就知道她以前没少干这活儿。

枝子织毛活儿的手艺一般，她织的是毛裤，没有毛衣那么复杂的针码，只要匀称就可以了，属于可调教的那一类。我姥姥每个星期都要拿着这些织好的毛衣、毛裤、毛袜子、毛手套蹲到院门口叫卖。最让我姥姥欣慰的是，自从我大舅把枝子抱回家，他就不再搭理枝子，好像还故意躲着枝子，只要是在屋子或院子跟枝子碰个对面，我大舅把头一低，躲过去。真是天地变了，过去我大舅在枝子家当博役，干着下等人的活儿，没什么尊严可讲，现在，枝子成了我姥姥手下一名织毛活儿的工人，我大舅不自觉地趾高气扬起来，他怎么能跟在自己家干活的工人有那种意思呢？

毛活儿加工作坊很是红火，所有产品拿出院外很快销售一空。我姥姥手里有了钱，开始张罗给我大舅找媳妇了。

前院那家大屁股闺女，长得浓眉大眼，身板也结实，粗腿，生孩子肯定不费劲儿，还是干活儿的一把好手。我姥姥托媒人去说了，想不到人家早有这个心思，一口答应下来，羞得那闺女躲在墙角一个劲儿嗤嗤傻笑，八成她早就看上我大舅了！还有什么可说的？提亲吧！

我大舅听说我姥姥找了前院的闺女给他当媳妇，打开院门跑出去，眨眼工夫没影了，一天也不见回家。我姥姥到外面左找右找，最后在自家房后柴草垛里找到了我大舅。我大舅嘴里正咬着一根草棍儿，仰脸朝天躺着，两只直愣愣的双眼望着天上游走的白云，死了一样。我姥姥的脸阴沉下来，知道我大舅没相中人家，什么也别说了，扯起我大舅就往回走。我大舅闷葫芦一样一声不吱，搞得我姥姥心情始终不快。吃饭时，我大舅故意把嘴吧嗒成山响，气得我姥姥手里的筷子狠劲拍在桌上，说："你个不知好歹的东西，白给一个女人，哪个男人不乐出个大鼻涕泡，你可好!”我大舅放下碗筷，炕桌往出一推，扯过一条大被，侧身一躺，睡觉了。第二天，我大舅爬出被窝，又丧胆游魂地没影儿了。

我姥姥到街上找了一整天我大舅，脸上、胳膊都被火辣辣的太阳晒爆皮了，也不见我大舅一点儿人影，她带着一身湿汗回到家门，一口气灌进肚子里两大茶缸冷水。歇口气儿，决定硬着头皮找媒人。我姥姥还没等走出院门，看见了我大舅还躺在柴火垛里，她那个气呀，扬脸冲我大舅飞出一口唾沫。到了媒人那里，我姥姥嘴角堆积起白沫，不停地跟人家道歉，道歉也没用，当天，前院那闺女的妈跟我姥姥翻脸了，站在街口指桑骂槐，没出五日，她的闺女嫁到别的人家去了。

我姥姥又开始踅摸李瓦匠、张木匠的闺女，一个个又都泡汤了。我姥姥灰头土脸地冲我大舅说:“你这个不争脸，不争气的崽儿啊，简直要活活气死我!”

六

据说，去日本国必经的道路开通了。红房子里的日本人东倒西歪从地上爬起来，拍打掉身上的尘土，又要进行一场满眼空濛的长途跋涉。

深泽惠向我姥姥借了五枚铜大钱，用手捂着回到西屋，左摇右摇，上摇下摇，手停下，闭上眼睛默念三遍，一狠心，双手张开，铜大钱散落在炕席上。深泽惠看啊看，掐着指头算了一阵，再次将铜大钱收入手中，左摇右摇，上摇下摇，双手张开，有一枚铜大钱滚落到地上。深泽惠再次掐起手指，如此这番算了三遍，无可奈何抬起头说："凶多吉少，我不走了。"

枝子坚持要走。她准备回到红房子去，跟大队伍会合，然后回日本国找她的父亲加藤，还有她的母亲。

悬浮了一整天的太阳，像一只大铜锣，明晃晃地挂在了姥姥家房顶的烟囱上，不一会儿，一出溜儿滑落到西墙下面去了。深泽惠抚摸着枝子的肩膀，深情地说："天黑了，你还是在这儿住一晚上，明天起早赶过去。"

枝子点点头，答应下来。

这一晚上，两人聚在西屋，又哇啦哇啦说起了日本话，说着说着，抱头哭上了，哭了一阵，又哇啦哇啦起来，最后都把天说亮了，窗外的公鸡"喔喔喔——"打起了长鸣。

这一宿，我大舅躺在东屋炕上翻来覆去一晚也没睡好，半夜里，他去外屋往瓦盆里撒尿的工夫，听见深泽惠说话。我大舅挠着裤裆对那些日本话听得一知半解，好像是深泽惠的丈夫是日本军人，被宪兵队秘密抓走了，现在活不见人死不见尸，不知自己怎么办。闹心啊，连我姥姥也跟着闹心。我姥姥说："让她们说吧，说完了，枝子跟她也许再也见不着面了。"

第二天早上，吃过早饭，枝子拎着收拾好的东西走出屋门。我大舅又要护送枝子回红房子，枝子客气地说："怎好意思麻烦你，不用吧！"

我姥姥扬扬手说："他要送，你就让他送！"

我大舅一声不吭，等枝子跟大家打招呼。打过招呼的枝子真要动身了，我大舅默默地移动脚步，独自走到院门跟前，站下，等枝子过来，他们一块出去。

从我姥姥家走到红房子这一路，我大舅始终闷着头，一句话也不跟枝子说，不但不说，走路时还故意跟枝子拉开了一段距离。他们快要走到红房子了，我大舅感觉地上的黄叶比前几天多了起来，还淋了昨晚的细雨，湿漉漉，很是黏鞋。他不明缘由地打了个激灵，忽然紧张起来。四周怎么出奇地静呢？不正常啊！我大舅放慢了脚步，小心着移动，发现红房子那边儿不见一个人影儿！

枝子慌了，撒腿往红房子的方向跑，我大舅紧跟其后。两人奔跑的脚步明显底气不足。红房子空了，枝子从愣神中缓过来，哇的一声哭起来，哭倒在地上，又起身张牙舞爪往外跑。外面有麻雀拍动着翅膀，有乌鸦在他们身前身后不停地翻飞，就是没有人影儿。昨晚这一宿，所有的人都走光了，地上没有留下一块零乱的蜡纸和棉垫儿。枝子还要往路上追，我大舅抱住她说："人一宿能走好几里地，你追不上人家了。"

枝子似乎每一寸肌肤都在瑟瑟抖动，微微发颤，那是一种隐忍中不由自主的悲泣，一种绝望中天塌地陷般的哭喊，我大舅心里一个波浪一个波浪地跟着发酸、发软，他笨拙地蹲下身，静静守候着枝子，让她慢慢从隐忍与绝望中缓解出来。现在，枝子在我大舅心中已不是从前满身臭脾气的枝子，而是一个柔弱无助、遍体疼痛的枝子了。这天早上，我大舅在晨光中一点点拉起颤抖的枝子，领她一步步回家。

七

我姥姥毛活儿加工作坊一天比一天红火，远近闻名了。更出名的是我姥姥家有两个日本女人。人一出名，麻烦事也跟着来了，我姥姥家院门口，大白天的，总是扒着一些面孔贪婪的家伙，他们的眼睛使劲儿贴在门板缝上，叽里咕噜转个不停。我姥姥看着，从侧面走过去，冷不丁打开院门，四敞大开的，说：“看看看，有什么好看的？你们没见过日本人呐？”

晚上，事情比白天还要严重，那些家伙深更半夜翻墙跳进我姥姥家院子，悄悄蹲在西屋窗口，用舌头舔湿油窗纸，捅开黄豆粒大小的窟窿，往屋里看个没完。

我姥姥发现他们进来，拎着笤帚冲出房门，照着那帮聚精会神的家伙的后腰一顿猛砸。

这样下去可要出事啊，白天，我姥姥找了几根木方子，把西屋窗框都钉死了。外屋门也上了大铁链子。真是被逼无奈万不得已了。晚上睡觉，我姥姥毅然决然从夹缝墙里拿出了她那杆土炮，生硬地搂在被窝里。

果然不出所料，那帮家伙由偷偷摸摸，变成公然闯入了。到了晚上，有四五个家伙嗵嗵地跳进我姥姥家院子，使劲敲打西窗，发出猫叫狗叫和狼嚎，吓得她们连同那个小女孩儿撞开西屋的门，衣着零乱地跳到外屋。

我姥姥蹑手蹑脚掀开被子，起身端出土炮，枪筒伸出窗外，“嗵”地一声巨响，院子上空顿时升起一股光芒四射的星团，星团又变成一大片散花，照得漆黑的夜惊心动魄。

那帮家伙再也不敢深更半夜跳进我姥姥家院子了。我姥姥家院子消停了，毛活儿加工作坊却再也无法维持下去。有一天，我姥姥小脚儿摇曳地走出院门，冲着大街劈头盖脸地喊：“我知道你们心里想什么，你们再这么胡闹，别怪我家土炮不长眼睛！我也不是不通情达理的人，我不想让日本人给我干一辈子活儿，你们要是有那份心思，赶紧回家准备彩礼，过来明媒正娶，从今天开始，我要往外嫁人了！”

此时，我姥姥神情里有一种不容冒犯的强硬。

晚上，院子里一点儿声音也没有，黑夜的天空突然划起一条长长的火线，慢慢消失了，不一会儿，又出现一条长长的火线。都是子弹飞过的痕迹。又要打仗了，我姥姥想尽快把深泽惠和枝子嫁出去，只有她俩能有个彻底落脚的地方，再有什么动荡她也心安了。我姥姥还从炕柜里找出厚厚的棉被，钉在窗户上，防止子弹穿进屋里。家家开始省吃俭用节省粮食。

有个哥儿俩穿戴整齐地叩开了我姥姥家院门。两人每人手里各拎着两包彩礼，等着我姥姥出来迎接。

看面相，这哥儿俩也算本分，像正经过日子的人。我姥姥走出屋门，对他俩从头打量到脚，又从脚打量到头顶，目光像一把大刷子，耐心地在那哥儿俩身上刷来刷去，问：“你们是哪里人？”

哥答：“大房身。”

我姥姥说：“啊，西面那个屯子，怪不得我没见过你们，家里有几亩地？”

弟答：“四亩半。”

我姥姥问：“家里几口人？”

哥答：“一个老母亲，眼睛瞎了。”

我姥姥说：“看你们俩是个干活的好手，往后的日子不会差，这彩礼我收下了，你们先回去，准备两套被褥，四盘八碗的也都备齐了，娶亲的时候，我可要验收，从今天起，我也得给她准备嫁妆，人到了你们家里，可不能受委屈。”

弟答：“我和我哥都对她好！”

我姥姥处理事情总是精打细算，她用那哥儿俩送来的彩礼出门兑换来一块崭新的布料，为深泽惠做了套花布面嫁妆。

七天后，那哥儿俩把家里的锅碗瓢盆，两套被褥装上一辆马车，娶亲来了。我姥姥看着那一马车的物品，百感交集地挽起深泽惠的胳膊走出屋门，那当哥的看见深泽惠的女儿，忽然犹豫了，站在门口憋闷了好半天，终于放出一句屁话："多一张嘴，就多一份口粮啊！"

一下子把我姥姥说愣了，那当哥的明显不愿意呢，还有想退亲的意思？我姥姥慌神儿了，头两天她早已把彩礼换成布料，无法退还，关键是，深泽惠真要是被退亲，肯定坏了名声，以后没人敢要了。

我姥姥沉下脸说："头一次见面，我可跟你说过她带着一个孩子，现在你怎么又变卦了，哪有你们这样办事的？"

哥说："我没想到孩子有这么大。"

我姥姥说："不管咋样，这人你娶也得娶，不娶也得娶，你要是坏了我家名声，别说我对你们不客气！"

弟说："反正，孩子我们不能带！"

我姥姥说："好，孩子我留下，深泽惠，你跟他们走！"

天突然打了一个响雷，似乎要下雨，有一大块云彩，黑乎乎压过来，起风了，风来得急且凶猛，四周立马黑如夜晚，有雀蛋一样大的雨滴零星砸下来，砸开地上的尘土，伴着风声，空气中出现了土腥味。院外一棵大树，被风刮得像一把倒立的大扫帚，对着天空扫来扫去，罩在酱缸上的一个高粱秸盖帘，忽地一下被掀起来，跑出院子，向着更高更远的地方一路狂飞。深泽惠看着我姥姥，又看看那哥儿俩，低下头拎起包裹，挎到胳膊上。

深泽惠的女儿"哇"的一声哭了，说："妈妈，我不让你走！"

深泽惠眼眶里凝结着坚硬的泪水，咬着牙说："过几天，妈回来看你！"

头也不回一脚踏出门外，跟那哥儿俩走了。

深泽惠女儿挣开了我姥姥，甩开腿扑向院门，扑向深泽惠。我姥姥再次抱住她的女儿，冲着院门喊："你们快走，快走吧！"

见挣扎无望，深泽惠女儿转身死死抱住我姥姥的大腿，泪水霎时滂沱成一条河，泣不成声了。

晚上，这孩子病倒了，脸蛋烧得像一团炭火，还在说胡话，全是我姥姥听不懂的日语。她让我大舅端来一碗温水，又唤我大舅从炕柜抽屉里找一枚铜大钱，搬起这孩子的身子，让她的全身翻转过来趴在炕上。我姥姥手执铜大钱，伸进温水碗里，铜大钱拿出之际，便在深泽惠女儿后背一下下刮起来，刮得她一阵阵号叫，不停地挣脱。我姥姥两腿压住她的两只胳膊，继续不停地刮。孩子后背出现了一道道红檩子，红檩子连在了一起，红成了一片，那一片红又变成了黑紫色。我姥姥累得满身是汗，她嘴角一歪，吹去自己鬓角耷拉下来的头发，从炕柜里扯出一条厚被盖在她身上。

深泽惠走的这三日，天一直没完没了地下着雨。按规矩，第三天深泽惠要回门的，那哥儿俩不会不懂。我姥姥起早收拾干净屋子，在家里等了一上午，也不见深泽惠和那哥儿俩的人影儿。怎么回事呢？我姥姥扒着院门向街上望了一趟又一趟，到下午还是不见人影儿。我姥姥的脸色阴沉得快要下起雨来了。

第四日，天晴了，我姥姥收拾收拾身子，领着深泽惠的女儿，按那哥儿俩先前留下的地址找了过去。

那哥儿俩的邻居告诉我姥姥说："结婚当天人就没在这儿，搬到哪儿去了我们也不知道。"

让我姥姥想不到的是，深泽惠的离去，竟成了永别。一想起这事，我姥姥总是后悔当初不该逼着那哥儿俩领走深泽惠。我姥姥摸着深泽惠的女儿头说："这孩子多可怜哟，她怎么说没妈就没妈了呢？"

是啊，怎么说没就没了呢！我姥姥时常背地里偷偷抹起眼泪。

后来，我姥姥一直养着深泽惠的女儿到十八岁，把她嫁给了一户好人家。

八

在我姥姥心中，枝子最不愁嫁，所以把她出嫁的事放到了最后。自从嫁走了深泽惠，我姥姥再不敢轻易说往出嫁人了，院子里安静下来，也没人上门提亲。夜晚的天空划过子弹的痕迹，一天比一天密集。我姥姥暗地里想出嫁枝子的心情变得心急火燎，她担心嫁不出去的枝子往后说不定会出现什么意想不到的麻烦。白天我姥姥去院子里抱干柴，都要猫腰贴着墙根儿一路小跑。还真有一粒子弹飞过来，穿透了油纸，被厚重的被子挡住，落在我姥姥家窗台上。我姥姥拾起那粒烫手的子弹，端详了好半天，扔在地上，万般无奈地主动出了院门，走东家串西家，小心而秘密地求人给枝子说亲。

过了好长时间，我姥姥已对说亲一事不抱什么希望，有一天，院门走来一个五十多岁的男人。这当口，正是西边的天空燃起一大片火烧云，那男人蹑手蹑脚站在院门口，身上穿了一件蓝中山装，板板正正，头上还戴了一顶蓝帽子。那帽子跟他的头很不匹配，显然大了一圈儿。他的脚上还穿了一双黑布鞋，鞋帮儿精心用白粉笔擦过，一圈的雪白，看着就知道有些修饰过度了。这是一个没有多大闪失，也不会有多大出息的男人。我姥姥叹了一口气，耷拉着眼皮也认了，因为她听说这男人是个小学教员，国文和算术一起教，打了一辈子光棍。

当即定下了这桩婚事。

在我姥姥为枝子梳头，穿试新衣服的时候，我大舅神不知鬼不觉地端起土炮跑出屋门，西边的火烧云映在我大舅的脸膛上，照得我大舅眼里泪光闪闪。我大舅瞪起血红的眼睛举起炮筒对着那男人吼："你给我滚！"

那男人一个劲向我大舅摆手，牙齿嘚嘚嘚打战，一句话也冒不出来。

我姥姥手搭眼眶向外看着，吓住了，她放下枝子跑出屋外，一把扯起我大舅的胳膊说："你疯了，你怎么能做这种事？枝子早晚要嫁人，她不能总待在咱家里。"

西天的火烧云光亮跳出我大舅的脸，错乱成一片。我大舅固执地喊："谁也不能领走枝子，谁都……"

我姥姥万万没想到我大舅会是这种样子，她说："你疯了，咱家不能娶日本女人！"

我大舅脖颈青筋毕现，嗓门沙哑了，他说："我就是疯了，我就是不让枝子走！"

我姥姥说："好哇好哇，我算彻底明白了，今天我成全你！"我姥姥也疯了一样，一溜烟儿跑回屋子，扯出梳了半截头的枝子说，"让枝子自己说，她要是跟你，我明天就张罗把枝子给你当媳妇，现在我就要枝子一句话！"

枝子低着头，手指一下下缠绕着一绺头发，站了一会儿，默默移动起身子，悄悄回屋了。我姥姥和我大舅呆愣着，他们不明白枝子到底想什么，能做出什么举动，眼睛一直跟着她走进了西屋。

从西屋走出来的枝子，胳膊上挎上了一只包裹，是准备出嫁时带走的包裹。

只见枝子低头走过我姥姥身边，走过我大舅，突然跑起来，跑向院门口那个男人。火烧云在我姥姥家院子泼下最后一抹猩红，訇然褪去！

我大舅大喊：“枝子！枝子！”

我姥姥冲上来，拽掉我大舅手里的土炮，两手高举过头顶，狠狠砸向地面，然后一只手扯起我大舅衣领，另一只手照着我大舅的脸啪啪两个耳光。

我大舅被打醒了，傻了似的坐在地上。

拎着包裹的枝子，听到那两声脆响，回过头来，看了我大舅一眼，这一眼，让我大舅又心存希望，他再次喊：“枝子——”

枝子的头又转回去，手抓住了那男人的胳膊，推搡起那男人，更加快步地向外走，走着走着，蓦然回望起我姥姥家的院子，脚步还在不停地向前挪动……

补　记

1974 年，已经是三个孩子母亲的枝子回了一趟日本国。她的父亲加藤和母亲早已离开人世，不过她联系上了一家亲戚。她在日本国生活了半年又回来了，说：“那里好是好，就是住不惯。”那时她的年老的丈夫正患肠癌。丈夫去世后，她领着三个孩子又去了日本，从此再没回来。

我姥姥 1985 年去世。去世前，她的脑子时而清醒，时而糊涂，糊涂的时候，对我说：“你妈是日本遗孤！我倒是有个亲生闺女，可那闺女命短，扔在了我来东北的路上。你妈的妈叫什么惠来着？我想一想！”

我姥姥清醒的时候，又会对我说：“枝子这个人呐，不管多苦多难的事儿，她都能承受，苦过了难过了，那些事又全被遮掩过去。让我至今想不明白的是，当年她为什么认可嫁给一个五十多岁的老男人，也不肯跟你大舅呢？反正，我们家对她的那些好，她记不记得也无所谓了！”

原载《中华文学选刊》2016年第2期

拳师的忧伤

一

这天早晨拳场上的人不欢而散。究其原因，是我们唠起了灵异事件，说有个老汉死了，其儿子将他放在木板上，抬到外屋，准备第二天早上发丧。半夜里，老汉居然慢慢从地上坐了起来，磨蹭一会儿又直立行走了，声如洪钟在外屋喊饿，翻橱倒柜找吃的，那场景，吓得老汉的儿子早已抖若筛糠，不管不顾抄起一把房门后的铁镐，抡起来，砸向老汉后脑勺。老汉脑壳顿时崩裂，鲜血横流，直立三秒钟，颓然倒下去。我们都不由得缩起肩膀，浑身冷得嗒嗒嗒打战。拳场中央突然旋起一股小龙卷风，尘沙飞舞中，裹起纸屑和残枝败叶一溜烟儿钻入空中。都不相信鬼神吗？在这安静祥瑞之地，说起这种事，招来迅猛的小龙卷风，好像那些鬼神早就坐在我们身边，听见这帮人不着边际胡说八道，实在坐不住了，极为不满意地远走高飞。不知什么时候，我们的话题又拐弯，拐向了一个刚刚疯传的微信视频。视频上那个胖胖的太极师傅面对拳击习练者，毫无招架之力，几秒钟就被 KO 在地。我师父腾地从石凳上弹起，两手轮番拍打几下衣袖，无声地愤然而去。

2017 年的春天暖得比较虚幻，有那么几天，太阳火辣辣照临大地，我们猝不及防如同一头栽入夏天。面对这样的气温，还没来得及欢喜，天又抽疯似的呼啦凉了，所有人不得不赶紧穿上厚厚的外衣。持续寒冷，仿佛时刻提醒我们，这才是一个真正的春天，一个迟缓行进的季节。这个春天还有许多爆炸性的新闻，不足为奇，微信视频广泛传播的那个胖胖的太极师傅与拳击习练者的对抗事件，无疑成了我们拳场极具冲击力的话题，大有持续发酵的态势。那胖胖的师傅惨败是不是意味着太极拳已走到末路，中国传统武术还有没有存在下去的必要？不管怎样，对抗事件让整个春天热闹了一阵，也把我们拳场闹腾得鸡犬不宁！无独有偶，紧接着刘大海出事了，他在与许文达推手时出现了意外。

那天，我看见他们双臂相搭在一起，一点儿也看不出危险的意思，许文达步法扎实有力，前进后退，完整一气，且得机得势。刘大海步入拳场前带来的一本《太极内功心法》，得意洋洋撂在石凳上，书页漫不经心随风翻卷，好一个逍遥自在。他怕有谁不小心一屁股坐上去，推手时总是扭头有一搭无一搭盯上一眼，心神不宁之际，手脚出现了忙乱，恰在这时，拳场旁边树林里有人甩起了鞭子，清脆的鞭声叭叭炸响，他慌乱的心神乱得一塌糊涂，忽然拿起许文达手腕上的反关节。哪知许文达早有防备，手轻微一旋，将其化解，紧跟着反掌一击，刘大海身子踉跄后跌，狼狈不堪地摔倒在地。

当时，我师父站在拳场外，紧闭双唇，一言没发。

这一轮推手远没结束，它只是一个暂时的停顿，刘大海与许文达松开的双手重新搭在一起，开始了新一轮较量。此时的许文达，气势大涨，周身有如神助虎虎生威，还散出一股强大的气流，死死把刘大海罩住。刘大海不想这么败下阵来，鼻青脸肿地拼死硬磕，突然使出了一个掤挤劲儿，许文达来个舍己从人，顺应着这股劲路轻轻向下一按，刘大海扑通一声坐在了地上。空气中搅起一片杂乱的波纹，还有两片树叶从头顶上掉下来。这场面连许文达都始料不及，他志得意满地上前去拉刘大海的手，我师父突然说："别动，让他自己慢慢起来。"

刘大海龇牙咧嘴坐在地上，牙齿间咝咝抽拉起凉风，他手扶着腰说："我好像不行了。"

许文达收拢了志得意满的脸色问："没那么严重吧？"

刘大海说："真的不行了。"

拳场里的空气冷得令人窒息，就连花草树叶也不敢拂动了，刘大海慢吞吞挪动着身子，双手艰难地拄地，弯腰弓背小心翼翼爬起，脑瓜门堆积了一层密麻麻的汗滴。他一瘸一拐试探着挪动脚步，准备提前离开拳场，有意躲避尴尬似的自言自语说："没事没事，我自己能走。"

二

春天万物复苏，正是练拳的好季节，我们拳场忽然人迹寥落，往日围着我师父团团转的那帮人，不知都跑哪去了。我原以为，许文达的出现，会使我们拳场热闹起来，兴旺起来，起码会改变我师父目前身边的风水，给我们一个意想不到的喜悦，没想到在这节骨眼儿上刘大海出事了。

这一出事，拳场更没人来了。

我去我师父家。他房门从不关严，留有两寸的缝隙，谁来，信手开门，人就可以进去。有必要强调一下，我师父是两居室的房子，六十平方米，最惹人注意的一个小屋常年上着锁，门上挂着蓝色碎花布帘，无论白天晚上，那门从没有打开过。我从来没有进过这个小屋，也没对小屋产生过任何联想，我想象的翅膀早已被那个挂有蓝色碎花布帘的房门阻隔了。据刘大海讲，那小屋里存放着我师父早年练武的器械，有一把太极刀极有来头，沾过血，杀过人，说得寒光凛凛，不知是什么人成为那刀下之鬼。刘大海说，那是我师父祖传之物，可追溯到乾隆爷那个年代，民国时期被他师父的师父利用上了，杀的不是老毛子，就是日本鬼子。我师父家另一间房屋是卧室，门四敞大开，对着不大的客厅，客厅是我们平时喝茶聊天的地方，有人进入房门，可以直接一屁股坐在客厅里。

现在，我推开房门，惊人的一幕出现了，我师父头冲里，脚冲外倒在门口，身下规规矩矩铺了一个床单，我的心猛地栽了个跟头。我师父也被我惊愕的眼神吓了一跳，惊讶片刻，瞬间又镇静下来，抬了抬头，起身坐起来说："你来得正好！"顺手从身子底下抽出一块白布，扔了过来，扔到我的脸上，我双手抓住这块白布，傻愣愣的，不明所以。我师父瞥了我一眼说："还没看明白？白布盖住我身子。"

这是一块花旗布，纯绵线，上世纪老百姓常用的一种粗布，现在市面上很难见到，只有办丧事可以用得上的那种布料。我拿着这块花旗布，心里有了一种不祥之感，忍不住地戚戚然。好在它很快被我抖搂开，露出中间的一块蜡染的蓝色的太极图案。也许是年代久远，那蓝已不再纯正，陈旧黯淡的颜色里仿佛隐藏着许多刺鼻的辛辣往事，我轻轻一抖就能抖搂出故事来。

我师父躺在铺有床单的地板上，双脚并拢，脚尖高翘，两手放在身体两侧，闭上眼睛，"嗯——"的一声清理了下嗓子，说："你现在给那帮小子发短信，就说我死了，看那帮小子能来几个，还有几个能给我磕个响头！从今天开始，我要翻篇儿，重新招徒！"

我问："您是要听几个响头吗？"

我师父说："必须听。"

"响头就那么重要？"

我师父说："你别管，现在就发短信，我闭眼了，别打扰。"

我说："那我就先给您磕一个。"

我师父说："你就免了，用不着我考验，赶快发！"

我师父直挺挺躺在地板上。他躺着的位置，每个从外面推门进来的人，肯定会吓个够呛，心脏不好，还会吓出毛病。我师父就那么一丝不苟地躺在那里，进行一场诈死运动，屋里阴森森的气氛弥漫开来，我一阵阵毛骨悚然。不一会儿，躺在地板上的我师父一动不动好像真的死了，死得不明不白。我忍不住想捅捅他的身子，让他睁开眼睛。

我师父说："你快发呀，怎么还不发？"

我说："发发，我这就发。"

我哆嗦着拿起手机，按起键钮，打上一行："师父今天不幸……"我再也不想往下编，也编不下去了，我搜索出拳场里每个人的名字，始终无法发出这条半截消息。我师父就这么白费力气地紧闭双眼，平静地躺着，上唇浓密的胡须，猛地根根直立，又渐渐纹丝不动。他好像离开了我，跑到另一个世界周游去了，起码现在他的魂正奔跑在那条路上，我必须把他拦截下来。我说："师父，你别用这种方式作践自己啊！"我师父没有应声，屋内死一般地静，他就这么感受起死亡。那浓密胡须又一点点蔫下去，胸脯也不见呼吸时的上下浮动，这是在做闭气功？我静静地盯着他，等待着，一秒两秒过去，三秒四秒过去，五秒六秒都过去了，我师父的胸脯仍然倨傲地一动不动。

我心里不住地慌张，终于忍不住扑过去，抱起他的肩膀大喊："师父，你醒醒，你醒醒！"

我师父睁开眼，直直地看着我，好像从懵懂的世界醒过来，瞪起布满血丝的眼睛，猛地打了个喷嚏，无可奈何地说：“你这小子，净坏我的好事！”

三

许文达是我们公司的副总，一个意气风发的领导。他除了工作，业余时间都把精力投放到艰苦卓绝的练武上。他在业内的影响力虽然不能辐射到半个长春市，但这几年，他实实在在为城北陈式拳场拉来不少款爷，那帮款爷为城北拳场出钱、出力，举办了不少卓有成效的太极活动。头三年我就想把许文达带到我们拳场，肥水不流外人田，让他在我们拳场发挥作用。我师父开办拳场这么多年，日子一直是紧巴巴的，从来没有优渥过，他家到现在还住着上世纪八十年代建筑的老房子，一楼，虽然外面安装的防盗门与别的人家别无二致，可打开房门，脚底下的松木地板红油漆早已脱落，变成了一溜儿土黑，光线昏暗时，会让人产生如临沟壑的错觉。他家厨房有一台冰箱是上世纪九十年代末的产品，叫一个很好听的名字：吉诺尔，吉林市产的，目前运转良好，工作正常，可谓冰箱里的老古董。冰箱厂早就黄了，冰箱还存在，拥有这样一台使用了二十几年的冰箱，厂子哪能不黄？头几年，我师父家还有一台君子兰牌双筒洗衣机，外表的铁皮蓝漆脱落，烂成一个大洞口，但机芯尚好，一旦转动起来，马达轰鸣，强劲有力，终于有一天嘣的一声叹息，永远不会转动了。我师父能把洗衣机用到跨世纪，在这个城市里也绝无仅有。

我多么希望我师父日子能够好一些，起码作为一名拳师他应该得到应有的尊严。有一段时间，我没少在许文达身上下功夫，希望他给我们拳场领来几个款爷，给我师父带来必要的福利。我师父毕竟以教拳为生，身边多几个像样的徒弟，日子肯定会不同凡响，不至于落得像现在这样窘迫。可我的努力始终一无所获。在单位里，许文达从来不跟我谈练武之事，他把自己的爱好搞得讳莫如深——我不知道他师父是谁，也不知他在哪练拳，更不知道他除了给城北陈式拳场拉赞助，还与别的拳场有什么瓜葛。有那么几次，我去他办公室，故作轻松跟他闲聊，让他在毫无防备中打开话匣子，可我的话题一旦引领到太极方面，他脸上的肌肉会不自觉地抽动一下，那是异常警觉才有的变化。我不再自讨没趣，只好言归正传，回到一本正经的工作上。我想，最好的办法是在星期日或者什么假日约他一起出来，然后神不知鬼不觉地把他牵引到我们拳场，让他感受一下，顺理成章地与我师父见面，与我们拳场这些练武的人见面。

然而，武林中多有忌讳，我必须谨言慎行。

功夫不负有心人，或者说，我的执着感化了老天，我与许文达偶然获得了一次去县里出差的机会。我们住的宾馆后面靠近一座山，草木葳蕤，生机盎然，那绿，像从水里刚捞出来似的明亮透彻，还有那清爽的空气，九曲回肠地钻进肺管子里，畅快无比。我真想立马找一块空地打一套太极拳。

第二天早晨五点，我早早地起床爬山。山上到处弥漫着清凉的植物清香，半夜还下了小雨，山路湿润，所有的雨水都无法存留在山坡上，我脚步利索地向前爬行，行至半山腰，眼前出现了一块平坦的地带，许文达正在那里一走一晃背对着我，打起了拳！我凝神静气站在浓密的刺玫树丛后面，躲躲藏藏当起了不光彩的窥视者。刺玫花开得肆意奔放，潮湿的空气中弥漫着过于浓烈刺鼻的花香。外行看热闹，内行看门道，自认为还懂得一点儿拳法的我，发现许文达的拳打得实在平常稀松，那伸张两臂的“白鹤亮翅”没有我想象的那么舒展与紧凑，到了“云手”，身形开始摇晃，腰胯也不见应有的沉着，这样的练拳者，满公园到处都是，我不敢恭维。但好奇心并没有因此减弱，我神情专注地看着他的拳法，细心揣摩，觉得他很多动作与我平时练的套路有着相似之处，好像我们是一根藤蔓上结出的两个瓜。

许文达怡然自得地沉浸在拳法的行进当中，无比投入，全然没有发觉我的窥视。不知过了多长时间，晨光改变了方向，他一套拳打完，凝神片刻，慢慢收功，搓了一把脸，撩开衣袖，低头注意了一下脚底，迈开轻盈的双腿，不苟言笑地向刺玫树丛这边走来。我身子一紧，以为他要解开裤带找个隐蔽之处，随意大小便。我的判断着实有误，他的手根本没有一点儿摸向裤腰的意思，更不可能在排泄身体之前不苟言笑。他在即将靠近刺玫树丛的那一刻，笑呵呵扬起手，摇摆了两下，像一个无形的钩子，自信满满地将我从刺玫树丛后面拉扯出来。原来他早就看见了我，“在这儿傻愣着干啥，咱们往上走走”？我说：“我正想等你打完拳一起上去。”他首先迈开脚步，向上走去，走了两步回过头看了我一眼说：“今天咱们把工作尽早结束，争取下午三四点钟返程。”我的思路赶紧切换到工作上，他忽然又说：“你练太极有十几年了吧？我早就听说过，论起来，咱们还是一个师爷。”

我问：“你师父……”

他并不接应我的问话，一门心思低头盯着脚下的山路说：“你师父我知道，他的闭气功，全市一绝！当年，师爷手下有二十多位贴心徒弟，只有你师父得了这套功法。”说完，又讳莫如深地笑了。

我也勉为其难把脸皮挤出一堆笑容。我师父领我们练闭气功已有两年，一直秘不外传，今天他突兀提起这事，绝非空穴来风，看来什么事都没有不透风的墙。

许文达说："这几天，我想找你师父学学，不知他是否保守。"

我左脚底哧溜一滑，头重脚轻来了个踉跄，在我将要无法逃脱摔个嘴啃泥的时候，感觉前胸横住了一条柔软的肉棒。谢天谢地，许文达伸出了一只胳膊挡住了我前倾的身体。我扶着他的手稳住脚底，脚板滑出的那条长长的泥印子，让我羞愧难当。

远处的林子里，偶尔响起一两声布谷鸟声，之后各种鸟与昆虫也随帮唱影。许文达全然没注意到我心里的波动，迈开坚实的步伐继续往前走，好像刚才什么事都没发生，或者发生的事太小，不值得一提，他说："听说你们练的功法，效果不错。"

从县里回来第二天，许文达自然而然地进入我们拳场。

没想到他的到来，让我们拳场出了这么大的事，而且后来这事远远没有结束。

四

刘大海摔伤了，从昨天到现在，给他打了两遍电话，都没人接听，他的手机一直处于关机状态。许文达再一次出现在我们拳场，心里多少有些顾虑了，他特意问了一句："你师父不会对我有什么成见?"

我说："不会，不会的。"

这天，许文达很用心地头顶戴了一个遮阳帽，穿了一套飘逸的蓝色太极服，心有余悸地来了。见了我师父，他首先行了个大礼，有些郑重其事了，其实是对摔了刘大海一事多多少少表示一点儿愧疚。

拳场里只有我、我师父和许文达。其他人杳无声息没了踪影，看来，到了这个时候，不会再有人来了。冷清下来的拳场似乎更适合练功，我心无杂念地跟我师父打起了一套拳，打得慢慢悠悠，许文达跟在后面，也舞动起来。我身上热气腾腾出汗了，好在这时行拳结束，收功，调息，许文达提出跟我师父推手，我师父抱拳施礼，两人就双臂相搭了。眼前的许文达，好像放下了来拳场前的所有顾虑，也一改在单位时稳重矜持的样子，挥挥洒洒跟我师父推起来。也许他从没遇到过我师父这样的高手，而且是练就闭气功的高手，他劲头十足地跟着我师父的步伐，每个动作细腻连绵，中规中矩，要比我在县城宾馆后山坡看到他打的拳架子好多了。行进中，他不断向我师父发劲儿，我师父顺应着将其一一化解，布满春风的笑容里，似乎早已熟知许文达的每一步动作的来龙去脉，随之宽松的衣袖甩出呼呼风声，搅动起树木的枝叶哗哗直响，那压倒乾坤之气，奔放而来。许文达支撑不住了，他在我师父强大而无形的气场面前，身体倾斜，漏洞百出，我师父没有借机给他难堪，而是松开双手，抱以歉疚。我理解师父的意思，我们不能欺生，不能因刘大海被摔，就给这个初来乍到的客人一个下马威。两人重新搭上手，许文达开始接二连三犯起了错误，而且是低级错误，我师父再视而不见，显得不厚道，有失师父职责，只见我师父轻轻向前一靠，撩起一股冷风，直扑许文达的面部。将发未发之际，送去一个挤按劲儿，许文达脚下立马嗒嗒嗒一串脆响，弹跳几下，连连称赞道："好手法，好手法！"

这天，没人提起刘大海挨摔的事，对于练闭气功，也没人提，许文达是个聪明人，他不提，也避免了我们彼此的尴尬。我们拳场共同保守的秘密，肯定不会轻易说给外人的，但我知道，我们拳场练就的闭气功消息早已外泄，已无秘密可言，唯独我师父还蒙在鼓里，在神秘的美梦里自得其乐呢。

突然，我师父如梦初醒环顾左右，看看我，又看看许文达，纳闷地问："人呢，那帮人都不来了吗？"

"这会儿大家都忙，忙过了这阵儿，都会来。"我不知替谁打起了圆场。

我师父瞥了我一眼说："根本不是那么回事！我早就猜到他们不会过来！"

本来我师父觉得这么多年没带出一个像样徒弟，有愧先人，这几天，身边那几个可怜巴巴的徒弟又悄然隐身而退，对他真是一个重大打击。再说，微信上的视频的确让我们难堪，有些抬不起头，那个被打倒的不只是那个胖胖的师傅，而是我们一批练武者。当今太极拳究竟有没有用？它除了养生锻炼身体，能否对抗外来的拳击运动？闭气功更让我们失去了应有的信心，两年来，我们疲于应付，不知累跑了多少人，现在接连不断生出这么多是是非非，一个个都灰头土脸灰心丧气，谁还有心思来拳场呢？

许文达起了两天大早，来到我们拳场，没有见识到闭气功，心里肯定有点失落，不舒服了，我们还没散场，他就张罗离开，然后讪讪地走了。我低头盯着脚下沙石与泥土混合在一起的拳场，心里很不好受，像被泼了一盆冷水。这几天全市城南城北城东城西几个有名的拳场，都不同程度出现了人迹寥落，据说城东八极拳场有个徒弟无故不来，师父劈头盖脸对其进行了一顿臭损，那徒弟吃不住劲儿，脸红脖子粗立马翻脸了，拉开打仗的架势，就是一个不服气，气得那师父火冒三丈，上去给了他一巴掌。那师父平时心眼实，教徒弟从不保守，自己知道的东西总是全盘托出，结果没有了杀手锏，被那徒弟打倒在地上，一直昏迷不醒，至今还躺在医院重症病房。简直是乱套了！我师父听到这个消息，站在空旷的拳场，两手握成拳头的骨节嘎巴巴直响，浑身瑟瑟颤抖成一股冷风，最终无能为力地松开拳头。那终归是人家的事，生气也没用。

五

我坚持每天都来到拳场，只要我师父看见有一个徒弟在这里，心就不会凉到底。踏着过膝蒿草，深入到南湖公园中心，快要走到拳场了，天空突然噼噼叭叭掉起大颗雨滴，我衣兜紧跟着微微一动，感觉是手机。停下脚步，掏出那个连着串的响声，分辨着数字。树林枝叶哗啦啦响成一片，风带动着雨，雨裹着风，毫不客气地疾速拍打下来。我就这样冒着大颗雨滴接听了电话，我师父沙哑疲惫的嗓音似乎从睡梦中穿越而来，我只听见他说了一句“今天我也不过去了”。

“不来拳场了吗？”

“天下雨我怎么过去。”

我师父说他搞不成诈死，昨晚失眠了，一宿没睡，现在终于想明白一个问题，就是太极拳不能白白被那帮人糟蹋了，“准备在全市搞一个大型太极活动，正本清源”。按照他的说法，太极拳的任何一个动作和技巧，外家拳都有，太极套路中的各个动作与外家拳技击术相比，没有任何优势。太极练的是以心行气，心神合一的八劲吞吐，就是练好“掤、捋、挤、按、采、挒、肘、靠”，使之烂熟于心，成为身体自觉行动。他还说，掤劲儿是万劲儿之母，由脚下经过三关传导上来，无论对手打来的劲力有多大，都能将对方轻松拂起，这是外家拳根本体会不到的功夫。太极起意就是掤，意一缩就是捋，一探就是挤，一钻就是按，一分就是采，一合就是挒。那些妄自菲薄的人，那些对太极一知半解的人，知道这些吗？绝不会知道。他们不来练武可以，但绝不能跟着玷污我太极！

我的电话紧捂在耳朵上，承受着雨淋，听着我师父絮絮叨叨：

“现在问题根本不出在外边人怎么嚷嚷，而是我们拳场这帮人出了问题，我必须把他们端正过来，不然一切都无从谈起。……好了，现在你最好到我这儿来一趟，我要有重大的举动向你宣布！”

我加快脚步向我师父家的方向走，脚后跟带出的泥水四处飞溅，我也顾不得让自己体面一下了。

原来，我师父要跟我唠许文达的事。

我必须让许文达到我们拳场，哪怕所有人都不来了，许文达也必须来，我师父筹划的全市太极活动，非同小可，没有强大的资金做后盾，此事万万张罗不起来。这几天，许文达总是向我打探刘大海的伤势，这说明他心里惦记着我们的拳场，惦记着我师父的闭气功。我并没有说出刘大海已失去了联系。我给刘大海打过几个电话，始终得不到任何消息，面对许文达的关心，我只是轻描淡写地说：“他在家休息几天，没大碍。”

许文达又来我们拳场了。这回，他好像不急于见识闭气功，而是首先要求跟我师父推手，他们推的是四正，“掤、捋、挤、按”，四隅，“采、挒、肘、靠”。许文达边推边问我师父“掤”的劲感，“捋”的角度，“挤”的位置，“按”的劲力，至于“采、挒、肘、靠”，更是细心揣摩，有时他会停下来，一遍遍重复体验，直到感觉有那么点意思了，再与我师父重新搭上手，继续往下推。我师父耐心十足地讲解许文达所有提出的问题，还纠正了几个必须纠正的错误，恰到好处地停下手，笑盈盈称赞道：“手法不错。”就是不提闭气功。

二十年前我学拳，也感觉到了我师父的神秘。那时，我不知道我师父领着他先前徒弟练的是什么拳，只觉得这拳架好看，说柔还刚，说刚还柔，在柔柔刚刚中，连绵不断，慢条斯理，突然间，他又来个腾挪跳跃，看得我有些傻眼了。那天我站在拳场边沿足足看了两个小时，末了，我师父走到我跟前，说：我见你是个有心人，若是想学，每天早晨坚持来拳场上就可以。

那时，微风吹拂在我师父身上，吹得衣袂飘飘的，他身上太极服的每个褶皱里似乎都飘逸着美感，好像与生俱来的强大气场一下子将我全罩住，当然，也罩住了拳场里所有的人。后来我知道我师父那时打的是陈式太极拳，打完陈式，打吴式。陈式拳法刚劲有力，练的是缠丝劲儿，而且拳架低，没有一定功底的人难以将动作做到位，也很难领会其内在精髓。我师父建议我先学吴式太极拳，等筋骨抻开了再学陈式。吴式太极拳讲究的是对拉拔长，柔中带刚，减去了腾挪跳跃，绵绵不断的长劲更利于养生，它是清代武林大师吴全佑所创，后传给儿子吴鉴泉。吴鉴泉对吴式拳进行了丰富和发展，造诣日益精深，成为名扬四海的一代太极宗师。我在拳场学习了半年，赶上公园园林改造，拳场恢复绿地，被园林工人种上杨树，我师父领着徒弟们重新选址，就在这里开辟了一个拥有一百多平方米的场地，然后乐此不疲端来一筐筐沙子，铺在上面。由于年复一年日复一日脚步踩踏，拳场沙土渐渐扎入泥土，泥土与沙子夯实板结在一起，不管四周树木怎么茂密绿草茵茵，拳场地面也不见半寸杂草。重新修建的拳场，有一棵歪脖榆树很自卑很低调地夹在其中，也许是从小发育不良或人为因素，在与人齐腰高的地方弯了一下，劈出了一个歪杈，正适合脚搭上去压腿。原来这拳场早就天造地设地为人们准备好了，只等着我们这帮人过来开发利用。每天阳光出来，再热的天，这里也不太热；再冷的天，这里也不感觉阴冷。我完整学了一套吴式太极拳，由生疏到熟练，到运用自如，最后达到忘我境地，身心舒泰，一派怡然自得。

打拳也叫盘架子，练的是轻、慢、圆、柔、长，练拳时必须是心静、身灵、气敛、劲整、神聚。通过这一系列的动作，感知身体与天地相融的美妙，感知每一个动作在细微的转换中与周围景物浑然天成。每天唯有在打拳时我才能这么静下心关注自己的每寸肌肤，每块骨骼，每一次呼吸，才知道身体这一堆一块一坨的东西如此神奇和重要。我为我自己而陶醉，为自己的心境所感动，我好像从来没有这样静下心来自我欣赏。光会盘架子不练习推手，只能叫半拉子，不全面，缺科目。拳练到一定程度必须学会推手，就是两人脸对脸地站在一起，相距不足一米，抬起双臂、轻轻搭在一起，开始一圈儿一圈儿地打轮儿：你掤，我就捋；你捋，我就挤；你挤，我就按；你按，我就掤。劲力来回转换，虚实要分清。

无论怎么推手，两脚必须深扎地面，脚步不稳，说明腰胯不得力，容易处于被动，整个局面不受控制，必须时刻警惕。在所有推手中，最好玩的当属散推，脚法稳中有灵动，且变化多端，没有平时稳扎稳打的功夫，玩不了散推的。散推说白了是实战，糊弄不了人，玩不得飘浮，检验的是平时练就的腿脚能不能发挥作用，经得起考验。

古人有推手歌写道：

掤捋挤按须认真，
上下相随人难进。
任他巨力来打我，
牵动四两拨千斤。
引进落空合即出，
粘连黏随不丢顶。

那时我们拳场人丁兴旺，四周几米之内，总似有似无氤氲起常人难以看见的气团，将几公里以外的植物释放出来的祥瑞之气吸引过来，化作无坚不摧的能量。还有天空中飞来的一群群喜鹊，它们在头顶树枝上欢蹦乱跳，同样带来祥瑞之气。

现在，许文达能够再次到来，说明我们拳场还是有一定吸引力的。尽管我师父闭口不谈闭气功，但看那神情，说不定一不留神就会把他的闭气功抖搂出来。只要抖搂了，许文达就算我们拳场里的人了，我师父的好日子就来了，先前那帮徒弟不来就不来吧，我师父没必要天天盼着他们，他们不可能给我师父带来明媚的阳光。

拳场在树荫的遮避中清清爽爽，忍不住叫人多做几次深呼吸，腹部一鼓一收，像做功一样。我等待着我师父张嘴抖搂出闭气功。他不急于抖搂，我只好找个无人的草丛，微蹲双腿，两臂向前抬起，将头脑里的杂念排空，在一派虚静之中搞起了站桩。无论是活步桩还是站桩，都是练武功，习武不练功，到老一身空，一辈子白忙活了。搞完站桩，收功，我师父竟然要带我推手，推就推吧，单手推，双手推，散推。越推，我师父的脸离我越近，上唇浓密的胡须快扎到我脸上了，我知道我已被他牢牢粘住。我很想把从我师父那里学到的东西运用出来，对我师父来个引进落空，四两拨千斤。哪知道我师父舍掉自己的那双手，浑身上下都是手，每一处无不外柔内刚。我费了九牛二虎之力，也无法将他撼动半步。我师父笑盈盈眯起眼看向我，将我这点小心思全看透了，他说："太极之事，活泼于腰，灵机于顶，神通于背，你刚才用拙力顶我，犯双重之病，浑身上下无不僵硬，我稍有动意，你必摔倒无疑。"

我师父心情舒展着，难得他有这么好的心情。头顶又有一块祥云笼罩过来，袅袅着，经久不肯散去。见我脸颊不住流汗，我师父示意休息一下，他站在拳场中央，马上就要抖搂出他的闭气功了。但还得等一等，他那宽松的服装一律下垂，从腿脚处垂到地面，盖住了双脚，微风稍有拂动，便显出一份与众不同来。

不难看出这一刻，我师父放下了漫长的思想顾虑，浑身上下就有了由里而外的轻松，还生出一种少见的美感。

终于传授许文达闭气功了。我师父从衣兜里郑重掏出一块早就准备好的红布，铺在沙土之上。微风轻轻吹来，我师父又衣袂飘飘了，他拿出一瓶白酒，事先早就准备好的白酒，打开瓶盖，酒倒入杯中，敬天，敬地，然后敬先人，敬我师父的师父。酒水一次次抛向空中，拳场上空飘起了酒香，我们每个人都接过我师父端过来的白酒，喝下去。这小小的简单的仪式进行完毕，许文达摘下遮阳帽，放在拳场边上那个石凳上，他那蓝色的太极服也同样现出飘逸的美感。我师父拉过许文达的手，两人并排站在了一起，闭目、调息……好，开始吸气……闭气，松开……呼气……弯腰抓气……来……第一节结束。

六

我师父决定在全市举行一次太极活动，是要让萎靡不振的传统武术重现雄风。以前许文达帮助城北拳场拉了不少赞助，这回我师父张罗的事，他不能置若罔闻。我抽空往外面打了几个电话，租场地，招募工作人员……我发现我师父在全市武林界还是有一定声望的，他的想法一下子搅动开了这个城市的沉闷的空气，也搅开了所有人的郁闷。周围拳场的人都表示，我师父这是在做一件功德无量的好事。

我们这个城市大大小小拳场不少于百家，分布在各个角落，但最有名的也不过十几家。城东劳动公园，有一伙练八极拳的，师父姓李，带出的徒弟个个两只拳头像铸铁，砸树树折，砸石石碎，要是砸在人身上，那还了得？城南雕塑公园张师父以练杨式太极拳闻名，他带出的中老年人个个鹤发童颜，一副仙风道骨的模样。城西有两个拳场，一伙练罗汉拳，另一伙练螳螂拳，气势都不输城东八极拳。城北有个从陈家沟回来的师父，据说得到过真传，收了几个弟子，颇有些影响。

我们这个一百多平方米的拳场，常年被茂密的松树、柳树、榆树遮掩着，粗壮的枝干上整天沾染着我们大汗淋漓所挥发出的气息，它们将自身带有油脂的清香释放给我们，就像不远处湖面时不时送来的清凉细风。我们不但感受着植物，还关注着地上的动物和弱小的生命的行动规律，熟悉这里的蚂蚁窝耗子洞以及诸多不知名小虫子的栖息场所。每年夏天，蚂蚁们大批出动，云集在一起举行几场颇具规模的集体活动，几千只几万只蚂蚁来回行走的路线，如一条永不间断的行军队伍，蔚为壮观。我们从来不招惹它们，打乱它们行军计划，不然我们会遭到一顿听不见声音的痛骂。树丛中还有几个老鼠洞，也暴露在我们的视线之内，老鼠们时常乘我们不备，从洞口里探出贼头贼脸的小脑袋，瞪着一双贼眉鼠眼观察周围的环境间或揣摩我们的心思和态度，我们照常对它们置之不理或视而不见。老鼠们肯定感激涕零，视我们为友好邻邦，然后很知趣地缩回脑袋，转身从另一个洞口钻出去。丛林中的小鸟总是肆意妄为，它们往往趁拳场出现少许空当，飞落过来，抖擞起羽毛，也抖擞起精神，在我们身边一两米左右的地面蹦蹦跳跳例行展开卓有成效的觅食活动。我们伸胳膊撂腿不免惊扰它们，它们很不高兴地飞回树枝上，心烦气躁地叽喳聒噪。

我们拳场周围还分布着十几个不固定的练拳团体，我师父的拳法，他们都学不了，因为他们练拳的目的很明确，活动活动筋骨，不想深究，不想吃那份苦，所以他们打拳时像跳广场舞那样播放优美的音乐，伸胳膊撂腿进行声势浩大的集体操练。

以前我师父最被人称道的是太极推手，“掤、捋、挤、按，采、挒、肘、靠”八门劲儿混合在一起，运用得炉火纯青，大有力拔山兮气盖世之气概，可惜没几个人能看懂了。太极分为两种练法：一是盘架子，也就是练套路，俗称打拳，是知己功夫。另一种是推手，也叫打手或摸手，是知彼功夫。两种方式每天同时操练，方得太极要领。我师父有一句话让我们耳熟能详，那就是，八极一年打死人，太极十年不出门，出门赛活神。太极拳不好练，光吃苦不得要领不行，得要领没悟性也练不成，不像八极拳，跟师父玩上一年，出手就能把树皮磕开花。

我跟我师父练了二十几年的拳，两年闭气功，他脾气秉性我是知道的，几乎没有什么不良嗜好。每到过年过节，我们都要把手头最好的东西送到我师父家里，对于我们送来的礼品，我师父也少有客套，坐在那里点头应允，算是笑纳。待我师父家聚集的人多了，他就叫这帮徒弟打开冰箱，拿出那些好东西，动手做了，然后大伙儿一块儿吃。我在我师父家不但吃什么随便，出入也随便，有时从拳场上回来，不想回家，就到我师父家磨蹭一会儿，吃什么自己拿，喝茶自己倒。有人在我师父家坐够了待够了，想走，抬起屁股推开门就走，从来不用与人打招呼。走到外面，到市场逛一圈，还不想回自己家，随时可以返回到我师父这儿。

我师父家是开放的，我们除了不能进入那个挂着蓝色碎花布帘上锁的小屋，不能在我师父家留宿睡觉外，几乎过着相当自由的集体生活。当然，这些对我来说，只能在周六周日或节假日才能实现。待在我师父家里，还有另一点儿好处，能时常见到远道慕名前来的练武之人，坐着火车汽车风尘仆仆赶来。我们在客气声中与人家摸摸手，探听一下对方的功夫和底细，从中结交了不少武林界的高手。

交流很有必要。

对于在全市举办太极活动，尽管我和我师父张罗得热火朝天，可那帮跟我师父练拳的人，偶尔过来，听说这事，也都反应平淡，我师父没兴致理他们，他看着他们就气不打一处来。这天，在家里沉默多时的我师父，看见那帮人全走光了，手指不停捻着上唇几根胡须，慢悠悠地说："我还得用那招儿考验这帮家伙，你给他们发个短信，就说我死了，看看到底能来几个人。"

我说："您这是何苦呢！"

我师父说："你到底能不能发？"

我说："我发，我发，可您千万别往地上躺了。"

我师父说："不往地上躺，能叫死吗？"

我说："说死，就非得往地上躺吗？"

我师父听我这么一说，也不再做那吓人的动作了。"发，师父今天不幸……剩下你自己编！咱们有这么好的拳场，咋就没人珍惜呢？是不是我平时对你们太仁慈，太宽松，太惯着你们，把你们都惯坏了，拿我不当回事？这次我教许文达闭气功才知道，我们的秘密，一年前外面就有人知道了，你说这事能是谁干的？现在，其他事为小，此事是大，不把内鬼揪出来，我心不甘！"

如果是这样，我得替我师父把大家召集在一起。

七

发出的短信，是让大家到拳场集合。我沏上一壶茶，与我师父一边慢慢对饮，一边想着怎样才能排解他突如其来的苦闷，可想来想去，还是尽快帮他把那个全市太极活动搞起来，只有把活动搞起来，那些苦闷也许才会烟消云散，抛到九霄云外。我师父喝茶的动静太大了，一声又一声嗞嗞哈哈喘起粗气，打了一个极不舒畅的响嗝，说：“喝了这壶茶，我们去拳场，说不定他们在那里集合。”

南湖公园行人也比前些日子少了，所有的人都在这个春天忙着一些莫明其妙的事。我跟我师父走在七扭八歪的毛毛道上，脚步飞走的声音格外轻盈而又响亮。我师父的裤脚和鞋已经完全被草里的雨水浸湿了，我也一样。

拳场那棵歪脖榆树杈上，有人在压腿，还有人站立在拳场中央静静调息。果真有人来了，这时，我身边树干上有一只长尾松鼠窜下来，与我对视了两秒钟，突然抬起后腿，来个“双摆莲”，一掉腚，窜进树窠里去了。这些丛林中的小动物，各个都是天生的武功高手，我们这些直立行走的人类真是自愧弗如。

刘大海站在拳场中央，右手掌张开，上面擎着一只惊魂未定的麻雀，他正在表演不给麻雀后坐力，麻雀就无法起飞的太极劲儿，活灵活现的，旁边还站立着几个观众。他的左手，端着一本书，唾沫星子四溅地高声朗读内功心法，太投入了，没有注意到我跟我师父的出现。

“说什么呢？”我师父冷不丁吆喝一嗓子，所有人转过头来。

那只麻雀双腿一蹬，挓挲开翅膀，嗖地飞走了。刘大海目瞪口呆收拢住嘴巴，他有些慌不择路迅速把书塞进怀里。

“你的伤好了吗，怎么这么多天不见你动静？”我师父好奇地逼到跟前。

没等刘大海回答，旁边有人道：“师父，我们在讨论闭气功。”

我师父拽住刘大海的胳膊，隔着衣襟摸向刘大海的怀里，刘大海躲闪着说：“这书，师父不能看！”

“我为什么不能看？”

"书里说，闭气功不能随便练。练不好，会把人憋出毛病，憋死人的！"刘大海涨红着脸，磕磕巴巴。

我师父坚定地扯起刘大海的衣襟，怎么也不肯松手，书啪嗒掉在地上，不明事理翻卷着张开，傻呵呵左右摇晃。我师父弯腰拾起那本书，纳闷地看了一眼封面，翻了足足有两三分钟，努力迫使自己平静下来，再平静下来，大拇指慢慢刮动着书页，最后哗的一声划过。四周的气氛骤然紧张，大家眼睁睁看见我师父肚皮来回跌宕，知道刘大海闯祸了。

"这小子还有脸出书？"我师父轻慢地一甩手，那书扑啦啦从头顶飞到背后，惊恐万状跌到拳场外面一个水坑里，断了气一般死巴巴不动。我们都不由自主打起一个激灵。

"你走吧，看哪儿好，上哪儿去，我这地方庙太小，留不住你！"

刘大海像一只霜打的茄子，蔫了，站在一旁呆立，哑口无言。

我师父不是与人为敌的人，他以前常告诉过我，练太极不是整天琢磨怎样打败对手，也不是跟谁斗气。刘大海吹捧的那位出书人，原来是本市武林界大名鼎鼎的草山飞。当年我师父一个月花两角钱在他的师父刘培源那里学拳，刘培源就让草山飞先带我师父，师兄带师弟合乎情理。可是有一天，草山飞把我师父带出了拳场，私开场地。我师父跟他练了一阵拳，总觉得不对劲儿，又回到刘培源身边，由交学费改成了送礼——两根麻花、两瓶苹果罐头之类的东西。这让草山飞丢掉了面子，记恨在心。

刘培源一生未婚，膝下无儿无女，他把所有身边的徒弟都当成自己的子女，子女有远有近，最后他身边只剩我师父成了他唯一的亲人。

刘培源去世的头两天，他让我师父拿走屋里的一把太极刀和一把太极剑，我师父点头应允，却迟迟没好意思动手。刘培源说："那两把物件是祖上乾隆爷所赐，保存至今实属不易，务必收好，切记切记！”我师父以为刘培源所有物品，都会原样保存，不会有人去碰。下葬完刘培源，草山飞一夜之间收走了他们师父所有的练武器械。我师父一气之下，找到草山飞，索要太极刀和太极剑，说这两样东西师父生前早有遗嘱。草山飞说：“空口无凭，师父没跟我有任何交代，我为什么给你？”我师父说：“师父能把闭气功传授给我，那两样东西归我也在情理之中，如果你觉得心里不平衡，我只要那把太极刀，太极剑你留下。”草山飞哗的一声抽出那把太极刀，阴沉着脸说：“你要这把刀可以，但你必须答应我两件事！”“什么事？”“一件是，你让我用这把刀剁下你一只手，另一件是，对闭气功这事，你必须从此闭嘴。”我师父说：“只要你把太极刀给我，任你胡来！”草山飞说：“那好，我就要取你一只手，想好了。”我师父当时真就伸起一只手，或者说伸过去的是一只胳膊，左胳膊，就在草山飞手起刀落之时，我师父一个健步飞身扑上，草山飞的太极刀抡空，人被扑倒在地。我师父夺过那把太极刀，膝盖死死抵住草山飞的脑袋说：“我保证，我二十年不提闭气功，咱俩两清了，你同不同意？”这场争斗被后赶过来的师兄师弟分开、劝和，立下字据。

刘培源离世不到一年，草山飞独立门户，办班收徒，后来又成立了一个太极馆，不知什么时候，火了，市里有什么重大活动，只要他出场，马上会有一帮记者跑上去，问这问那。草山飞往往要粗暴地拨开那些伸到他下巴长短不齐花花绿绿的话筒，显出极不耐烦的样子，已非同一般了。

我知道，从古至今，太极拳内部纷争与格斗从没停止过。我师父年轻时与草山飞结怨实属无奈。

看着眼前的情景，我觉得我师父跟刘大海生气，太不值得了，如果也像草山飞那样开办一个太极馆，凭借他的名声，每个月收二十人，每个学员交一千元学费，他的月收入相当可观，也不用整天寻思着这帮徒弟为什么不来拳场，庸人自扰生发苦闷。但据我所知，我师父这么多年来一直从心里排斥开馆教徒，他认为那都是骗人把戏，要想真正带出太极高手，只有在风吹雨打的公园拳场里。

刘大海坐在拳场外面一块石头上闷头吸起了烟。我师父歪头看了他一眼，来回踱着脚步，似乎说："你小子能耐了啊，这么多天不露面，露了面就生出幺蛾子来！"

刘大海还是一副霜打的茄子模样，不看我师父。我知道刘大海整天练闭气功，练得不辞辛苦，躲藏几天，似乎也在情理之中。可我师父急火火招回这帮徒弟，招惹了一身闲气，搞得我也很闹心。

刘大海小心翼翼地凑到我跟前，低声问："你刚才发的短信是怎么回事？"

我说："没事，你就别问了。"

刘大海说："一会儿大家都来了，看见师父活蹦乱跳的，你又怎么解释？"

我说："这几天师父心情不好，你们就多担待点吧！"

我不想跟刘大海多说什么了，我不知道我师父这些天反常举动与后来发生的事有什么联系，反正几个月后，我师父做了一件让我们意想不到又匪夷所思的事。回想事情的种种，总觉得我师父有太多太多的想法让人不可思议。

八

快要到中午吃饭时间，我手机短信上显示还有五个人朝这边赶来，刘大海彻底缓过神儿来，张罗请客。在我的印象中，他从来没主动掏腰包请请大家。天空有一块云朵在慢慢移动，我师父心情稍有缓解，脸色不那么难看了，他仰望起了蓝天和蓝天上的白云。我们顺应着他的眼神儿不明就里地仰望起来。我师父问：“猜猜，这云像什么？”

我说：“像一头狮子，或者像一只大雁。”刘大海说：“像一个大猩猩。”受到他的启发，我看更像一个人，一个慢慢飘动的人，那人蹲着马步，两臂做着“单鞭”，缥缈地打着太极——神仙太极。

我们仰得脖颈子酸疼，也不好意思晃动一下。那朵云就一点点飘走，散去……我师父说：“莫非是我师父，他正在天空上看我们？”

后赶过来的五个人到了拳场，看到我师父安然无恙，知道是怎么回事了。我们拖拖拉拉走出南湖公园，在路口等了一下红灯，穿过马路，直奔吃饭的地方——聚香楼。

我们是这个酒店的常客，脚一踏进门槛，就有一种宾至如归的感觉，也一下子把饭店搞得热闹起来，让这里产生一种人满为患的虚假繁荣。这当口，我师父慌忙掏出手机，闪身躲到一个角落，捂住一只耳朵接听起电话，嘴里不停地说：“我没事，没事，你放心，我不生气！”手机揣回兜里，他转过身，看见我，说：“是练螳螂拳那帮朋友打来的。”

我们都没当回事，穿过酒店大堂经久不息的油烟味，闹哄哄走进那个常去的包厢，放下包裹，洗手，上厕所，吵嚷着忙活一阵儿，回来落座，有了片刻的消停。我师父情绪也好转了，叫来小服务员，点菜。包厢是石膏板隔段，背部挨上去，还忽闪忽闪，好像用点力，能把一面墙拱倒。这里不是什么像样的吃饭地方，我们却习以为常了。包厢的门，用粉色碎花布帘挂成，老远就能听见小服务员的回应声，她带着欢快的脚步奔跑过来，模仿起电视剧台词问：“几位客官今天吃点什么？”

想吃点什么？我们都看向我师父，我师父想吃什么，我们就吃什么，我师父的口味，就是我们的口味。回想头几年，我们总是隔三差五请我师父钻进这种草根出没的饭店，喝上幸福得妙不可言的劣质酒，还真挺让人怀念。可自从这个春天，我们彼此露面都少得可怜，大家坐在了一起真像是一种奢侈，不容易。

我师父对吃什么不感兴趣，这里的饭菜早让他吃腻了。他正襟危坐在那儿，手指不停地捻动着从上唇里挑出来的几根支棱八翘的胡须，慢条斯理地捻动着，捻得津津有味，“你们点什么我吃什么”。我们开始放肆了，七嘴八舌你一言我一语地点着菜，东拼西凑稀里糊涂点了一堆，递上菜单，让小服务员赶快上菜。

我师父说：“不知怎么，我一来到这地方，就想起当年我的师父，他活着的时候，我们没下过一次馆子……他真是个好拳师，现在再也见不到他那样的好师父了，你们不会体会我的心情！”

这心情适合喝酒。

我师父喝上酒，气血就上来了，脸升始红，在包厢有限的光线里，脑门子上方笼罩起一股雾团，缥缥缈缈，似有若无。我师父练了一辈子内家功，我们都相信他体内有一股神奇的力量。如果把这种神奇的力量硬要具象化，那就是真气！是的，真气！有那么几年，社会上流传各种各样假气功，把这名声搞臭了，现在谁再谈起会被人耻笑的。

我师父接连喝了三盅酒，坐在那儿一动不动。以前我们都听说我师父有用气挤压酒水的功力，就是先闭气，让身体鼓荡起来，然后用体内的真元之气，把酒化成水，将水排出体外。这时，我们亲眼看见我师父浓密的胡须上布满了细密的汗珠，一点点向人中聚拢，不住地往下滴落。不一会儿，又有新的汗珠涌出来，密密麻麻凝结在胡茬尖上，接着滴落。真是开眼界了，我师父抖了抖肩，张开两只大手掌，搓了一把脸，胡子里蓄满的汗珠，全都落手掌上，那手像刚从水盆里捞出来。酒水好像从体内排泄完了。

只见我师父眼神一亮，晃动了脑袋，目光回落到我们每个人的脸上，如同一把大扫帚一样横扫了一圈，扫得我们的脸一阵火辣。他说："你们知道不，一年前我们拳场出现了内鬼，外面所有的人都知道我们的闭气功！"

内鬼是谁？我们你看我，我看你，揣摩着对方是不是在怀疑着自己，最终都不约而同将目光落在了刘大海身上。刘大海浑身像生长了毛毛刺儿，不停地在座位上扭动屁股，有些不自在了，终于沉不住，涨红着脸站起身，手端着酒杯说："师父，刚才我惹您生气，实在对不起，那本书扔掉了，我也不会再捡起来，另外……闭气功，我又说起闭气功，您肯定怀疑我透露了闭气功，我不多解释，现在我把这杯酒干了。"

刘大海真就一口干了酒，干得利利索索，一点儿不拖泥带水，一屁股坐下，夹起一筷子菜塞进嘴里，口齿不清地说："向天保证，我要是干了那下三滥的事，出门被车撞死。"那杯逞能的酒可能把他暗暗地呛着了。

九

聚香楼聚会后的第二天上午，我师父决定奔赴城北拳场，挖内鬼去。据练螳螂拳的一位兄弟讲，城北那个拳场有刘大海早年练拳时的一位师兄，刘大海最近跑到那个拳场，曾遭到那帮人一通奚落，至于我师父的闭气功是否也遭到同样奚落，不得而知。我师父避重就轻说去城北拳场商讨全市太极活动事宜，据我判断，他心里肯定装着怎样挖出内鬼的事。尽管我师父的情绪多有克制，但这次前往，我感觉凶多吉少，如果城北陈式拳场的人跟我师父话不投机，交起手来怎么办？我们不免为他捏了一把汗。我师父苦笑了一下说："你们都别呼呼啦啦跟在我身后，我又不是去踢人家场子，大伙儿留在这里，谁都不许动。"

这天，刘大海没来，他知道事情闹到这种地步，已无脸见我师父了，只能回避。我看着我师父走出拳场、走出南湖公园时孤零零的身影，心里一个劲儿庆幸我没有透露出闭气功的任何消息，这笔账只能算在刘大海一个人身上。一片乌云慢悠悠飘到拳场上空，天要下雨了，我师父到了城北不会一点儿事都没有。云，似乎加重了我心里不好的兆头，我心里骂刘大海为什么要惹这么大的祸！他现在要是在拳场，我们非打他个满地找牙不可。大家都静静地坐在拳场里，无心练拳，更无心练闭气功。一个小时过去，两个小时过去了，雨始终没下，天还在阴着，我师父这时已经到了城北，他在那里说了什么，怎么交谈，我们一无所知。只能静静地等待。三个小时四个小时过去了，天空掉下来几个雨滴，在我们以为会有一场暴雨来临的时候，那几滴雨也没了。

所有的人都没有接到我师父任何电话，我的耳朵隐隐约约出现了幻听，是练武之人交手时从腹中丹田发出的闷响，声震寰宇的。有树叶哗哗摇动，我晃晃了脑袋努力排解幻听，那声音仍然不依不饶纠缠着我的耳朵。也许我师父去城北拳场并没有我们想象的那么可怕，他很可能是跟那帮人商讨全市的太极活动。我从地上爬起身，刚才腿坐得有些麻木，跺跺脚，一切都该好一些，好一些吧。我耳朵里的幻听再次响起，感觉那声音不是幻听，是真实的存在，原来它来自离我们五十米以外的一个拳场。我真想在这时给我师父打个电话，但还是不能打，只要我师父当着那帮人的面接听电话，肯定会被认为我们这边担忧和心虚，更丢我师父的脸面，我们只能坐在这里坐以待毙或心存侥幸。

十

我师父为什么对闭气功存有这么大的心劲儿？据说他小时候发过一次烧，病好之后，总是心疼，生气疼，跑步疼，阴天下雨也疼。疼成了家常便饭，成了他生活的一部分。他以为每个人的心都是疼的。二十岁那年，我师父的母亲为了让我师父接班参加工作，提前从校办工厂退休。就在我师父接班检查身体时，发现了心脏问题，眼看那个校办工厂去不成，我师父的母亲拿出家里全部存款，八块钱，疯疯张张跑到供销社，托人挖洞走起了后门，买了两瓶苹果罐头，两包蛋糕，两瓶不知名的白酒，两瓶二两半瓶装的香油，其中一瓶香油，还在赶路时不小心掉在了地上，香油撒了一半。我师父的母亲就将两瓶香油均匀开，分装在两个瓶子里，再把所有物品分成两份，一份砸向了主宰我师父命运的医生，另一份砸向校办工厂的厂长。

那个年代送礼还是偷偷摸摸见不得人的事，我师父的母亲却大胆地行动起来。我师父灰头土脸勉强进入了那个校办小型铸造厂，每天上班，抬起一筐筐废铁倒进锅炉里，再倒进半筐石块一起冶炼，铁块炼成铁水，顺着锅炉底部一个小孔冒出来，我师父跟着另一个工人抬着笨重的容器接住铁水，倒进事先用黑砂做好的模子里。接完铁水，石块变成了铁屎，沉入锅炉底部，扒出来，冷却扔掉。为防止铁水溅出烫伤小腿和脚面，干活儿时，我师父鞋面上覆盖着一层厚厚牛皮垫儿，牛皮垫儿上布满了一层灰，且千疮百孔，都是铁水溅上去颗粒烧的窟窿。他膝盖下部也围了一层厚厚的棉垫儿，那上面窟窿虽不及鞋面上密集，但每当夏天，炙热的铁水烤得人不但满身是汗，两条腿也被汗水泡得溃烂。这些看上去都不主要，主要的是我师父心脏有问题，干活儿时汗比别人流得多，小脸煞白，气喘吁吁，手里抬着的铁水要放在地上歇几次，耽误了与他搭伙工人的工作量。我师父挨欺负就在所难免，他成了工厂里人人都看不起的废物。

我师父自尊心很强，他几乎在校办工厂干不下去了，可一想到这份工作来之不易，是母亲可怜巴巴求爷告奶才给他安排的，他轻易不能丢弃，而且以后还要依靠这个工厂生活，娶妻生子，将来孩子也要在这里接班。我师父要想让别人看得起，必须想个办法。刚开始，他总是买"迎春"烟对人家实行拉拢……每当说到这些零零碎碎的琐事，我师父就坐在拳场外面的草地上，眯缝着双眼看着我们说："我这一辈子要是没遇到我师父，没练上太极，很可能混得暗无天日。我师父人去世得太早了，那时他每天习武都在几个小时以上，出现严重体力消耗，而嘴里吃的都是玉米面饼，偶尔有一顿肉，自己舍不得一个人吃，他总把我叫到家里，看着我吃，说我吃了肉才能长功夫。"我师父眼圈红红的，他强行忍住，不再讲他师父，继续讲他怎样买烟，说在那种环境下坚持买烟，完全是迫不得已，是极大的奢侈，可他不奢侈也不行，周围的人都等着抽他的烟，已成为习惯。我师父十几岁就会抽烟，抽的是乡下用报纸卷的辣烟，烟吸到肚子里，人就迷糊，有一种飞翔的感觉。他抽烟最厉害的时候，还是那几年在校办铸造厂上班。那个年代，抽烟不仅代表一个人的身价，也代表一个人是否与大家合群的显著标志。对我师父来说，他的买烟史就是他的屈辱史，他每个月开工资，第一件要办的事，就是咬牙跺脚跑到厂外门前小卖铺，买一盒"迎春"。揣在兜里，时不时掏出几根，漫无目的地向人家发放。

时间长了，烟也不管用，那帮人照样欺负他，他就决定找人打上几架，打得人人都害怕才是。香烟解决不了的问题，只能用拳头。拳头虽然简单但解决起来更彻底。我师父要为此付出努力了，工人们个个都比我师父胳膊粗力气大，他谁都打不过，怎么办？那就得练武。他早就听说市中心人民广场有一群练武者，我师父每天早晨四五点钟奔向人民广场，跟那帮人练起了八极拳。拳场里教拳的师父看他又瘦又小，说他学不了这种拳，学了也练不成，当时那个八极拳师父还不知道我师父心脏有问题，要是知道了，肯定不会再理他。

我师父的心脏问题根本做不了超体力运动，八极拳里最基本的动作，是用胳膊打树，一个早晨要打几百下。我师父两三下就支撑不住，只得在一旁看别人练，心里暗自记下几个招数。这招数在武场里什么都不是，根本拿不出台面，可用到只会劳动干活儿的工人身上，准能奏效。我师父当时就这么想的。有一次，我师父跟一个工人一起抬铁水，动作慢了半拍儿，遭到对方出口不逊。我师父对打架早有预谋，单方面放下抬着的铁水，对方也不明缘由地松开手。我师父问：“你再骂一句？”对方一愣，马上反应过味来，说：“小样儿，你还跟我来脾气了，骂你怎么了？我还想揍你哪！”没等对方行动，我师父冲上去，挥手就是一拳，这一拳打在对方眼眶上，出血了，眼睛不知瞎了没有。晚上，我师父下班赶紧跑进厂长家里，送上厚礼，乞求开恩。这一架开启了我师父的命运转折点，他不但没被厂里处理，还由厂长出面连哄带劝安抚住了对方。不久我师父又被提拔当上了车间主任，开始指手画脚背着手指挥别人干活儿了。

我师父的那个校办铸造厂，在企业改制之前就黄了，他不再与那帮人比高低争上下，也不用与谁争风吃醋。我师父成了一名学校收发室的更夫，这个工作最大的好处是他每天早晨都有时间去人民广场溜达。我师父在工厂里跟人打架，打坏了人家眼睛，不知怎么传到八极拳师父耳朵里，那师父本来没看好我师父，再听说他打架打伤了人，认定我师父学拳居心不良，不再教一招一式。我师父在人民广场混得很没意思，听说有一种拳叫“太极”，劳动公园有个太极师父，姓刘，叫刘培源，其功夫一般人不是对手。

我师父转身就走，离开人民广场去劳动公园找刘培源，没费多少周折就跟着草山飞，跟着一伙人练起了太极。我师父跟着刘培源练了两年多太极，忽然有一天，发现他对心脏不知什么时候没有感觉了，心不疼了，到医院检查，心脏还有问题，回到拳场，我师父跟刘培源说了此事。刘培源思忖了好半天，说：“我教给你一种功法试试。”就这样，刘培源开始传授我师父闭气功。闭气功练了半年，我师父身上有了力气，不再在干活儿时气喘吁吁，也不再动不动满脑门儿冒汗。

回想那些事，有一次我师父对我说：“现在问题，不是说太极能不能实战，而是社会发展太快了，它的快与太极拳的慢，让人很难适应，于是就搬出太极拳来说事。”我师父确实是在坚守他的慢，只有慢，才能出细活儿，才能见功夫。他每天早晚怡然自得地慢悠悠打着太极拳，慢悠悠练着闭气功，没有什么不好的，真没必要为那些风言风语乱了心绪。

十一

下午三点，我的手机响了起来，那分明是个陌生的号码，我的心跳得七上八下，赶紧接通了，电话里传出一个瓮声瓮气的嗓音，

“我们把你师父抬回来了！”

什么，抬回来了？一种不祥的念头在脑子里迸射，同时眼睛也冒起了火爆的金星，这还了得！

“再过五分钟，我们到南湖公园西门。”

什么也别说了，我们撒腿就往西门跑。我做好了打架的准备，为了我师父的尊严，也为了我们这一伙人的脸面，这一架非打不可了。我周身鼓荡起一股不可遏制的冲动，催促着错乱的脚步在草地上飞速而过，一刻也没有停留。已经看到西门了，一辆黑色奥迪车停在那里，正以一种不可一世的姿态等候着我们的到来。我不顾一切扑向那辆奥迪车，车门打开，从里面钻出个戴墨镜的家伙，像电视剧里的黑社会打手，双手在前衣襟上提了提，伸出手要跟我一握，这是先礼后兵，握就握吧，这一握算是交手了。我毫不客气地伸出手，与那只手握在了一起，不轻也不重，里面没有掺杂着我提防的暗劲儿。那人说：“你师父今天喝多了，你领我把他送回家去吧。”

奥迪车里有限空间里憋闷着浓重的酒气，我不用提鼻子就能闻出那种酱香，难道我师父被人优待了？我扳起我师父身子，看向他的头、脸、手，好，都完好无缺，谢天谢地！我呼唤着我师父。他喝醉了。在这之前我可是亲眼看见过他用闭气法把酒变成水，将水从上唇浓密的胡须里排出。现在我师父那一身功夫哪去了？也许他宁愿让自己喝醉，也不在外人面前显露其夺人眼球的看家本领。反正我师父醉了，醉得一塌糊涂，一声不语，下车时的确用人抬了。

我师父在城北那个拳场里说了什么，做了什么，我们一无所知。但他却给我们带来一个听起来非常沮丧的消息，城北拳场里的人不但盘架子，练推手，练混元桩，也练闭气功！三年前就开始练了，刘大海将我们的秘密透没透露出去，已经不重要。这说明，闭气功在民间早有流传，一直处在神秘状态，现在城北拳场的人毫不避讳地习练，说明我们的眼界还是有一定的局限，井底之蛙，夜郎自大了。

十二

许文达不但没有像我期许的那样领来几个款爷，就连刚刚开始操练的闭气功，也没有继续往下进行。据我所知，近些日子，公司正在接待一个新西兰访问团，许文达全程陪同，根本无暇来我们拳场。

我们的拳场出奇地又恢复了正常状态。除了一两个有特殊情况的人没有来，大部分人每天早晨都能守时光顾。南湖公园一簇簇平时寂寞得不惹人注意的树丛，开起了大片大片的黄花。我走到歪脖榆树跟前，伸起腿，用手搬起脚，搭在树杈上，压腿。左腿压一百次，右腿压一百次，开关节，拉经脉，然后离开歪脖榆树，直立着两腿向下弯腰。筋长一寸，寿延十年，这话肯定有道理。两手指尖触到脚面，再变成两掌按向沙地，一下一下抻腰。腿压好了，腰也舒展开来，调整呼吸气沉丹田。我的身体最近也出现了微妙的变化，感觉时常会有一种鼓荡之感萦绕周身，蓬蓬勃勃经久不息。我不知道这是不是闭气功带来的成效，如果把人体看成是一个小宇宙，那么里面各器官细胞犹如浩瀚的星辰，在练太极之前，完全是混沌的，鸿蒙未开的，现在不同了，我努力促使自己气定神闲，在一阴一阳的变换中，这些星辰各就各位，各司其职，生生灭灭，井然有序。我在这种状态下，以心行意，以意运气，以气运身，渐渐地进入物我两忘境地。

我师父两年前将闭气功传授给我们，也算拳场里的一件大事，刘大海能把闭气时间拉长到八十几秒，已经是非常了不起。他对太极拳体会比一般人要深，他曾经说，当一个练过太极拳的人遭遇外界攻击时，还是以“化打”为主，只有化，才能打。当你化开对方的进攻，把对方的猛力引进来，使之落空，再轻轻给其一击，这就是四两拨千斤的妙处。为人处事无不如此。

自从我师父去了城北陈式拳场，刘大海又是几天没有露面，今天他悄没声息地来了，在拳场外面站了好一阵，忍不住要与我推手。看来他对推手真是着迷得不行，比练闭气功还要刻苦。我没有拒绝，与他两臂搭在了一起，你来我往推起来，腾挪之间，我轻轻来了一个挒劲儿，那力量透过刘大海身体的中轴线，落到他身后两米处。这正是我目光和意念所及的一个点，只见刘大海身体向后一歪，整个人正好落在那个点上，真是神灵活现了，我禁不住心里暗暗为自己叫绝。

突然间，整个拳场的气场波动了，如一阵轻风吹过来。我师父闯入了，他好像不愿意刘大海与我交手，就将双臂斜插在我们中间，挤掉了刘大海。我立马变得力不从心。如果两人推手是一个场态，那么刚才我处在阳场，刘大海完全处在阴场，现在呢，那种场态又有了新的转换，我师父处在了阳场，我无形中转化为阴场，我跟我师父在阴阳的转动中，身体带动的风声呼呼作响，如车轮疾驶。

太极的高境界是练精化气，练气还神，练神还虚。那种高境界我也许永远达不到，但此时我的身体虚实兼备，跟着我师父腰胯如轴，气如轮，腰胯一旦松开，就像车轴加了油，灵活无比，肩肘手也松开了，还沉下去，好一个精满气足神旺。我师父浓密的胡须快乐地抖动着，他喃喃道：“太极拳者，无极而生，动静之机，阴阳之母也。动之则分，静之则合。无过不及，随曲就伸。人刚我柔谓之走，我顺人背谓之粘。动急则急应，动缓则缓随。虽变化万端，而理唯一贯。由招熟而渐悟懂劲，由懂劲而阶及神明，然非用力之久，不能豁然贯通焉。虚领顶劲，气沉丹田。不偏不倚，忽隐忽现。左重则左虚，右重则右杳。仰之则弥高，俯之则弥深，进之则愈长，退之则愈促。一羽不能加，蝇虫不能落。人不知我，我独知人。英雄所向无敌，盖皆由此而及也。”

他捋了一把浓密的胡须，再道：

“身虽动，心贵静，气须敛，神宜舒。心为令，气为旗，神为主帅，身为驱使，刻刻留意方有所得。……一动无有不动，一静无有不静。视动犹静，视静犹动，内固精神，外示安逸。须要从人，不要由己。从人则活，由己则滞。往复须分阴阳，进退须有转合，机由己发，力从人借。发劲须上下相随，乃一往无敌，立身须中正，不偏方能八面支撑。静如山岳，动若江河，迈步如临渊，运劲如抽丝，蓄劲如张弓，发劲如放箭。行气如九曲珠，无微不至；运劲如百炼钢，何坚不摧！”

我知道师父背诵的两段话，出自王宗岳的《太极拳论》和武禹襄的《太极拳解》。

十三

许文达把新西兰访问团送走了，他要继续来我们拳场。这几天的陪同，有些操劳过度，鼻子伤风，流起了清鼻涕，他手攥着一团餐巾纸，不住擦着鼻孔说：“你看看，几天不到户外锻炼，身体就吃不消，从明天开始，我去拳场！”

第二天早晨，许文达戴着遮阳帽，身穿一套蓝色太极服如期到来，他还在不停抽动鼻孔，那两鼻翼已被手指捏挤得通红。我师父让我们先练练推手，热热身，我和许文达双臂就搭在了一起，肌肤相黏之际，我感觉眼前似有热流贴敷过来。许文达不仅是我的领导，更是我们拳场潜在的财神，我也必须把他陪护好！定了定不宁的心神，感觉许文达的胳膊沉甸甸，像裹了棉花的铁棍儿，压在了我双臂之上，我不由得一阵紧张，腿脚跟着紧张起来。

许文达渐渐向我发出掤挤劲儿，我就顺从许文达的劲路往下走，调动起他与我推手的兴趣，只见许文达胯部一转，我的脚忽地悬起，踩空，身子不由自主失去了根基。

我从地上翻转过身，坐着，像做梦一样，甚至比梦还不清楚自己是怎么被摔出去的。再次跟许文达搭手，只见许文达腕一旋，我又被摔出去了。真神了。

阳光躲过树梢枝叶的遮挡，直射拳场中央，我坐在地上。旁边一直悄没声息的刘大海很是难受，也许他实在按捺不住了，突然一个健步跳进拳场，与许文达两臂相搭，稳稳当当推了起来。那动作看着挥挥洒洒，转换之间还细致连绵，我感觉他其实心虚得很。十几分钟过去了，许文达脑门子出汗了，热气腾腾了，鼻孔不再出现感冒带来的抽动。在拳场出点汗，很有必要。

我以为刘大海到此为止，两人圆满收场，没想到他偏要与许文达继续推下去。许文达看着刘大海，显然觉出不太对劲儿，顺势发起一个㨃采劲儿，没奏效，又对其引进落空，还是效果不佳，气氛有些不对头了。

刘大海腿脚功夫不浅，他来我们拳场之前，已经练了七八年太极，这个人最大特点是争强好胜。几年前，他第一次来到我们拳场，我师父特意给他表演个双臂挑人，看得他两眼发直，想着有朝一日也能掌握我师父那样的本领。那时，我师父的确有点故弄玄虚，他站立在拳场中央，微闭着双目，两臂微微张开，四周似有微风乍起，吹拂着我师父绸缎面的太极服，撩动他额头一缕青丝和他上唇那浓密的胡须。为了配合我师父，我两手按住他的左胳膊，试探着用劲儿，我师父双臂始终平展伸出，里面的暗劲儿将我的蛮力一一化解。刘大海见此情景，上前一步，抓住我师父的右胳膊又拧又按，比我的蛮力还蠢，我师父的两只胳膊仍然不动，像一根扁担横在肩上，两端手腕吊起两个大活人，悠悠荡荡，随即将我们两人双双甩出丈远。

我师父只是表演，不会盲目地摔徒弟。要说摔，过去古人练拳可是真摔，哪个武林高手不是被师父摔出来的？只有师父哪天摔不动了，徒弟的拳才练到了一定火候。刘大海在我们拳场大开眼界，决定留下来。说他学拳之前失眠严重，即便睡着了也做噩梦，不是被黑社会的人追杀，就是被检察院的人带走。到医院各种片子都照了，检查不出什么毛病，后来找了老中医，吃了几副调节脑神经的中药。老中医告诉刘大海，打太极拳吧，舒缓一下身体，也许会好一些。刘大海走遍了全市各个拳场，学了不少拳种，最终还是跟我们混在了一起，而且练得像模像样。去年夏天，他在菜市场买菜，遇到一个抢劫的歹徒，左手拎着一只坤包，右手拎着一把刀，在人群里飞跑，吓得市场上的人急忙躲闪。正拎着一捆芹菜的刘大海见此情景，紧追几步，上前来个“斜飞式”，伸腿绊住歹徒，那捆芹菜随之砸在歹徒面部，转手抓住歹徒手腕，扣住关节，动作连贯利索，一气呵成，歹徒还没明白怎么回事，刀已落在刘大海手中。这几年，不知他的双臂挑人学到手了没有，反正他对推手，对盘拳架子，对后来的闭气功练得如痴如醉，有些自命不凡了。

见许文达并没有把刘大海怎么样，我师父吃不住劲了，他扯开嗓门儿劈头盖脸冲刘大海喊：“你腰胯根本没松开，身向上浮，以前我怎么告诉你的？”

刘大海充耳不闻，他好像是对上次被摔进行一场反攻倒算，或者证明自己如何自命不凡，拼命粘住许文达不放手了。

气氛骤然紧张，我提心吊胆地看着刘大海不知好歹的样子，就觉得又要出事。果然出事了，许文达脚跟突然失去了重心，刘大海乘机来个饿虎扑食，哪知许文达瞬间又单臂一伸，挑起刘大海，又顺应这股劲力，划出一道抛物线，“扑通”一声，刘大海被重重摔了出去，睁着直勾勾的眼球，人不会动了。

摔得比上次还惨。

十四

这一天，我们拳场里的人又不欢而散。

我师父坐在拳场那块冰凉的石凳上，半天无语，他的情绪又坏了，我们呆立在他的身旁，不知怎么安慰他才好。

刘大海回到家里，躺在床上，腿脚都挨不了地面。刘大海打来电话时，我师父一直全神贯注倾听，虽然平时他对刘大海有诸多不满，但这次刘大海伤了身子，我师父还是提出去他家看看。

我们从来没去过刘大海家。我们除了每天在拳场上见面，再就是去我师父那里，没有相互走动的习惯。我给刘大海打去电话，问了地址。他家住的地方我熟悉，在长春大街大庙后院，问清了门牌号，我跟我师父动身了。

我开着车拉我师父赶往刘大海的住处。坐在车里，我师父开始数落起刘大海了：“这个刘大海，他以为自己行了呢，怎么那么随便找人家推手？找挨摔吧！还有，练武之人，不知道自己的手轻重，怎么能那么摔人？”后面的话，显然是说许文达，但碍于我的情面，我师父没再往下说。不管刘大海身上有多少毛病，他毕竟是我师父的徒弟，许文达再次摔了刘大海，好像摔了我师父的面子，这里面的关系挺让人不好处理。

车到了刘大海家门口，找了个车位，下车，我按照电话的指引，领着我师父从一家食杂店与兰州拉面之间一米多宽阴森潮湿的胡同钻进去，也许胡同常年不见阳光，我的身子瞬间凉下来。脚下弯弯曲曲的脏水沟，挂着菜叶米粒，随意丢弃的花花绿绿的塑料袋也参与其中。有苍蝇从水沟里突然高飞，对着人的面部实施防不胜防的攻击。我抬手，那苍蝇又蓦地一下不知扎向何处。胡同很长，在我走得快要崩溃的时候，出现了稍微开阔地带。刘大海家低矮的红砖平房出现了，它夹在两座老楼中间，很像某年留下的顽强的钉子户，灰不溜秋地挂满了城市里的陈年污垢。

刘大海待在家里，不知伤成了什么样子。

推开房门，我心里不住唏嘘，这就是他的家？在我的印象中，他的境况不至于糟糕到如此地步。一股股酸腐的气味丝丝缕缕地扑面而来，我不得不迎接着这种气味，适应着这种气味，深一脚浅一脚踏向昏暗的屋子。过了几秒钟，也就几秒钟，屋里有了稍许的亮光……这不足十平方米的房间，墙边摆放着一张圆桌，圆桌上有一盆没有洗刷的碗，泡在浑浊的淘米水中，碗旁边戳着一堆支棱八翘的黑筷子，淘米水里还漂浮着两只溺水而死的苍蝇。

刘大海躺在一张单人铁床上，铁床上面的墙壁挂着一幅八卦太极图，据说这图是从“河图洛书”演化而来，伏羲氏时，有龙马从黄河飞出，背负“河图”，又有神龟从洛水而出，背负“洛书”，伏羲根据这一图一书画成八卦，后又形成《周易》。话说得有些远，刘大海也不会了解得那么深，他能把这样的太极图挂在落满灰尘的墙上，无疑是一种精神的需求。图旁边，还挂着一张闭气功详解表，纯手工制作，看着让人怦然心动。刘大海有着尚武情结，他从小就想习武。那时，他家有个邻居，每天早晨五点钟准时出现在房后一个拳场上，双手拄地倒立行走，走了十圈，将双腿从空中放下来，开始嗨嗨打拳，那人打的什么拳他至今也没搞明白。长大后，刘大海有了一定的经济收入，才东奔西走到处学武。他习练拳种杂乱，无所不学，无所不会，好像世上的武功，包括拳击、散打他没有不知道的，只是这几年他潜心钻研起太极，像流离失所多年的孩子找到了家门。

我跟我师父并排坐在一张木床上，一位八十多岁个子矮小的老太太颤颤巍巍从黑暗的门口走进屋里，白发有点凌乱，面部腼腆，她往桌上放了一把花生，让我和我师父吃，又转身离开了。我为了表示随和，也为了表示对老人家尊敬，拿起桌上一粒花生，剥开，将花生粒放在嘴里，牙齿咬碎的当口，感觉这花生至少摆放在外面一个月以上，已经潮湿得无法吞咽。

刘大海刚去医院拍片回来，不幸中的万幸的是，这次仍无大碍，养几天就会好的。

那老太太又从黑暗中出现，这回她手里攥着两个青色的橘子，同样放在桌上，没说让我们吃，就又退出去。

面对我跟我师父的到来，刘大海一言不发，还狠狠地把脸转向墙壁，背对着我们。他是自找的挨摔，摔成这个样子，又拿我师父撒气，真是不知好歹了。

我师父说："你还以为自己行了是吧，怎么样？"

刘大海猛地转过头，也许用力过猛，把哪个部位转疼了，他龇牙咧嘴缓和了好半天，身子终于活动了一下，说："师父，说句不好听的话，自从我来拳场那天起，您就没瞧得起我，我知道，是我穷！我要是不穷，练什么太极？去健身馆好了，去周游世界好了！

我摔成这损样，就是自找的，我愿意挨摔，摔完了我心里痛快！以前我怎么讨好您，靠近您都没用，我只有挨摔了，您才把我当一回徒弟！”

我师父问：“你脑子里怎么又想出这种幺蛾子来，有气就直说！”

刘大海说：“这还用说吗？许文达是个经理，有钱，你对他的态度就和我不一样，人家明明是来踢场子，你还拿他当个宝儿似的，贱不？”

我师父猛地站了起来，“刘大海，你这是跟谁说话？”

刘大海更来劲儿：“我自不量力，师父！”又把头转了过去。

我师父一屁股坐在床上，说：“别叫我师父，从今天起，我不是你师父！”

刘大海说：“这话，我今天不说，早晚也得说，就因为我在拳场读了草山飞那个太极心法，就把您气成那样，值吗？多大的事！”

我师父又猛地站起来，直扑过去，要动武了，我急忙拦腰抱住师父，说：“师父您别这样，您别这样！”

我师父颓然了，他说：“我算明白了，教徒这么多年，原来教出个逆子！今天我本不该来，不该来，我贱不？这世道到底怎么了！”

十五

如果我与许文达的关系是一个太极圈，那么许文达处在阴阳鱼中的阳场，我位于阴场做陪衬。这种纠结的形态无法改变。假如硬要改，我们便不在一个场态，无法相处了。下班前，已经很少有人出入办公室，办公楼走廊里暂时出现少许的平静。许文达突然给我打来电话，让我到他那儿去一趟。不管怎样，我放下手中的杂事，以最快的速度赶往许文达办公室。

“请坐。”许文达的后背重重砸在座椅靠背上，算是直起了身子，两手十指交叉在一起，放在小腹前，要跟我进行一次正儿八经的谈话了。

他看上去很疲惫，有些无精打采，可能感冒还没好利索。我看出他想跟我说什么，又戛然而止，后来干脆拿起桌上的钥匙，扭转起身子，低头默不作声地打开抽屉，拿出一只信封，放到桌上，往我跟前一推，说：“有时间，你替我看看刘大海，这是我对他的一点儿补偿。”

我屏着呼吸，闭气功被我无形中用上了，我足足十几秒钟没有呼也没有吸，所有的气息全都聚集在腹部，静止着。信封的厚度非同一般，我故作轻松地说：“我已经跟我师父看过了，他无大碍！”

许文达点点头说：“没落下毛病就好，冤家宜解不宜结，你替我转达我的意思，拳场那边儿，以后我不会再去了。”

闭气无法持续，我慢慢做了一个深呼吸，等待他说下去。

“我现在练拳独来独往，有好些日子不涉足任何拳场，一个人清静惯了，不喜欢那里的吵吵嚷嚷、纷纷争争。以前，我跟那个刘大海在别的拳场没少碰面，人也算熟头熟脸儿，圈子里的事，他知道的比我还多。我就不明白，他为什么总是跟我较劲儿，没完没了较劲儿，我们还是少来往为好，免得日后生出没必要的摩擦。”

话说到这儿，他停下来，操起办公桌上电话，要给什么人拨打。我知道谈话到此为止，起身欲离开，许文达又将信封向我推了推，示意我拿走。我必须带走这个信封了。

走出了许文达的办公室，我想起那个正在张罗的全市太极活动，看来这事彻底泡汤了，他不去我们拳场，我的计划全盘皆输。

十六

我再次去了一趟刘大海的家，送去了许文达的心意。拳场上的兄弟们又开始三天打鱼两天晒网。我师父已不在乎，或者说他已经接受了这种现实。

这天练完拳，正准备回家，我师父叫住我说：“我下周日过生日，想大办一次，把全市武林界朋友召集在一起。”

我明白我师父的意思，大办生日宴，来人要呈上礼金的，我师父可以借机敛一笔小财！他的确也应该敛点财了，这么多年他从没办过像样的寿宴，举办一次也未尝不可。许文达没什么指望了，别人也更不能指望什么，我们必须自己想办法，实现我们自己想做的事。昨天我还与人沟通，在全市的太极活动中设立一个太极表演赛，准备把人员按年龄段分成三组，青年组、中年组和老年组，为此我亲自跑了一趟体育馆，估算租赁场地费用。这一趟奔跑，我心里没底了，我们得需要一大笔活动经费。我对我师父说：“现在搞一次生日宴会，太有必要，太及时了！”

按照我师父的意愿，我到图片打印社制作了六十张请柬，蹚着公园里的杂草，穿过一条又一条林荫小路，在各个拳场散发。我又如法炮制跑到城南城东城西城北，挥泪如雨将六十张请柬进行发放。出发前，我师父眨巴一下干涩的眼皮说：“发请柬时，你一定要声明，参加我生日宴会的人不许带礼金，如果要带，最多只能是二百元。”我师父这种故作姿态，听着怎么总让人感觉口是心非呢？

我马不停蹄各处奔跑，生怕漏掉每一个可能前来的人员，如果有必要，我可以上电视台打个广告。事已至此，我师父早已忘记许文达和刘大海给我们带来的不快，忘记了那个微信视频惹出的闹心事，还忘记了我们拳场为什么忽然间人员寥落。我与他都一门心思盯在了如何办好寿宴上了。

十七

宴会订在了虹馆，六桌。虹馆是我们城市选择婚宴的最佳场所，有停车场，适合搞大型宴会。宴会时间定在周日下午五点。我在宴会厅门口提前摆了两张桌子，铺上一块红绒布，我师父唯一的宝贝儿子跟着我一起忙活，我俩的分工是，我记账，他收礼金。我师父有那么高的武艺，却在他儿子身上断送了，他儿子从来不学拳，认为我师父那些东西是抱着老祖宗的大腿不放，太老朽，传统武术应该增加现代的东西，不然很难融入到生机勃勃的武术运动中。每次他来到拳场，总是东游西逛，跟人大谈武林风，谈美国拳王迈克·泰森和梅威瑟，武林中大事小情无一不晓。现在的孩子有点怪，都三十好几岁了，还长不大，从不考虑独立门户娶妻生子。我这边儿忙得要命，他却在一边不停地刷手机，我真担心他稀里糊涂把收上来的礼金张冠李戴。第一份呈上礼金的人，我不认识，问了人家姓名，哪个拳场的，来人一一回答，我认真记下。展开礼金，是八百元。我师父曾有过声明，来宾最多拿二百，没人傻到认为我师父那话是发自内心。

我师父身穿一件压箱底的紫红色太极服，坐在宴会厅里，对我这边的事并不关心，他的眼睛时刻盯着门口的来人，不停地站起身，一惊一乍亮着嗓门儿打起招呼，拱手，欢迎欢迎！第二个呈上礼金的又是八百元，我照样记下人家的名字，哪个拳场的。第三名有点狠了，竟然呈上一千元。看来我师父在江湖上还是有一定地位，他们慕名而来，就是献一份厚礼。这时，很多人围拢过来，我的前后左右密不透风了，我不好意思让他们躲开一点儿。来人都是客，是客就得对人家热情，况且这些人带着厚厚的礼金，冲着我师父的威望而来。将名单记到第九位时，我又惊奇地发现，后来的几位，每个人呈上的礼金都不少于一千元，我满脑门子出汗了，汗不住地顺着脸颊往下流，我前胸后背全被汗湿透了，我兴奋得要命，又紧张得要命，礼金还在攀高，三千五千的也都有人呈上来了，大伙都在相互攀比，不断突破新高。我腾出手擦了一把汗，抬起头，瞅瞅宴会门口的人流比刚才还多，登记的人名已经记到八十，远远突破六十人大关。要是知道这帮人这么热情慷慨大方仗义，我师父真不必搞生日宴会进行敛财，我们完全可以直截了当告诉大伙共同出资，来完成这次的全市太极运动。事已至此，我只能按照惯性，对呈上来的一份份礼金记好名单，一并笑纳！

我师父还在一惊一乍迎接着每一位来宾，抽空又坐在原处，对前来摸手的人表演发劲儿，还容光焕发神采奕奕地讲起闭气功，讲他跟他师父当年如何操练闭气功，全然一副无为而无不为的做派，没时间考虑我是否正挥汗如雨汗流浃背。

我透过人们流动的缝隙，想捉个我们拳场里的人替换我一下，竟发现宴会厅里气氛骤然紧张起来，怎么了？宴会厅里的人太多，根本分不出谁是谁。我眼花缭乱着。

宴会即将开始，人群突然出现了一个身材瘦小的习武者，身轻如燕跳上了一张摇摇晃晃的空圆桌，白色的桌布被踢掉了，落在地上，紧跟着桌布上的一双闲置木筷也掉在地上，全场哗然，所有的喧闹都停止了，大家的目光都聚焦在那人身上。只见他光着脚板不住地转圈施礼，动作频频颇有些滑稽。礼毕，手落腿起，在桌上那有限的空间里打起了拳，是螳螂拳，只见那挥舞的手臂不停地旋转，整个桌面呼呼有声，啪啪作响。大家聚精会神地看着，目瞪口呆着，我师父捋起上唇浓密的胡须，乐得合不拢嘴。

十八

我清楚地掌握着每位来宾呈上的礼金数目，我师父的寿宴收入，肯定不会少于十万，这可能是他一辈子也没有见过的款项。

宴会之后，我们收拾残局，我这边忙得不可开交，我师父的儿子站在一旁怀抱着钱袋子，没什么事似的还在刷手机，我凑到他跟前，拍拍他的后腰说：“抓紧时间把婚结了吧！”我师父的儿子抬起头，咧起嘴，不好意思地冲我笑了笑，牙花子上竟挂着一块韭菜叶。

站在远处的我师父，伸长着脖子像想起了什么，绷着脸快步走过来，抢过他儿子怀里的钱袋子，攥在手里说：“干活儿去，你没看大伙都忙着吗！”我师父的儿子刚要下意识夺回那钱袋子，我师父身子一扭，躲过他儿子说：“这个不用你操心！”我师父的儿子翻睖着眼珠，手机揣进了兜里，凑到我跟前，懒洋洋端起一只盘子，将里面的三只大虾倒进打包袋。

这一天就这么过去了。我想不到的是，我师父办完寿宴，待在家里，好几天不再有任何消息。

一大早我开上车，赶往我师父家。天刚刚下过细小的秋雨，空气中飘动着土腥味，还有点凉。凭借多年的感觉，我跟我师父在一起赶上雨天，他准会做出让我意想不到的事情。这天，他家的房门没有留门缝，像是有意关严。我在门口敲了三次门，等了十分钟，我师父才慢吞吞打开一条缝隙，脸贴在上面，露出一只眼，那样子会随时把门关上。他说：“我就知道是你！”言外之意，换了别人，他万万不肯开这门。

我进了屋里，他转身去了厕所，门把手哗啦一下插上了。我只好在客厅里等待。那个挂着蓝色碎花布帘上着锁的屋门，不知为什么撞向我的眼睛，撞得我心神不宁。这次我师父办寿宴，有那么多人过来捧场，有那么多可圈可点的喜人场面，我挺为我师父高兴。隔着厕所的门，我关切地问："那礼金都存到银行了吧！"我师父吭叽了好半天，"不用存，都放到那小屋里了"！我再次看向那个挂着蓝色碎花布帘上锁的门。

我师父在厕所里足足待了二十分钟，是大便不畅还是想什么？屋外又下起雨来，雨滴拍打着我师父家窗外的一棵樱桃树，淅淅沥沥地唱起了秋天的挽歌。

我师父提着裤子，从厕所里出来了，裤子还没提好，手里不停地忙活着腰带说："前几天，刘大海母亲死了，你们不知道吧，今天早晨我才听说，是城北拳场的人打电话告诉我的，这么大事他都不跟我说一声，说明要彻底跟我决裂了，听说他昨天去了哈尔滨，给一个洗浴中心当起了保安……"

我师父这是心里还没过去那个坎儿。

"你了解你们领导吗？"

我看着我师父，不知如何回答。

"你根本不了解他，他来咱们拳场的头一天，我跟他一搭手，便知道他是怎么回事，他的推手套路出自草山飞门下。"

草山飞是我师父的宿敌。我的身子忽悠一沉，像掉进水坑里。

我师父又说："不说这些了，我问你，现在买一块墓地需要花多少钱？"

我的头轰的一声一圈圈放大，他这是怎么了，前些日子他搞诈死，现在又打听买一块墓地。

他接着说："这次办寿宴收的礼金，用来买一块墓地，应该是绰绰有余。"

我不知道接下来怎么跟他说话了。

窗外出现了阳光，雨快要停了。我师父为什么提起这么晦气的事情？难道他身体出现了什么问题，生命的密码正在给他某种暗示？他如果再提出什么问题，我得小心翼翼提防了。

腰带系好了，我师父掀开茶盘里的茶壶盖，沏茶，又转移了话题："这次办寿宴有两个没想到：第一个没想到，来的人这么多，场面搞得这么热烈宏大；第二个没想到，那些人咋都那么有钱，竟然打破我立下的规矩！"

我说："还有第三个，从此我们拳场说不定会火爆起来。"

十九

自从我师父举办完寿宴，每隔几天他就能接到来自各个拳场里人打来的电话，这是以前从没有过的事，那些人只是设立一个饭局，叫上几个人，在一起闲扯一通。有时那些电话也有正经事——孩子结婚，自己过生日，老人病故。电话打过来，我师父不能不去，他想封闭自己都不行了。我师父是个极要脸面的人，每次前往，除了闲扯的饭局之外，他都要拿出上次他办寿宴时我帮他记下的那个礼单，翻看查找，如果礼单记着八百元，我师父会拿出一千元送给人家，如果是一千元，我师父必然送上一千二百元。他是真心喜欢出入各种场合了。那些人无论摆设什么样的宴会，皆因我师父的出席而增光添彩。有时候，那些闲扯的饭局我师父去了也不白去，有些人会求教我师父对闭气功操练的感受，结束后，朝我师父口袋里塞个红包，有时五百，有时是一千两千，算是一份酬劳。我师父在那些人群里很受待见，往往在混乱不堪的场合里，正与一个人握手，旁边又有人伸过手来，我师父只好伸出闲置的左手，跟人家一握。两只手同时握着两个人的当口，又有人跑过来，我师父只好强行甩掉正在不停摇晃的右手，跟新来的人的手抓在一起，有点应接不暇了。

我很替我师父担心，这种表面风光背后其实是危机四伏的，虽然我师父偶尔能收到几个红包，但这远远不够他往外挥霍的费用，他手头儿唯一能挪动的活动经费，还是办寿宴收取的礼金。他这个样子，还怎么搞全市太极活动，还怎么让我放心呢！我好像猜不透他的心思了。

我师父摊麻烦了，这事出在他和他儿子身上。我师父的儿子趁我师父不在家，私自撬开那个挂着蓝色碎花布帘小屋的门锁，取走了我师父收取礼金的钱袋子。我师父的儿子正在筹备结婚，手头资金缺口正好十万。多亏我师父发现得及时，没费周折就追回了那个钱袋子。那天，我从南湖公园出来，溜达到我师父家门口，想进屋喝一口茶水。没等推开留有缝隙的门，屋里的吵嚷声把我隔在了防盗门外。我无法往里迈动脚步，又不想转身离开，只能立在门口听那一声高过一声的吵嚷。

我师父的儿子问："你留着那钱干什么？"

我师父说："你别管我干什么，反正那钱你一分都不能动。"

我师父的儿子问："我不动，你能带到棺材里去？"

我师父说："你别管我带到哪儿，你就死了这份心！"

我师父的儿子问："我问你，我是不是你亲生儿子？你对亲生儿子都不肯掏钱，你还能干什么？"

我师父说："我干什么，不用你管！"

背后出现了铁门咣当的响声，我转过身，有人进入楼梯口，是一位腿脚不利索的老太太。她见我瞅她，她就瞅向我，说："都吵了三天了，白天吵，晚上也吵。"我不好意思地向她道歉，好像是我的吵闹影响了她。

突然，屋子里出现了沉闷而剧烈的摔打声，吵声没有了，他们父子急促地扭在了一起。我赶紧推门冲进去。客厅里四脚朝天倒着一把椅子，我师父满脸通红弯着腰，胳膊肘里夹着他儿子的脑袋，身子不住地压下去。

我师父的儿子知道我进来，涨红着脸说："你弄死我吧，你有种你今天就把我掐死。"

我上前拉扯我师父的胳膊。

我师父说："如果不是看在我花费三十多年心血的分儿上，我今天真就掐死你。"

我师父的胳膊松开了，我搂着我师父儿子的肩膀，安抚他坐在沙发上，他的脸青一块白一块，头发也戗毛戗刺，像一个索要玩具没得到满足的孩子，一脸无辜又一脸委屈。我师父也一样，他坐在沙发里，无奈地默默摇头，肚皮一胀一鼓，颓丧着脸，唉声叹气，上唇浓密的胡须一根根挓挲开，又一根根落下，好像随时会从沙发上蹦起，再次跟他儿子进行一番争吵，然后各执一词，各说各的理。

我说："师父，没什么大不了的事，你就消消气吧！"

想不到我这句话把火挑拨了起来，他的手狠狠拍了一下沙发，瞪着他儿子说："现在这人都成了什么样子，就盯着老子的钱包，钱钱钱，你想把老子榨干不成？别说我没钱，就是有，我也不惯这号人！"

二十

“不能再等了，再等夜长梦多。”

我师父终于打开了那个常年上锁挂着蓝色碎花布帘的小屋门。我随我师父走进屋里，鼻孔立即钻进一股异乎寻常的气味，一种辛辣的气味。屋里昏黄光线，渗透着阴森的暗影。对着门的位置，的确有一把横在刀架上的太极刀。刘大海以前跟我提起过，不知什么时候他看见过这把太极刀。现在，我的眼里显然不止是这把太极刀，在一面光秃秃布满灰尘的白墙上，挂着一个两尺长一尺半宽的黑框，里面的黑白照片，竟是个清瘦的老头儿，目光炯炯。那老头儿面无表情看着我和我师父，一缕山羊胡翘在下颏上，倔强而慈祥。我跟着我师父走到他跟前，那黑框里的目光跟随着我们脚步移动过来，仍然注视着。照片下面，摆放着一张老式木桌，桌子上有一个香炉，也许香火沉寂很久，早已与桌面的灰尘融为一色。我的眼睛不由自主落在桌面下面四条桌腿的空当处。那里面横着一块漆黑油腻的木板，木板上面铺着两张 1982 年 2 月份出版的《长春日报》。报纸上立着一只木盒，被一块折叠的红绒布全部覆盖。或因日子久远，绒布呈现出凝重的暗红色。我师父双手交替拍打前襟的褶皱，轻轻跪下，跪在红漆地板上，又两掌合十，调息，闭起双目抬头冲着墙上那张照片，唇齿微动中却说不出任何话语。阒寂中，他慢慢展开合掌的两手，訇地，对着头顶的照片连磕了三个头。红漆木地板上响起空空之声，震得缝隙里的尘埃腾空而起……我师父缓缓站起身，两手伸向桌底下那只木盒。我赶紧帮我师父将木盒慢慢捧出，红绒布动了一下，露出木盒一角，那木盒雕花刻纹，很像是骨灰盒才有的精致。难道这里面还装有骨灰？我师父为什么把这东西放在常年不见日光的家里？我周身瞬间冒出一阵冷汗。

“这回，你应该知道我为什么办寿宴了吧！”我师父没有在意我的惊讶，慢声细语地说，“咱们出去办事。”

我们悄悄退出屋子，他重新锁上这个常年挂着蓝色碎花布帘的小屋门。

坐在了车里，我不去想我师父抱着的那个骨灰盒，那骨灰盒权当是一只普通的小木盒。我师父说：“今天我们去七星山。”

二十一

七星山在我们城市以东六十公里处，我的车在公路上行驶近一个小时，按照我师父的指引，在路边一个废弃的红砖瓦房旁边拐进了一条沙石路。沙石路面坑坑洼洼，破损严重，我们又七拧八挣颠簸了一个小时，进入了一个村庄。村庄静得连鸡鸭鹅狗们都恓惶不安。很快离开了村口，村庄没了，一条羊肠小路若隐若现还在向前延伸，车根本无法通行，停在了一块稍微平缓的草甸子上。车轮上挂着碾碎草叶的绿色浆汁，足以见证我们这次路途的艰辛。我师父小心翼翼地抱出木盒，我锁好车门，跟着我师父屁股后面沿着羊肠小路向前走，走上了一条山路。我的鞋底磕磕绊绊踩着不停滚动的鸡蛋大小的砾石，茂盛的蒿草从路两边围拢进来，遮盖住路面，在陡坡处，我的脸几乎贴在我师父的屁股上。我师父走路的样子，肯定是不止一次来过这里。我们上山干什么，目标在何处，那只木盒又是怎么回事？我师父看我一脸疑惑，他只说了一句：“等我把这事做完，咱们再考虑太极活动的事。”

我无法表明态度，抹了一把脖颈上的汗水，站在原地歇一会儿。

我师父却脱离了山路，深一脚浅一脚拐向了一片杂树林，我赶紧起身跟上。从头顶飞过的一只野鸟，恐怖而凄厉地叫响了山林，很快被树枝上面深远的天空接收了过去。

在一个相对平缓的坡地上停下。我师父可能要在这里休息，或者这就是他此行的目的地。那只木盒放在了身边，他就这么默不作声坐在潮湿的土地上，理着思绪。我不便多言，静静坐在他跟前，看着他盘起双腿，微闭起双眼。身旁的飞虫开始鸣叫了，深一声浅一声，渐渐混合成杂乱的嘶鸣。不知不觉，我关闭气息，脑里一片空寂，一点儿也听不见我师父的呼吸，听不见草叶的波动，连飞虫的嘶鸣也没了，如同我师父早已不复存在。山风轻轻撩拨着我的耳廓，催促我睁开双目，心思慌乱的当口，我感觉我师父真就不复存在了，他在我疏忽的片刻，遁入空门。

收拢心神，我结束了几十秒的闭气，深长地呼吸着山林中的风，从微张的眼缝里，看见我师父还坐在跟前。四周草木变得异常鲜亮起来，清新的山风也将我的肺部清洗得干净透彻，清爽无比。这时，就在这时，我的心不由得一凛，我师父前面有一个微微隆起的土包，那上面虽然杂草丛生，但它凸显的样子与漫长的缓坡格格不入，绝非是自然生成。毫无疑问，这是一座废弃多年的坟茔。在这不祥之地，总这么盘坐，不免有些晦气，我想叫醒我师父，又马上打住。

我师父在这里足足坐了近两个小时，我们准备下山。我师父从地上捧起那个小木盒，摆放在土包旁边，折断几根树枝压在上面。太阳已落到西边天空，那橘红的光芒仿佛与我的脚面平行，我似乎第一次看到这样的景观。山里巨石与巨石之间发出怪异的吼声，让我禁不住裹起衣服，裹起紧缩的肩膀。脚下的砾石在我脚板的磕碰下，顺着山路向下流淌，我极力控制住下坠的身体，控制着紧张的情绪。

来到山下，太阳已完全落下去，我师父无声地钻到车里，眼圈似有泪水浸泡过的红晕，他极力躲避着我的目光。

我开着车按原路返回。

车上了国道，两边的路灯亮了，路上的车不算多，我很想问问我师父，刚才那个土包是怎么回事，那个小木盒为什么放在了那里。因为长时间无语，我已无从启齿，我师父心里一定有一堆周密的计划不愿事先透露，他只有按部就班地按照自己的意愿一步步进行实施，而此次在山中的静坐，只是他的开头部分。

车开到了我师父家门口，他打开车门，一条腿跨出车门，犹豫一下，脚尖点地，停住，扭过身说："明天早晨七点，你在这里准时接我。"

二十二

第二天早晨七点，我开车到我师父家门口，他早就站在那里等我，手里牢牢攥着那个办寿宴时收取礼金的钱袋子。我师父一夜之间变得十分安静，他静静地上了车，静静地把钱袋子放在他身旁的车座上，告诉我说："今天去石材厂。"

我问："哪个石材厂？"

我师父说："哪个都行，你找吧，要好的，正规厂家。"

我脑中不停地搜索石材加工地点，想起城西装潢市场旁边有一排厂家，专门为新房装修加工人造大理石。我师父对我搜出的结果不甚满意，他要找天然大理石加工厂。我再次搜索，找这样的厂家，只能去蛟河县。

我师父说："那就去蛟河。"

我开车在高速公路上行驶了两个多小时，进入蛟河县区，拐入县城边上的公路，驶过了一片开阔旷野，进入一个村庄，路两旁都是一家家房屋挂满石头粉尘的石材厂。降下车速，我不时看向车窗外，一户门面稍好的厂家呈现在眼前。车停下来，我和我师父走进院子里，不明所以之时，见一堆加工好的石头竟是一块块墓碑。在我感觉别别扭扭的时候，发现我师父找的就是这样的厂家。

石材厂老板嘴里叼着一根黄瓜从屋里跑出来，脸上布满洗不净的石头粉尘，或者他压根儿就没洗过脸。粉尘是他相貌特有的装饰。我师父问起了身旁一块一人多高的墓碑价格，又问老板是否能找人帮助修墓，然后继续往院子深处走。石材厂老板是个痛快的人，我师父无论提出什么条件，他都跟在屁股后一一应允。我师父瞅着老板，瞅对眼儿了，很是信任，决定不再去第二家。我站在一旁，看着我师父跟老板交代各种细节，也看不出子午卯酉。后来，我师父从兜里掏出一张纸，递给老板，纸上的字要刻在墓碑上。我凑上前去，伸长了脖子看向那张纸，不巧的是，老板正好叠起那张纸，揣进衣兜说："你放心，一切保你满意。"我师父交了厚厚一沓钱，事情办利索了，我们上车往回赶路。

接下来的几天里，我陪我师父拎着那个钱袋子买了一块墓地，这墓地，卖主已经修好，我师父不满意，又雇人全部拆掉，等待石材厂老板联系人重新修建。

二十三

这天，我师父接到石材厂老板的电话，让我开车拉着他去验收。进入墓地，我老远看见一块高大显著的墓碑，巍峨屹立。我们向那墓碑走去，我迫不及待地看向那碑文，上面刻有：刘培源之墓。

刘培源是我师父的师父。

临近这高大墓碑旁边有几个新墓，生卒年月有1970年至2015年，也有1986年至2016年，照片上那青春靓丽的面容怎么也看不出与死亡有什么联系。唯独刘培源生卒年月比较久远，它好像穿越辛酸的历史封尘，以簇新墓碑的方式赫然醒目于今。如果不是亲眼所见，眼前的一切，会被看成是哪家土豪用心所为。这就是我师父冒着虽然不会众叛，但很可能亲离的危险所完成的心结？我无法理解。我眼前晃动起他与儿子在家里鸡飞狗跳打斗的情景，这是何苦呢？我为我师父的任性而难过。

第二天，我带着一把铁锹开车拉我师父去七星山。山林容易着雨，车刚到山下那条羊肠小路，车窗上便开始落下密麻的雨滴，没有风，静默的雨滴平添了我心中的忧伤。我犹豫着是否上山，我师父已经拎起那把铁锹打开了车门。这样的雨不知什么时候会停下来，也许一个小时，也许两个小时，好像是有意为我和我师父渲染着天地的悲恸。走在那条羊肠小路上，我师父终于跟我说话了，他说："我为这个计划活动了好一阵子，原打算在组织全市太极活动中为老人家搞一次大规模的祭祀，这两天琢磨再三，取消了，我不想太张扬。今天咱俩为他老人家搬一个家，让他舒舒服服敞敞亮亮躺在新家里。"

我们来到上次我师父打坐的那个土包跟前，我师父闭息站立，静静地跪下双膝，开始用双手轻轻拔去土包上面的蒿草，再用锹一下一下拨起了黑土。他是在拨，而不是挖，他每一次拨动的土层，似乎都浸染着他积蓄已久的情感温度。土包渐渐低下来，再往下拨，一个小小的沾满泥土的骨灰盒肃然地显露……林中的雨比山下还大，雨水拍打在枝叶上哗哗声响，掩盖了整个世界。我们的衣服早已湿透，紧贴在身上，雨水从我师父头发丝里流到脸颊，又从脸颊集中在上唇浓密的胡须上，成溜儿地淌在含有残枝败叶的腐土里，如同他眼里全部哭诉的泪水。沾着泥土的骨灰盒终于从坑里端出来了，却腐烂得稍有抖动，就会掉下木渣，随时都有支离破碎的危险。这样的盒子，无论如何也捧不到山下，只能轻轻放在残枝败叶的土地之上。我师父脱掉上衣，抖了抖褶皱里的雨水，铺向泥土，然后揭掉覆盖着从家里搬来的木盒上的树枝，掀开浸满雨水湿漉漉暗红色的绒布，把木盒放在衣服上，打开盒盖，那木盒是空的。我的身子僵直地站立，脱下衣襟，双手撑在我师父的头顶上，避免雨丝落入那只木盒中。我师父两手慢慢地把破损骨灰盒里的骨灰一点点捧出来，捧到这只空木盒里，再扣上盒盖，那块暗红色的绒布，被他拧掉雨水，罩在骨灰盒上，然后拢起衣襟，捧入怀里。

下山，回到车上。车后备厢平时放有一套运动装和一套太极服，我拿出运动装递给我师父，自己脱下湿透的衣裳，换上干爽的太极服。我师父怀抱着那个小木盒，看我跟他遭罪的样子，内疚地说："这事只有你能帮我。"我发动起车，看见那只早就空了的钱袋子，被我师父卷成一团，扔在车座上。我师父开始跟我说话了，他说："我师父练了一辈子拳，从来没跟谁争私斗狠，也从没上过什么擂台，你相信吗？他的武功越高，武德也越好，打打杀杀不是练武人干的事。我屋里那把太极刀知道吧，说是杀死过人，纯属刘大海没事儿瞎编……"

二十四

一件大事办完了。我以为我和我师父可以松一口气儿，缓解几天，彼此都相安无事。可一大早我还没睁开眼睛，电话铃响了起来，是我师父的儿子打来的，他说我师父刚刚被送进省医院。

我赶紧起身，穿衣服，跑下楼去。

我师父躺在医院重症病房里，闭着眼睛一直昏迷不醒。真是太突然了，一个活蹦乱跳的人，怎么说不行就不行了呢？脑 CT 刚刚做完，是颅内出血。据我师父的儿子讲，昨晚我师父的儿子和我师父还因为钱的事大吵了一顿，他想不到我师父会生那么大的气，天刚亮时，我师父起床上厕所，头晕，腿晃，他扶着墙刚挪动几下脚步，便哇哇呕吐，人立马就不行了。

医生过来，下了病危通知。

我问："很严重吗？"

医生说："很严重，病人长年患有高血压和糖尿病，却一直不肯服药，可能这几天劳累，加上情绪波动，才导致今天的后果。"

我无言以对。

我师父身上插满了各样管子，他像死了一样静静躺在那里，也许太累了，心里太憋屈，老天需要他好好休息。我想起前些日子，他硬要装死制造事端，搅得弟兄们惶惶不安，这回死亡真就毫不留情地找上门来，送他奔向了不归的路线。据我所知，我师父今年的年龄，正是他师父去世的岁数，这样巧合又能说明什么呢？我不知道。

我师父的儿子去寿衣店买来了寿衣，装了满满一黑塑料袋，悄悄塞进了床底。

那东西毫无设防地刺痛了我的心，想想我师父这一生是多么不容易，他还有很多事没做完呢，怎么说走就要走呢？我们必须竭尽全力挽回我师父的生命。

病房里安静得有些压抑，每一次不小心弄出个响声，都让人心惊肉跳，死亡的气氛正一天比一天密集弥漫在狭小的屋子里，经久不肯离去。那原有的病号和家属已调到别的房间，躲避着死亡的降临。我跟我师父的儿子不分白天黑夜轮流着看护着我师父，时刻注视监测仪器，那上面的数字和条纹稍有波动，便去喊医生。有那么两天晚上，我感觉我师父悄无声息离开了这个苦闷的世界，驾鹤仙游了，我镇静地将耳朵悄悄伏向他的面部，倾听着，倾听着，好半天都感觉不到他的气息，我急忙去喊医生，医生匆匆走进病房时，我师父那微弱的呼吸又悄然来临。

我跟我师父的儿子约定，我师父这次病倒，不向外界透露，我们都不愿意听到一点儿对我师父不利的谣传，那些谣传很可能诋毁掉我师父一生的荣耀，诋毁掉艰难行进的太极运动。现在很多人不是把太极神化，就是将太极说得一无是处，太有失公允。

我师父在医院里已经躺了十三天。这十三天里我晨昏颠倒，筋疲力尽。我完全靠着毅力支撑着，如果面前的不是我师父，我不知道这种支撑还能不能持续下去。我感觉自己随时随地都有被撂倒的可能。

第十四天，我师父的生命体征终于有了好转，回光返照的念头在心中怦然而起，我不觉悲从心来。

不能再向外界隐瞒了，我们必须面对现实，不然我担不起大家的埋怨。我跟我师父的儿子商量了几次，最终决定给我师父先前那帮徒弟打去一个电话。

人一个个地风尘仆仆赶来，我让他们在病房里看一眼我师父，立即退出房间，所有的话语到外面去说。

第十五天，我师父睁开了双眼。他先是微微波动了眼皮，意识好像从深不见底的湖底慢慢漂浮，接近了岸边，他如同隔着水声听到了病房外面的响动，分辨是张三还是李四，然后动了动头部，动了动手脚，他拼命地一跃，哗的一声浮出了水面。

二十五

我师父出院后，我师父的儿子还在跟我师父生气，他整天吊着脸色早出晚归坚持不与我师父说话。结婚的事遥遥无期，也许他根本不打算结婚了。

草山飞意外地来到我师父家。我跟我师父练了近二十年拳，还是第一次见到这位年逾八旬的老人。也许岁月早已磨平了棱角，看上去他慈眉善目，说话轻声细语，完全看不出当年是个争凶斗狠之人。他归还了那把太极剑，前言不搭后语地说："这把剑自从落到我手里，每天半夜我都能听见它发出嗡嗡声响，几十年了，不曾改变过，自从昨晚我决定把它交给你，这剑竟然一宿没了动静，害得我支棱着耳朵等了一个晚上。真是舍不得，舍不得呀！"他的徒弟们又刚刚装修了一座废弃的厂房，准备开设一个分馆，希望我师父前去坐镇。我师父捻动着上唇浓密的胡须，始终无语。草山飞又说："这么多年的事，一言难尽，一言难尽啊，误会误会，过去我们有太多的不理解，其实我早就打算给师父修个墓地，可你抱着师父的骨灰东躲西藏，东挪西迁，我始终实现不了，想不到这次还是被你抢了风头！"

草山飞离开的第二天，许文达轻松拉来一笔十万块赞助，全市太极活动的资金终于有了着落。一个星期后，市体育馆门前拉起了宣传条幅，天空飘起了红气球，各路太极拳场的人穿起整齐的太极服装，一大早热热闹闹赶过来。比赛空前激烈而紧张，全市各大小媒体都进行了报道。刘大海特意从哈尔滨赶回来，观看了各场比赛。

春天里传看的那个手机视频早已被人淡忘了，但新的视频又不断被人所炒作。

就在这天下午，草山飞也在家突发脑溢血。人生无常，好在草山飞有了一次与我师父接触的机会，没什么遗憾了。

这个城市有半个月没下一滴雨，强烈的秋阳肆虐着南湖公园里死气沉沉的湖水。拳场还是空无一人。我锻炼了一会儿，走出公园，想着我师父也有几天没来这里，决定去他家看看。

大病一场的我师父呆坐在客厅沙发里，他上唇那浓密的胡须刮掉了，脸上光滑得不像我师父。他的头发也刚理过，是街头摆摊理发师父五块钱手工惯有的头型。

我说："刚才我去了拳场。"

我师父说："草山飞走了。"

"走了？"

"是的，走了，今天早上。"

沉默了很长一段时间，我师父终于开口了，他说："我总觉得我们拳场风水不好，土层下面好像埋有两个骨灰盒，因为这几天太阳毒烤，拳场中间沙土裂出两个并排的四方缝儿，极不正常，今天咱俩必须重新开辟一个拳场。"

我们重返南湖公园，我跟我师父各自拎着一把铁锹，深入到茂密树林里，走了好长一段路，站在了一块平坦的地段。有几只喜鹊蹦跳过来，飞到树梢上，颤悠几下，又蹦到另一个树梢，叫着几声喜悦，飞走了。周围高大的杨树，长得密密实实，环绕在场地周围。我师父在地上画起一个圆圆的大圈，有上百平方米，他说："就在这儿修个拳场，你看怎么样？"就是这儿了！我沿着圈线，挖起了一条一锹宽、半尺深的排水沟。又有一群麻雀赶来凑热闹，它们飞落在高低不齐的树枝上，冲着铁锹与泥土摩擦的声响评头品足议论纷纷。

挖出的土，甩入圈内稍有坑洼之处，踩实，拳场的形状已初步形成。我师父当年也肯定是跟着刘培源这样劳动过，我们的影子很容易映出昔日的时光，只是年月不同了。

二十六

在刘培源得重病的那年冬天，长春的雪下得非常大，房门被积雪堵得打不开。那年，我师父每天都去刘培源那儿，生火、烧水、做饭。什么叫世态炎凉？当年刘培源身边围着二十几号铁杆儿徒弟，在刘培源生病期间，已经见不到几个，偶尔有人来，也只是放下一些看望的礼品，没待上多长时间便走了。为了让刘培源度过那寒冷的冬天，我师父厚着脸皮向每个来访者请求留下点钱，那处境已经可怜到要饭的地步。我师父用这些钱买了两吨大块煤和一堆木头，每天上午，他光着膀子在大冬天院子里劈木柈子，前胸后背皮肤冻得通红，脑门子却在冒着汗，劈好的木柈子整整齐齐堆成四四方方如人高一垛。早晨生火时，我师父从那木柈子垛里抱回一捧，摆放在炉子里，炉底早已塞进撕开的报纸，报纸点燃，木柈子也跟着生起火，往上面压上煤块，炉火生成了。据说，也就是在这当口，刘培源让我师父取走那把太极刀和那把太极剑，还郑重地送给我师父一本小册子，线装，油印手写字体，毛边。纸页发黄，很脆，散发着辛辣的气味，必须小心翼翼翻动。那上面详细记录着闭气功的三十六步习练方法。这么多年，我师父就是根据刘培源留下的秘籍，结合他当年的口授，练起闭气功。闭气功特殊之处在于，练功的时候将气息有意识地停住，用意念沉入丹田，鼻孔和嘴巴不呼也不吸，让整个肌体回归到胎儿胎息状态。这样停留几秒钟到几分钟不等，因人而异，直到实在封闭不住，慢慢呼气再吸气。据说，练此功法可短时间内提升内功功力，是太极内功的最高层次。

什么都不用去想了，我走到不远处一小堆废弃掉的沙堆跟前，铲来几锹沙土，薄薄地撒在拳场上，整个工程没用一个上午就宣告竣工。我师父拄着铁锹郑重宣布：“以后咱们就在这儿活动。”然后，他若有所思地低着头，拎起铁锹向前丈量了几步，来到场地边沿儿，猫腰退步，拉动着铁锹在拳场中央全神贯注地画起了一条S线，他刮掉胡须的皮肤上泛着青色的光影，整个人比以前清爽多了。在我师父的铁锹慢慢滑动中，拳场呈现出一幅大大的太极图，那惟妙惟肖的阴阳鱼，活在了沙土之上，天空之下。太，即大；极为尽头，物极则变，变则化，所以变化之源为太极……我们的脚下仿佛舞动起一种生命的形态，慢慢旋转飞升，飘向高远的天空。

原载《作家》2019年第5期

图书在版编目（CIP）数据

棒槌谣 / 夏鲁平著. -- 北京：作家出版社，2019. 10（2023.2重印）
（中国少数民族文学发展工程·汉语作品出版扶持专项丛书）
ISBN 978-7-5212-0727-9

Ⅰ. ①棒… Ⅱ. ①夏… Ⅲ. ①中篇小说 - 小说集 - 中国 - 当代 ②短篇小说 - 小说集 - 中国 - 当代 Ⅳ. ① I247.7

中国版本图书馆CIP数据核字（2019）第205427号

棒槌谣

作　　者： 夏鲁平
责任编辑： 史佳丽　李亚梓
特约编辑： 张绍锋　郑　函
装帧设计： 孙惟静
出版发行： 作家出版社有限公司
社　　址： 北京农展馆南里10号　　　**邮　　编：** 100125
电话传真： 86-10-65067186（发行中心及邮购部）
86-10-65004079（总编室）
E-mail:zuojia@zuojia.net.cn
http://www.zuojiachubanshe.com
印　　刷： 固安兰星球彩色印刷有限公司
成品尺寸： 170×240
字　　数： 231千
印　　张： 19.5
版　　次： 2019年12月第1版
印　　次： 2023年2月第2次印刷
ISBN　978-7-5212-0727-9
定　　价： 39.00元
